AF295364

Schreiben ist für die Südtirolerin **Sara Pepe** eine Möglichkeit, sich auszudrücken und immer wieder neu zu erfinden. Sie liebt es, mit ihren Worten andere Menschen zum Lachen, Weinen oder Nachdenken anzuregen.

SARA PEPE

Die Farben der Vergangenheit

Erstausgabe Januar 2025

Copyright © 2025 dp Verlag, ein Imprint der
dp DIGITAL PUBLISHERS GmbH
Made in Stuttgart with ♥
Alle Rechte vorbehalten

Die Farben der Vergangenheit

ISBN 978-3-98998-368-7
E-Book-ISBN 978-3-98998-354-0

Covergestaltung: D-Design Cover Art

Unter Verwendung von Abbildungen von
© stock.adobe.com: © Masson, © Taiga,
© Jim
shutterstock.com: © Iuliia Fadeeva

Lektorat: The Write Spirit
Satz: dp DIGITAL PUBLISHERS GmbH
Druck und Bindung: Books on Demand GmbH, Norderstedt

KAPITEL 1

Mit einem Seufzen kämpfte sich Rose durch einen Stapel von Dokumenten, während sie sich den Nacken massierte. Ein pochender Kopfschmerz kündigte sich an. Sie stand auf und stellte sich an das Fenster. Ihr großzügig geschnittenes Büro war mit einer Glasfront mit Blick auf den Kanal versehen. Der Herbst war ins Land gezogen, hatte die Blätter der Bäume verfärbt sowie eine Nebeldecke mitgebracht. Adaliz war eine Stadt mit bunten Häuschen, unweit der berühmten Lavendelfelder und den bekannten Weinbaugebieten der Provence. Es war eine taktische Entscheidung ihrer Familie gewesen, sich hier mit ihrem Firmensitz niederzulassen. Das Telefon klingelte, was sie aus ihrem Tagtraum riss.

»Rose, hörst du mich?«, ertönte die laute Stimme ihrer Großmutter, als sie abnahm.

»Salut Mamie, ich bin gerade beim Arbeiten.«

»Ich halte dich nicht lange auf, denn ich wollte dich nur fragen, wann du heute zum Essen kommst?«

Seit Rose von zu Hause ausgezogen war, nahmen sie mittwochabends gemeinsam das Abendessen ein. »19 Uhr?«

»In Ordnung, dann sehen wir uns später, ma puce.«
Mein Floh – so nannte sie ihre Großmutter immer, da
sie als Kind sehr lebhaft gewesen war.

Das Gespräch war beendet. Die Dokumente vor ihr
verlangten nach Aufmerksamkeit, doch ihre Konzentration war dahin. Sie verließ ihr Büro, um zur Empfangsdame zu gehen, die stirnrunzelnd in den Compu-
terbildschirm starrte.

»Kaffee?«, fragte Rose sie.

Lucie sah sie aus grünen Augen an. »Wer schickt dich,
ein Engel?«

»Ärgert dich wieder der Drucker?« Die Schreibkraft
und der Printer hatten so manche Differenzen ausge-
tragen. »Nein, aber ein Kunde hat eine seltsame E-Mail
gesendet. Ich verschone dich mit den Inhalten.«

Sie gingen zum Aufenthaltsraum, in der eine Kaffee-
maschine stand. »Mein Überlebenselixier«, murmelte
Lucie, während sie ein paar Knöpfe drückte.

Rose schmunzelte.

»Was machen die Gesetze?«, fragte ihre Freundin, ließ
sich auf einen Stuhl nieder und fasste ihre roten, schul-
terlangen Haare zu einem Dutt zusammen. Das Neon-
licht verstärkte ihre Sommersprossen, denn es ließ ihre
Haut bleicher wirken. Lucie trug ein elegantes, blaues
Kostüm, das sich an ihrem zierlichen Körper
schmiegte. Sie war stets tadellos gekleidet.

»Wie immer. Verträge, die ich studieren und aufset-
zen muss.« Rose schenkte zwei Tassen Kaffee ein, um
sich dann zu ihr an den Tisch zu gesellen.

Lucie hatte sich ihrer seit dem ersten Tag in der Firma
angenommen. Ihr war es gleichgültig gewesen, dass
Rose eine *De Benoit* war. Sie hatte eines Nachmittags

an ihre Bürotür geklopft und ihr einen Kaffee gebracht. Das gemeinsame Kaffeetrinken hatte sich mit der Zeit eingebürgert.

»Woran denkst du?«, fragte Lucie.

Rose erzählte es ihr.

»Du hast so verloren ausgesehen, da habe ich mir gedacht, es muss nicht einfach sein, die Tochter des Chefs zu sein.«

Nein, das war es nicht. Der Gedanke an ihren Vater ließ sie seufzen. Thoma besaß einen messerscharfen Verstand. Er führte die Geschäfte der De Benoit mit eiserner Hand, wodurch er aus dem Familienunternehmen ein millionenschweres Unternehmen gemacht hatte. Der Name *De Benoit* war ein Segen und ein Fluch: Er öffnete Türen, ließ einen jedoch nie die Herkunft und die damit verbundenen Erwartungen vergessen.

»Mein Becher ist leer«, stellte Rose fest. Es war Zeit an die Arbeit zurückzukehren.

»Meiner auch«, murmelte Lucie, als sie aufstand.

***

Tock, tock, erklang der eiserne Türklopfer, als sie ihn betätigte.

Eine ältere Bedienstete öffnete die Tür. »Mademoiselle De Benoit, Sie werden bereits erwartet.«

»Danke, Aimee«, erwiderte Rose und trat ein. »Ich finde den Weg.«

Sie würde sich im Herrenhaus selbst mit verbundenen Augen zurechtfinden. Großzügige Flure, hohe Decken, unzählige Räume – ein Relikt aus vergangenen

Zeiten. Als sie zum Speisesaal ging, streifte ihr Blick einen Spiegel. Eine 32-jährige Frau mit grauen Augen starrte ihr entgegen, ihre Haut war alabasterfarben und die Haare fielen ihr in weißblonden Korkenzieherlocken bis zur Schulter. Ihr Gesicht erinnerte sie an einer Porzellanpuppe, wenn nicht ihre lange und spitzige Nase gewesen wäre. Rose trug ein cremefarbenes Zopfmusterkleid, das ihre großzügigen Kurven betonte. Sanft strich sie ihre Haare zurück, riss ihren Blick vom Spiegel los, um dann in den Speisesaal einzutreten. In dessen Mitte stand eine große Tafel, an der bis zu zehn Personen Platz fanden. Vorhänge ließen den Raum, obgleich der raumhohen Fenster, düster wirken.

»Rose«, sagte Anne De Benoit, ihre Großmutter, während sie sich erhob. »Es ist schön, dich zu sehen.« Sie war eine stolze Frau, und ihre Kleidung stets tadellos. Das Alter hatte sie mit Falten gezeichnet, ihr Haar weiß gebleicht, doch ihr Gang war trotz ihres kleinen Buckels aufrecht, was sie größer als ein Meter fünfzig erscheinen ließ. Zumindest war dies normalerweise der Fall, aber heute stützte sie sich auf einen Stock, wodurch sie zerbrechlich und wie die Frau mit 85 Jahren, die sie war, wirkte.

Rose küsste ihre Großmutter, welche sie um gut zwanzig Zentimeter überragte, auf die Wangen. »Bonsoir, wie geht es dir?«

»Das Alter, es macht, was es will.« Mamie winkte ab. »Du siehst blass aus, gehst du genug in die Sonne?«

»Ich bin immer blass«, wiegelte Rose ab. »Wo ist Thoma?« Seit sie sich erinnern konnte, hatte sie ihren Vater stets mit Vornamen angesprochen.

In diesem Moment erklangen Schritte und Thoma De Benoit trat ein. Er war ein hagerer gewachsener Mann, der Rose seine Augenfarbe und Locken vererbt hatte. Seine grau-melierten Haare trug er raspelkurz, was ihn älter wirken ließ als Anfang sechzig. »Bonsoir«, begrüßte er sie. »Schön dich zu sehen, Tochter.«

Das Essen wurde serviert. Rose genoss die Köstlichkeiten. Als Vorspeise gab es einen leichten Salat und als Hauptspeise ihr Leibgericht: Ratatouille, ein Gericht aus geschmortem Gemüse. Seit sie einer Jagd beigewohnt hatte, war sie Vegetarierin. Wenn sie so darüber nachdachte, war es seltsam, dass ihr Vater dies einfach so akzeptiert und dem Personal entsprechende Anweisungen erteilt hatte. Denn meistens hatte er wenig auf ihre Meinung gegeben. Sie hatte liebevolle Erinnerungen an ihren Vater, als sie noch ein Kind war: wie sie gemeinsam mit ihm durch den Raum tanzte, schief und laut dazu sang, doch irgendwann war diese Version durch einen distanzierten Thoma ersetzt worden. Als sie vierzehn war, steckte er sie in ein internationales Internat in Südfrankreich. Rose, die mit Mamie und diversen Au-pairs aufgewachsen war, sehnte sich nach der Gesellschaft von gleichaltrigen Jugendlichen, doch die Vorstellung von zu Hause wegzugehen, widerstrebte ihr. Sie rebellierte gegen die Entscheidung ihres Vaters – umsonst.

***

Eindrucksvoll ragten die eisernen Tore von Baron vor ihr auf, als sie ein Chauffeur absetzte. Mamie begleitete sie, denn Thoma hatte wichtige Meetings. Bevor sie sich versah, befand sie sich alleine in Südfrankreich wieder. Das Internat war luxuriös, auf die Bedürfnisse wohlhabender Kinder ausgerichtet: Von der Schwimmhalle, bis zum Pferdestall über den Schönheitssalon – nichts war vergessen worden. Doch Rose hatte sich noch nie so verloren gefühlt, nicht einmal als ihre Mutter sie verlassen hatte, denn Mamie war an ihrer Seite gewesen. Rose schwor sich eines: Sie würde alles tun, um sobald als möglich zurück nach Hause zu kommen. Nach der ersten Eingewöhnungsphase schmiedete sie einen Plan und so kam es, dass sie bei Schulschluss hinter die Sporthalle lief. Auf der Tribüne saßen einige Jugendliche, tranken Bier und rauchten.

»Salut«, grüßte Rose, während ihr Instinkt ihr zurief, zu verschwinden.

Ein junger Mann, der ihr vage bekannt vorkam, musterte sie von Kopf bis Fuß, dann hob er eine Augenbraue. Seine dunklen Haare waren verstrubbelt, er trug seine Schuluniform, einen blauen Anzug mit Krawatte, doch deren Knoten war gelockert. Er sah verwegen aus und nach Gefahr – perfekt für ihr Vorhaben.

»Salut«, erwiderte er. »Hast du dich verlaufen?« Er pustete eine Rauchwolke gen Himmel.

»Non.« Rose sah ihn mit einer Selbstsicherheit an, die sie nicht besaß. »Darf ich mal ziehen?« Sie hatte noch nie geraucht.

Er deutete auf den Platz neben sich und sie setzte sich.

»Wie heißt du?«, fragte er, während er ihr die Zigarette hinhielt.

Sie nannte ihren Namen. »Und du?«

Vorsichtig nahm sie einen Zug von der Kippe, wobei sie versuchte, nicht zu husten. Pah, das schmeckte ekelhaft.

»Marlon.« Er sah sie gelangweilt an. »Marlon Roux.«

Nun wusste sie, woher sie ihn kannte. Sein Vater hatte erfolgreich in die IT-Branche investiert und Millionen verdient. »Wir wurden uns einmal auf einer Benefizgala vorgestellt«, erinnerte sie sich.

Marlon zuckte mit den Achseln. »Kann sein. Du bist neu hier? Wie alt bist du eigentlich?«

»Ja, ich bin erst seit kurzem hier. Vorher wurde ich zu Hause unterrichtet. Ich bin vierzehn.«

»Ein Küken.« Erneut musterte er sie. Sein Blick blieb an ihren Brüsten hängen, die ein C-Körbchen füllten. »Du siehst nicht aus wie vierzehn. Hey, nicht, dass sie uns nachher verklagen, weil du mit uns abhängst. Ich bin zwar erst siebzehn, aber einige von uns sind bereits volljährig.«

»Ich fühle mich auch nicht wie vierzehn und ich bin sicher, du hast exzellente Anwälte«, entgegnete sie zynisch und zog erneut an der Zigarette.

»Du gefällst mir, poupette«, spöttelte er, um dann zu lachen. Er nannte sie Püppchen, ein Kosewort. Sie wusste noch nicht, ob ihr dies gefiel oder nicht.

»Ich stelle dir mal die Clique vor, vielleicht sehen wir uns ja öfter.« Er zwinkerte ihr zu. Der einzige Name, den sie sich merkte, war Judith. Eine junge Frau mit einem blonden Bob und grauen Augen.

»Nun da du alle kennst, willst du ein Bier?«

***

»Magst du einmal ziehen?«, fragte Judith sie einige Tage
später, als sie sich neben sie setzte.

Es hatte sich eingebürgert, dass sie ihre Freizeit mit
Marlon und seinen Freunden verbrachte. Marlon, der
die Welt zu hassen schien. Doch manchmal überraschte er sie, zitierte Gedichte aus dem Gedächtnis
oder regte eine interessante Diskussion über ein Buch
an, das er kürzlich gelesen hatte.

Rose nahm die Kippe dankend entgegen.

»Marlon und du, läuft da was?«

»Wieso? Bist du eifersüchtig?«, entgegnete Rose.

»Ich nicht, aber Jeanne.«

Rose warf Jeanne, die hellrosa Haare hatte, einen
flüchtigen Blick zu. Diese lehnte gemeinsam mit
Héloise rauchend an einer Rückwand und beachtete
sie nicht.

»Na ja, ich vermute, sie hatte ihre Chance. Entweder
will sie etwas von ihm und kann ihn nicht haben oder
sie hatten was miteinander und er wurde ihrer überdrüssig«, sprach Judith weiter.

Rose zuckte gespielt cool mit den Achseln, während
ihr Herz laut pochte. »So oder so ist das nicht mein
Problem.«

»Du bist tough.« Judith, die nur ein Jahr älter als sie
war, lachte. »Jetzt verstehe ich, was Marlon an dir findet. Ich nenne dich Ro, weil du cool bist. Lass uns
Freundinnen sein.«

»Einverstanden«, entgegnete sie scheinbar gelassen,
doch ihr Herz hüpfte vor Freude.

»Rose.« Marlon setzte sich und legte ihr einen Arm um
die Schultern. »Wir haben gerade beschlossen, dass wir
heute Party machen. Bist du dabei?«

»Klar. Sag mir wo und wann. Ich werde dort sein.«

»Das ist mein Mädchen«, meinte er, um sie anschließend auf die Wange zu küssen.

Das Ganze kam so unerwartet, dass Rose knallrot anlief, was nicht unbemerkt blieb.

»Wie süß, schaut sie euch an. Die Unschuld vom Lande«, rief Calvin und die anderen lachten.

»Hör nicht auf sie«, flüsterte Marlon an ihrem Ohr. »Ich freue mich, dass du dabei bist.«

Für alle hörbar rief er: »Wir sehen uns später. Ich muss nachsitzen, habe ein Chemie-Experiment verbockt und fast das Labor in die Luft gejagt.«

»Armer Marlon«, sagte Judith. »Seine Stärke liegt in Sprache und Literatur, doch sein Vater will davon nichts hören.«

Das kam ihr bekannt vor. Während Mamie jeden Tag anrief, hatte Thoma ihr einmal geschrieben und nachgefragt, ob sie sich gut eingelebt hatte. Das war vor einem Monat gewesen. Seitdem hatte sie nichts mehr von ihrem Vater gehört.

Am Abend zog Rose ihr neues Kleid an, das sie sich beim letzten Stadtbesuch gekauft hatte. Es war eng geschnitten, rot und betonte ihre Kurven. Gut sah sie aus, älter, befand sie, bevor sie das Zimmer verließ. Eine Limousine wartete auf Rose und ihre Freunde. Marlon und Héloise waren vorausgefahren. Im Grunde durfte Rose das Internatsgebäude nicht verlassen, aber das war ihr egal, sie hoffte sogar, dass sie entdeckt wurde, als sie losfuhren. Die Villa befand sich eine halbe Stunde entfernt, als sie ankamen, nickte Rose anerkennend. Es war ein neumodisches Gebäude mit Indoor-Swimmingpool.

Sie sah sich suchend nach Marlon um. Plötzlich spürte sie, wie sich zwei Arme um sie schlugen. »Salut, poupette.«

Als sie sich umdrehte, damit sie Marlon begrüßen konnte, weiteten sich seine Augen. »Du siehst scharf aus.«

Sie versuchte, ihre Verlegenheit zu überspielen, indem sie das Thema wechselte. »Merci. Das Haus ist wunderschön.«

»Es gehört den Eltern von Héloise, doch sie sind nie hier.«

»Héloise ist im Internat, obwohl sie ein Haus hier haben?«

»Tja, du weißt, wie das ist. Sie ist noch nicht volljährig und sie wollen keine Klage, wegen Verletzung der Aufsichtspflicht, blablabla.« Er nahm sie an der Hand. »Genug davon. Willst du etwas trinken? Ich mixe dir etwas zusammen.«

Sie nickte und folgte ihm an die Bar.

»Vertraust du meinem Urteil?«

»Klar.« Rose musterte Marlon. Sie hatte ihn noch nie so fröhlich gesehen. »Ist alles in Ordnung?«

»Ich genieße das Leben, denn der Countdown läuft. Nächstes Jahr um diese Zeit werde ich mein Studium in BWL antreten, um dann in der Firma meines Vaters einzusteigen.«

»Ist es das, was du willst?«

»Wen interessiert es, was ich will?« Bitter lachte er, während er einen Cocktail zubereitete. »Mein eigenes Business wollte ich aufbauen, einen Verlag, um fähige Autoren auf ihren Weg zu unterstützen und ihnen ein Sprachrohr zu geben. Ich habe versucht, mit meinem

Alten zu verhandeln. Mein Vater will davon nichts hören. Ich habe zu gehorchen oder mir wird der Geldhahn
zugedreht. Also mache ich, was er will, zumindest vorerst.«

Er drückte ihr ein Getränk in die Hand. Sie kostete
vorsichtig. Es schmeckte nach Kokosnuss und fruchti-
gen Säften. Sie hätte es ausgetrunken, wenn Marlon sie
nicht aufgehalten hätte. »Langsam, das steigt dir
schneller zu Kopf als dir lieb ist. Du hängst dann den
ganzen Abend über der Kloschüssel.«

»Danke für die Warnung.« Plötzlich war sie unsicher
und umklammerte das Getränk. Sie war noch nie mit
Marlon allein gewesen, und die Art, wie er sie ansah,
machte sie verlegen.

»Tanz mit mir, ma poupette.« Er nahm sie an der
Hand und zog sie in das Nebenzimmer, aus dem laute
Töne erklangen. Vergessen war der Cocktail. Marlon
tanzte mit ihr, die Musik sowie die bunten Lichter hatten etwas Hypnotisches an sich. Sie ließ sich treiben
und bewegte sich im Rhythmus. Sanft schlang er seine
Arme um sie, und bevor sie sich versah, spürte sie seinen Mund auf ihrem. Ihr erster Kuss. Mon Dieu! Hoffentlich machte sie nichts falsch. Marlon presste seine
Lippen fester auf ihre, bis sie atemlos war. Lachend
löste er sich von ihr, wirbelte sie im Kreis und küsste
sie abermals.

»Lass uns von hier verschwinden!« Er nahm ihre
Hand. Sie folgte ihm durch den Raum und den Flur entlang, bis sie vor einer angelehnten Tür stehen blieben,
die er aufstieß. Dahinter befand sich ein ausgedehntes
Schlafzimmer mit einer Lounge. Bevor sie überlegen
konnte, schloss er die Tür hinter sich und zog sie an

sich. Seine Küsse erstickten alle Gedanken im Keim, sie spürte seine Finger auf ihrem Oberschenkel, die Empfindungen, die er in ihr auslöste, waren ungewohnt. Ein Kribbeln, das sich von ihrem Bauch abwärts ausbreitete.

»Soll ich aufhören?«

»Ich, ähm ...« Tief atmete Rose ein, denn ihr fehlte der Sauerstoff, um nachzudenken.

»Bist du noch ... Jungfrau?«

Verschämt nickte sie, während ihre Wangen warm wurden.

»Merde.« Er legte sich zusammen mit ihr auf die Couch. »Ich wusste es.«

Fieberhaft überlegte sie: Wollte sie ihre Unschuld auf einer Party verlieren? Die alte Version ihrer selbst schrie: »Nein!«, doch die neue Rose rief: »Warum nicht?«. Tief in ihr knallte sie die Tür zu ihrer Vergangenheit zu und küsste Marlon.

»Fang nichts an, das du nicht beenden möchtest«, murmelte er, als er sie an sich zog.

»Wer sagt, dass ich aufhören will?«

In dieser Nacht schenkte sie ihm neben ihrer Unberührtheit, ihr Herz und sie wurden ein Paar. Doch am Ende des Schuljahres erreichte ihre Beziehung ein Ablaufdatum, als Marlon sein Studium begann, nebenbei in die Firma seines Vaters einstieg und sich keine minderjährige Freundin erlauben konnte. Im Sommer begegneten sie sich auf einer Gala in Paris, wo sie die Nacht gemeinsam verbrachten. Doch es war ein »au revoir« anstatt eines »bientôt«, sie sah es an seinem traurigen Blick, als sie sich verabschiedeten.

***

Ab dem darauffolgenden Herbst teilte sie sich das Internatszimmer mit Judith, die ihre beste Freundin wurde. Gemeinsam machten sie das Internat unsicher und luden zu geheimen Partys. Als Judith das Abitur abschloss und Rose allein zurückließ, suchte sie nach neuen Abenteuern. Der junge und hübsche Literaturstudent Mathieu Maurin, der ein Praktikum an der Schule absolvierte, kam ihr mit ihren siebzehn Jahren gelegen. Unter dem Vorwand, Hilfe bei der Entscheidung für die richtige Uni zu benötigen, kam sie ihm näher und wickelte ihn um den Finger, bis sie eine Affäre eingingen. Womit sie nicht gerechnet hatte, war, dass er ihre Liebe zur Literatur weckte und ihr zeigte, wie es war, mit einem Mann und keinem Jungen zu schlafen. Alles war gut, bis ein Klassenkamerad nach einer schlechten Note das Gerücht in die Welt setzte, dass Rose und Mathieu eine Affäre hätten. Der Student half dem Professor bei der Benotung der Arbeiten, was allgemein bekannt war, und Rose hatte letzthin gute Noten erhalten. Dies jedoch nicht aufgrund von Bevorzugung, sondern weil Mathieu einen guten Einfluss auf sie hatte. Die Anschuldigung des Mitschülers kostete ihrer Affäre beinahe seinen Praktikumsplatz. Fast hätte sie Früchte getragen, doch ihr Vater schaltete seine Anwälte ein, die die Unterstellungen im Keim erstickten. Es half, dass sie mittlerweile volljährig geworden war. Am selben Abend war ihre Liaison beendet und sie bewarb sich an einer der bekanntesten Justizfakultäten des Landes. Wenige Monate später trat sie ihr Jurastudium an.

»Rose? Ist alles in Ordnung?«, fragte Mamie, womit sie ihre Enkelin in die Gegenwart zurückholte. »Du hast dein Crème brûlée nicht angerührt.«

»Ja, entschuldige. Es war ein arbeitsintensiver Tag.« Sie löffelte ihr Dessert und schmeckte die vollmundige Süße. Als sie aufsah, bemerkte sie, wie ihre Großmutter und ihr Vater einen Blick wechselten.

»Rose, ich muss dir etwas erzählen.« Mamie räusperte sich, während sie nervös ihre Hände knetete.

Auf ihrem Körper breitete sich eine Gänsehaut aus, instinktiv wappnete sie sich, denn ihre Großmutter war stets gefasst. Wenn sie nun nervös war, musste dies Schlimmes bedeuten.

»Ich bin krank, sehr krank.« Ihre Worte schlugen wie eine Bombe in das Herz von Rose ein. Ohne es zu wollen, hielt sie den Atem an. »Die Ärzte haben alles getan, um es hinauszuzögern. Doch die Leukämie hat mich fest im Griff, ich schlage nicht auf die Behandlungen an und sie können meine Schmerzen zwar lindern, mir aber nicht nehmen. Ich wollte dich nicht damit belasten, doch nun ist die Zeit gekommen, es dir mitzuteilen. Meine Tage neigen sich dem Ende zu.«

»Warum hast du nichts gesagt?«, platzte es aus Rose heraus, die hastig nach Luft rang. Der Schmerz über diese Nachricht bohrte sich wie ein Messer in ihr Herz. Mamie durfte sie nicht allein lassen, egal, wie alt sie war. Was sollte sie ohne sie machen?

»Ich wollte dich nicht beunruhigen, solange es noch Hoffnung gab.«

»Wir könnten andere Meinungen einholen. Vielleicht gibt es alternative Möglichkeiten«, überlegte Rose fieberhaft, ignorierte den Part, wo Mamie sagte, dass es hoffnungslos war.

Sacht schüttelte Mamie den Kopf. »Wir haben alles ausgeschöpft. Niemand kann mich heilen. Ich bin müde vom Kämpfen.«

»Die besten Spezialisten auf diesem Gebiet haben dies bestätigt«, ergänzte Thoma. »Leider war dies auch für uns sehr plötzlich und unerwartet.«

»Wie lange wisst ihr davon?« Ein Kloß saß in ihrer Kehle.

Mamie senkte den Kopf. »Einige Wochen? Doch ich bemerke bereits seit geraumer Zeit, dass meine Kraft schwindet.«

»Ich wünschte, ihr hättet es mir gesagt.« Nur mit Mühe hielt sie ihre Gefühle im Zaum. Ihre Finger zitterten, sodass sie diese auf ihren Oberschenkeln ablegte.

Ihre Großmutter hob den Blick, der müde wirkte. »Das hätte nichts geändert. Es war meine Entscheidung, dich erst jetzt einzuweihen. Ich hoffe, du kannst mir verzeihen.«

Rose atmete tief ein, bevor sie sacht nickte. Es würde ihr nichts anderes übrig bleiben. Zudem wusste sie, dass Mamie nur aus Liebe gehandelt hatte und sie beschützen wollte.

»Thoma«, richtete ihre Großmutter das Wort an ihren Sohn. »Begleitest du mich in mein Zimmer? Ich möchte mich ausruhen.«

Er nickte und half ihr hoch. Die Finger von Mamie klammerten sich an den Stuhl, während sie nach ihrem Gehstock tastete. Wie hatte ihr Mamies offensichtliche

Schwäche nicht auffallen können? War sie so mit sich selbst beschäftigt gewesen?

Mamie lächelte sie beruhigend an und strich ihr übers Haar. »Sehen wir uns bald?« Das fragte sie immer zum Abschied.

»Natürlich.« Rose zwang sich zu einem Lächeln, sah ihnen nach, wie sie das Zimmer verließen, während ihre Welt zusammenbrach.

Kapitel 2

Müde sperrte sie die Haustür zu ihrem Loft auf. Es war eine moderne Konstruktion aus Beton und Glas, was zu ihrem Beruf, aber nicht zu ihrer Persönlichkeit passte. Lieber hätte sie ein Häuschen im Grünen gehabt, doch die Wohnung war eine gute Investition gewesen. Der Flur war aufgeräumt, es wirkte fast klinisch sauber, wofür eine Haushälterin sorgte. Dies nahm sie nur am Rande wahr, denn ihre Gedanken waren bei ihrer Großmutter. Im offenen Wohnraum saß ihr Partner Jérôme Sinclair und brütete über Unterlagen. Jérôme, von seinen Freunden, Jeri genannt, war Anwalt und stammte aus gutem Hause. Sie hatten sich beim Studium kennengelernt. Nachdem er das erste Mal seine Meinung bei einer Diskussionsrunde kundtat, hatte sie sich zu ihm hingezogen gefühlt. Er hatte einen Lockenkopf, braune, etwas verloren dreinblickende Augen und wählte seine Worte stets mit Bedacht. Als sie gemeinsamen einen Fall für die Uni vorbereiten sollten, funkte es zwischen ihnen. Anstelle einer Begrüßung küsste sie ihn auf den Kopf, denn sie wollte ihn nicht aus seiner Konzentration reißen. Jeri war einer von den Guten, der in seiner Freizeit Pro-bono-Fälle bearbeitete und Hunde aus dem Tierheim ausführte. Sie wusste, er wünschte sich mehr. Er wollte heiraten und Kinder mir ihr haben. Doch sie fühlte sich allein bei der Vorstellung daran gefangen, weshalb es ein schwieriges

Thema zwischen ihnen war und sie dem deshalb regelmäßig auswich. Es fühlte sich an, als würde er von ihr fordern, eine hingebungsvolle Ehefrau und Mutter zu sein, wobei sie ihre Karriere automatisch zurücksetzen sollte. Dafür war sie noch nicht bereit.

»Salut«, sagte er, während er seine Arme um sie schlang.

»Schwieriger Fall?«, entgegnete sie automatisch. Sie würde Jeri vorerst Mamies Krankheit verschweigen, denn sobald sie es ihm erzählte, würde es real werden und sie brauchte Zeit alles zu verdauen.

Er brummte anstelle einer Antwort und ließ sie wieder los. Jeri war in Gedanken weit weg, was sie ihm nicht übelnahm – sie war daran gewöhnt. Rose ging ins Badezimmer, das in dunklen Farben gehalten war, um sich abzuschminken. Was sollte sie ohne Mamie machen, was hielt sie und ihren Vater nach deren Tod noch zusammen? Sie betrachtete sich im Spiegel, als sie etwas bemerkte. Im Grunde war sie all das geworden, was Thoma immer gewollt hatte: Anwältin in seiner Firma, einen respektablen Lebenspartner, sogar die Wohnung war mehr nach seinem Geschmack als nach ihrem. Doch ansonsten verband sie und ihren Vater nichts. Sie drängte die Gedanken beiseite, schlurfte müde ins Schlafzimmer, in dem Brauntöne überwogen, und legte sich ins Bett. Ihre Stimmung schlug um, denn ihre Großmutter fiel ihr wieder ein. Sie durfte nicht krank sein! Was sollte sie ohne sie machen? Tränen rannen über ihre Wangen, benetzten das Kissen, welches Zeuge ihres Kummers wurde. Die Gefühle überwältigten sie, laugten sie aus, bis sie sich in den Schlaf geweint hatte.

Irgendwann in der Nacht merkte sie, wie sich jemand an sie schmiegte. »Bist du noch wach?«, ertönte Jeris Stimme an ihrem Ohr.

Anstelle einer Antwort drückte sie ihre Lippen auf seine. Er verstand die stille Aufforderung und erwiderte den Kuss.

***

Die nächsten Tage regnete es in Strömen. Die Abende verbrachte sie bei Mamie, ihr Zustand verschlechterte sich rapide, was ihr Sorge bereitete. Unkonzentriert saß sie im Büro und sah aus dem Fenster, doch es schien am Nachmittag keine Verbesserung des Wetters in Sicht zu sein. Sie senkte den Blick wieder auf die Verträge vor ihr, aber ihre Gedanken schweiften zu ihrer Großmutter ab. Ihr Verstand weigerte sich, zu glauben, dass diese so schwer krank sei. Ihre Konzentration war ein fragiles Gebilde, das ständig in sich zusammenstürzte. Rose fasste die Haare zu einem Dutt zusammen und stand auf. Für eine Vereinbarung zwischen ihrem Mandanten und dem Kläger benötigte sie historische Informationen und der Platzwechsel ins Archiv würde ihr guttun. Auf dem Weg kam sie an Lucie vorbei, die am Telefon hing und die Augen verdrehte. Rose schmunzelte wider Willen und betrat wenig später das Archiv. Sie verbrachte gerne ihre Zeit mit Recherchen, abseits ihres Büros. In der Mitte des Raumes befand sich ein kleiner Tisch mit zwei Stühlen, rundherum standen Bücherregale und an den Wänden hohe Aktenschränke. Sie zog einige dicke Wälzer heraus und vertiefte sich in ihrer Lektüre. Die Recherchen brachten ihre Gedanken zum Verstummen, weshalb sie sich auf ihre Arbeit fokussieren konnte. Bevor sie sich versah, war der Feierabend angebrochen. Sie räumte das Archiv auf, dann zückte sie ihr Handy, sobald sie wieder Empfang hatte, um die Nummer ihrer Großmutter zu wählen. Doch auf ihrem Telefon erschienen zwei Anrufe in Abwesenheit von ihrem Vater. Komisch, Thoma rief sie nie persönlich an. Ihr Herz schlug ihr bis zum Hals, denn das konnte nichts Gutes bedeuten. Schnell wählte sie seine Nummer, während sie das Gebäude verließ. Aber der Anruf ging ins Leere. In der Zwischenzeit war eine Nachricht eingetroffen, die er vor einer halben Stunde versendet hatte.

Komm nach Hause. – Thoma

»Ich bin so schnell gekommen, wie ich konnte«, rief Rose, als sie wenig später das Herrenhaus betrat. Sie hatte ihren Schlüssel das erste Mal seit Jahren benutzt, da auf ihr Klingeln niemand reagiert hatte. Im Haus war es still, zu still. Es erinnerte sie an die Zeit, als ihre Mutter sie verlassen hatte und alle Geräusche plötzlich verstummt waren. »Mamie? Thoma?«

Keine Antwort. Zögerlich ging sie die Treppe hinauf, die zum Zimmer ihrer Großmutter führte. Ihr Magen verkrampfte sich. Sie spürte, wie Übelkeit in ihr aufstieg, die sie nur mühsam unter Kontrolle hielt. Rose nahm all ihren Mut zusammen, bevor sie an die Holztür am Ende des Korridors klopfte und eintrat, ohne auf eine Rückmeldung zu warten. Stickige Luft schlug ihr entgegen, die ihr das Atmen schwermachte. Die

Vorhänge waren zugezogen, vereinzelte Kerzen brannten und im Himmelbett in der Mitte des Raumes lag Mamie. Thoma saß an ihrer Seite das Gesicht in den Händen vergraben. Zögerlich trat sie näher. Ihre willensstarke Großmutter sah zerbrechlich aus, wie sie so dalag in ihrem weißen Nachthemd und der Bettdecke. Es war, als hätte sich das Alter auf leisen Sohlen an sie herangeschlichen und sie plötzlich eingeholt. Sie war bleich und ihr Haar zerzaust. Der Holzboden knarzte, beim Geräusch hob Thoma den Blick und sah sie an. Seine Augen waren gerötet und auf seinen Wangen zeichneten sich Abdrücke ab.

»Gut, dass du gekommen bist«, sagte er, um Fassung bemüht. »Mamie geht es schlechter. Sie hat mich gebeten, dich zu rufen und das Personal nach Hause zu schicken.«

Rose blickte auf ihre Großmutter, auf das leichte Heben und Senken ihres Brustkorbes.

»Sie ruht sich aus. Du kannst meinen Platz einnehmen, dann lasse ich euch allein.« Er stand auf, während er sie unbeholfen ansah, fast so, als wollte er sie umarmen und ihr Trost spenden. Aber er blinzelte nur, nickte ihr dann zu und verließ das Zimmer.

Rose, die das Gefühl hatte, zu ersticken, riss die Vorhänge zur Seite und die Fenster auf. Gierig inhalierte sie die frische Luft. Sie hatte doch gerade erst von der Krankheit ihrer Großmutter erfahren und heute sollte sie bereits an ihrem Sterbebett sitzen? Sie verharrte einige Minuten, nahm tiefe Atemzüge, bis sie sich gewappnet fühlte, für das, was auch immer kommen würde. Als sie sich neben Mamie setzte, bemerkte sie, dass diese die Augen geöffnet hatte.

»Ich wollte dich nicht wecken«, sprach Rose, während sie nach der Hand ihrer Großmutter griff, um sie sanft zu drücken.

»Das hast du nicht. Ich bin froh, dass du hier bist.« Mamie sah sie liebevoll an. »Reichst du mir bitte das Wasser?«

Rose sah sich um, bevor sie ein Glas auf dem Nachttisch entdeckte und es ihr gab.

»Wie geht es dir?«, sprudelte es aus ihr hervor, nachdem Mamie getrunken hatte. »Vater hat gesagt –«

»Das tut nichts zur Sache«, unterbrach ihre Großmutter sie. »Ich merke, wie meine Kräfte schwinden. Ich bin müde, habe Angst, dass ich irgendwann einschlafe und nicht mehr aufwache, und ein Geheimnis mit ins Grab nehme.«

»Ich kann dir Papier und Stift bringen oder es für dich aufschreiben«, bot Rose sogleich an, um Contenance bemüht, während es sie innerlich zerriss. Sie würde alles tun, damit Mamie aufhörte, über ihren Tod zu sprechen, gleichzeitig ahnte sie, dass die Offenbarung unangenehmer Natur war, wenn ihre Großmutter diese so lange für sich behalten hatte.

»Ma puce, du musst mir zuhören.« Sie umklammerte den Arm ihrer Enkelin, der Griff war fest und passte nicht zu ihrem zerbrechlichen Äußeren. »Es geht darum, was dein Großvater getan hat und ich nicht verhindert habe. Doch um der Geschichte gerecht zu werden, muss ich weit ausholen ...«

KAPITEL 3

Oscar de Benoit
5. März 1999

Ein Husten fuhr durch seinen Körper. Er hielt sich ein Stofftaschentuch vor dem Mund, als er es beiseitelegte, befand sich Blut darauf. Doch davon ließ er sich nicht abbringen, sein Schriftstück zu beenden. Oscar De Benoit war ein stolzer Mann, dem selbst eine Krankheit nicht aus der Bahn warf. Er umklammerte die Ecken des abgenutzten Mahagoni-Schreibtisches, als ihm ein erneuter Hustenanfall schüttelte. Dann schob er das fertiggestellte Schreiben zur Seite, aus Angst, es zu beschmutzen und erhob sich mit einem Ächzen. Manchmal fragte er sich, ob seine Erkrankung eine Bestrafung Gottes sein könnte, weil er vom rechten Pfad abgekommen war. Oscar, der sich im Gegensatz zu seiner Mutter, der Herr habe sie selig, für keinen gottesfürchtigen Menschen hielt und die Gottesdienste nur aus Pflichtbewusstsein besuchte, dachte in letzter Zeit oft daran, wie es sein würde zu sterben. Doch dann wischte er die Gedanken beiseite, weil es Wichtigeres gab, um das er sich kümmern musste. Sein Blick fiel auf das Familienporträt von seiner Frau, seinem Sohn, damals noch ein Knabe, und ihm. Ernst blickten sie ihn an. Er fragte sich, wo die Zeit geblieben war, denn seit dem Gemälde waren zwei Jahrzehnte verstrichen. Die Hochzeit mit seiner Frau Anne, war eine arrangierte Ehe unter Adeligen gewesen, ein Versuch seiner Eltern sich mit ihrer Mitgift von den Geldsorgen zu befreien. Dies hatte er jedoch erst im Nachhinein erfahren. Oscar hatte sich damit abgefunden, wie mit so vielem in seinem Leben, und seine Frau lieben gelernt. Nach dem Tod seiner Eltern wurde er mit der bitteren Wahrheit konfrontiert: Anstelle eines Vermögens hinterließen sie ihm Schulden und ein Haus, dessen Erhalt sie finanziell ruinierte. Plötzlich Waise fand er sich mit einer hochschwangeren Frau, einer kürzlich eröffneten Kanzlei und ohne Geld wieder. Um seinen Ruf nicht zu riskieren, tat er alles, um zu überleben und das Dach über ihrem Kopf nicht zu verlieren – auch wenn dies bedeutete, sich mit den falschen Leuten einzulassen und diese unter der Hand zu vertreten. Ihre schmutzigen Scheine füllten seine Kassen. Anne fragte nie nach, obwohl sie zu ahnen schien, dass spätabendliche Besuche beim Hintereingang nicht zur Norm gehörten. Er arbeitete hart, bis alle Schulden beglichen und die Familie wieder von Wohlstand sprechen konnte. Erst, als Thoma nach seinem Juraabschluss angefangen hatte, in der Familienkanzlei zu arbeiten, hatte er so etwas wie Scham verspürt, weil er den Namen der De Benoit beschmutze. Sein Sohn stellte Fragen, die eines Anwalts würdig waren, ihn jedoch in Bedrängnis brachte. Thoma war es wichtig, ehrliches Geld zu verdienen und sich in keine moralischen Abgründe zu begeben, wie er ihm einige Male erklärt hatte. Aus diesem Grund beschloss Oscar die Zusammenarbeit mit seinen berüchtigteren Mandanten aufzukündigen. Im Gegensatz zu seinen Eltern wollte er seinem Sohn ein geordnetes Erbe hinterlassen.

Helles Kinderlachen erklang, was ihm gleichzeitig ein warmes und wütendes Gefühl bescherte. Thoma hatte in Paris während des letzten Jahres seines Jurastudiums ein Mädchen, Lola, kennengelernt. Sie war Straßenkünstlerin und fertigte Porträts sowie Zeichnungen an, doch vor allem ihre Schönheit, die langen blonden Locken, die graue Iris und zierliche Gestalt, brachte die Vorbeigehenden dazu, stehen zu bleiben. So war es ihm zumindest von Thoma erzählt worden, der seine Augen nicht von ihr wenden konnte und alles tat, damit sie ihn bemerkte. Lola war ein englischer Freigeist, sie lebte in einem ausrangierten VW-Bus, schlug sich mit Gelegenheitsjobs in Paris durch und besaß gerade genug, um zu überleben, wofür sie Oscars Respekt hatte. Die Freiheit, zu tun, was man wollte, ohne den gesellschaftlichen Normen zu entsprechen, zog Thoma, der sich stets den strengen Regeln seines Vaters unterordnen musste, wie ein Magnet an. Das Oberhaupt der De Benoit verstand dies, denn es war ihm nicht anders ergangen. Doch was er nicht in den Kopf bekam, war der Moment, an dem Thoma an die Tür des Elternhauses klingelte, eine hochschwangere Lola im Schlepptau mit einem Ring an ihrem Finger. Wie es sich herausstellte, war sie bereits wenige Wochen nach ihrer ersten Begegnung guter Hoffnung.

»Das ist meine Frau Lola«, stellte Thoma sie seinen sprachlosen Eltern vor und erzählte, wie sie sich kennengelernt hatten. Sie winkte schüchtern, während sie eine Hand schützend auf ihren Bauch legte.

»Bist du von allen guten Geistern verlassen?«, tobte Oscar, als er mit seinem Sohn alleine war. »Du hast eine Frau geschwängert und ohne Ehevertrag geheiratet? Weißt du, was für uns auf dem Spiel steht?« Er hatte sich für ihn eine angemessene Partie aus noblem Hause gewünscht, keine vermögenslose Straßenkünstlerin. Oscar hatte für seine Familie alles riskiert. Sein Sohn hingegen gefährdete seine Opfer, indem er seine Hosen nicht anbehalten und Lola zu ihnen gebracht hatte.

»Ich liebe sie, Vater.« Thoma sah ihn an. »Ich will mein Leben mit ihr verbringen.«

»Sag mir, Sohn ...« Er legte seine Stirn in Falten. »Seid ihr auch vor dem Gesetz Mann und Frau?«

Thoma schlug die Augen nieder. »Nein, wir müssen noch standesamtlich heiraten, damit unsere Verbindung anerkannt ist.«

Erleichterung durchströmte Oscar, die er sich nicht anmerken ließ. »Ich werde den Ehevertrag vorbereiten, den soll sie unterschreiben.«

»Vater –«

»Genug, Sohn. Dieser Punkt ist nicht verhandelbar.«

So kam es, dass Lola blind vor Liebe eine Vereinbarung unterschrieb, der sie im Falle einer Trennung mittellos und ohne Kind zurücklassen würde. Thoma glaubte an ihre Verbindung, weshalb er sie im Dunkeln ließ. Einen Monat später gebar Lola ein Mädchen, Rose. Die Geburt seiner Enkelin versöhnte ihn mit den Entscheidungen seines Sohnes. Die Jahre vergingen. Alles war gut, bis er seine Schwiegertochter kürzlich mit Thoma darüber sprechen hörte, dass sie sich ein einfaches Leben, abseits von den erdrückenden Verpflichtungen der Gesellschaft, wünschte. Sie fühlte sich in

diesem Haus wie in einem Mausoleum und wollte, dass
Rose auf dem Land aufwuchs. Von da an war sie ihm
ein Dorn im Auge, eine Gefahr, die es zu bannen galt.
Denn Thoma war sein Alleinerbe, der sein Lebenswerk
fortsetzen und das gute Ansehen der Familie bewahren
sollte. Solange Oscar am Leben war, würde sich Lolas
Traum nicht erfüllen, dafür sorgte er. Doch nach seinem Tod gab es niemand mehr, der sie aufhalten
würde. Er musste sie loswerden, bevor er starb, und
hatte bereits einen Plan.

Als ihm Lola am Abend das Essen ans Bett trug, seine
Kräfte reichten nicht mehr aus, um den ganzen Tag zu
überstehen, bedankte er sich wie immer bei ihr.

»Ich würde mich gerne mit dir unterhalten.« Er
schenkte ihr ein knappes Lächeln.

Sie nickte, wobei sie ihm aus unschuldigen Augen ansah.

»Du warst immer gut zu mir, weshalb ich ehrlich zu
dir bin: Ich weiß von deiner Vergangenheit, in welchen
Nachtclubs du dich herumgetrieben und mit wem du
verkehrt hast.«

Sprachlos sah sie ihn an.

»Wusstest du, dass Thoma einer anderen Frau versprochen war? Er hat dich nur geheiratet, weil du
schwanger geworden bist. Ich will dich mit diesen Worten nicht verletzen, aber du bist die Falsche für ihn. Du
hältst ihn davon ab, großes in seinem Leben zu erreichen. Frag ihn, er wird es dir bestätigen.« Oscar sah sie
eindringlich an. »Du gehörst nicht hierher. Ein unbe-
dachtes Wort und man wird sich über dich das Maul
zerreißen. Du bist der Meinung im Zirkel der Adeligen

aufgenommen worden zu sein? Thoma hat deine Vergangenheit verschwiegen, doch was, wenn die Wahrheit ans Licht kommen würde? Sie würden euch verstoßen und in den finanziellen Ruin treiben.«

»Ich habe mein Geld stets ehrlich verdient. Was ich von dir nicht behaupten kann«, entgegnete Lola. Ihre Hände zitterten, was verriet, wie viel Mut es sie kosten musste, diese Worte auszusprechen.

»Mädchen, du weißt gar nichts.« Er starrte sie an, bis sie den Blick abwenden musste. »Eine obdachlose Straßenkünstlerin an Thomas Seite. Eine Frau, die in bestimmten Establishments gekellnert hat. Wer weiß, ob sie nicht sogar selbst angeschafft hat, um zu überleben.«

»Das habe ich nie –«

»Wer wird dir das glauben? Thoma, vielleicht. Doch alle werden sich von euch abwenden und ich kann dir nicht versprechen, dass er an deiner Seite sein wird. Er hatte die Gelegenheit, dieses Leben aufzugeben, aber er hat sich dazu entschlossen zurückzukommen. Wenn es hart auf hart kommt, wird er sich für sich entscheiden. Nicht für dich.«

»Du bist grausam.« In ihren Augen standen Tränen, die sie nur mühsam zurückhielt.

»Du hast die Wahl: Gehen oder bleiben. Aber, wenn du bleibst, wird dein Leben hier zur Hölle werden und alles, was ihr euch aufgebaut habt, wie ein Kartenspiel in sich zusammenstürzen.«

»Was habe ich dir getan?«

»Gar nichts«, entgegnete Oscar. »Aber deine Anwesenheit ist eine Gefahr. Du kannst gerne zu Thoma rennen, doch er wird dir nicht glauben, dass sein alter, kranker

Vater so etwas zu dir sagen würde. Wobei dein Wort gegen meines stehen würde. Wem würde er wohl mehr Glauben schenken? Seiner freiheitsliebenden, alternativ denkenden Frau oder seinem Vater, der ihm alles vermachen wird?«

Sie richtete sich auf und wischte sich die Tränen aus dem Gesicht. »Du willst, dass ich gehe?«

»Ich möchte, dass du gehst und nie mehr zurückkehrst. Solltest du es wagen, zurückzukommen, wirst du es bitter bereuen. Auf der Kommode findest du eine Tasche voller Geld, nimm sie und verschwinde aus seinem Leben.«

»Ich will dein schmutziges Geld nicht«, schleuderte sie ihm entgegen.

»Nimm es oder lass es sein. Es ist mir einerlei. Das Wichtige ist nur, dass du gehst.«

Lola erhob sich, während sie ihm einen fassungslosen Blick zuwarf.

»Daneben findest du die Scheidungsunterlagen. Unterzeichne sie, dann lasse ich dich in Ruhe und du kannst dir ein neues Leben aufbauen. Fern von Thoma.«

In ihren Augen loderte Hass auf. »Was ist mit meiner Tochter?«

»Sie wird bei ihrem Vater aufwachsen, wie es im Ehevertrag verfügt wurde. Anne wird sich gut um sie kümmern und es wird ihr an nichts fehlen.«

»Ihre Mutter wird ihr fehlen«, flüsterte sie mit gebrochener Stimme. Er ahnte, dass sie sich fragte, zu was sie damals beim Unterzeichnen ihr Einverständnis gegeben hatte. »Wie kann ich sie zurücklassen?«

»Du hast die Wahl«, entgegnete er ungerührt. »Entscheide dich richtig, sonst wirst du es bereuen.«

»Du bist ein Monster.« Verachtung schwang in jedem ihrer Worte mit.

»Ich bin Anwalt. Meine Seele habe ich bereits vor langer Zeit verkauft.« Er hustete und Blut befleckte das weiße Laken. »Ich habe Vorkehrungen getroffen, damit in meinem Willen gehandelt wird, falls ich vorzeitig versterbe.«

Er hatte Lola gebrochen, das sah er ihr an, als sie auf die Kommode zuging und mit zittrigen Händen die Unterschrift machte.

»Sag mir, war der Ehevertrag deine Idee?«, fragte sie, während sie sich auf dem Möbelstück abstützte.

»Thoma hat nicht nachgedacht und schlussendlich erkannt, welchen Fehler er beinahe gemacht hätte.« Erneut beutelte ihn der Husten. Seine Zeit lief ab. »Genug Geplänkel. Unterschreib jetzt.«

»Du hast das alles von langer Hand geplant.« Lola folgte seiner Anweisung, nicht ohne ihm vorher einen Todesblick zuzuwerfen. »Ich würde ja sagen, dass ich hoffe, dass du einen grausamen Tod erleidest, doch dieser Wunsch wird von allein wahr.«

»Du darfst dich von deiner Tochter verabschieden, wenn du dich beeilst. Thoma wurde in der Kanzlei aufgehalten«, entgegnete Oscar scheinbar ungerührt, aber nun da sein Plan in Erfüllung ging, plagten ihn Gewissensbisse. Er würde Leid über seinen Sohn bringen und eine Familie entzweien. Es war das Beste für alle oder etwas nicht? Ohne ihn erneut anzusehen, verließ Lola den Raum und verschwand aus dem Leben der De Benoit.

KAPITEL 4

Die Stille dröhnte in ihren Ohren, als Mamie mit ihrer Erzählung endete. Mutter hatte sie nicht plötzlich verlassen, nein, sie war von ihrem Großvater vertrieben worden!

»Oscar hat mir dies in seinen letzten Momenten erzählt. Die Schuldgefühle hat er mit ins Grab genommen, gemeinsam mit dem Versprechen, euch nichts davon zu erzählen.«

Voller Abscheu wich Rose zurück. »Wie konntest du nur?«

»Lola war über Nacht verschwunden. Ich wusste nicht, wo sie war. Zudem hatte dein Großvater Vorkehrung für den Fall ihrer Rückkehr getroffen. Bevor ich mehr herausfinden konnte, verstarb er.« Mamie sah sie aus traurigen Augen an. »Ich traf damals eine Entscheidung, im Glauben, dass er nur das Beste für die Familie gewollt hatte. Ich war es gewohnt, mich ihm zu fügen, hatte Angst meinen Schwur zu brechen, den ich ihm gegeben hatte. Ich haderte damit, als ich sah, wie ihr unter dem Verlust von Lola gelitten habt, aber es war zu spät, etwas zu sagen. Es gab kein Zurück mehr.«

Rose vergrub das Gesicht in den Händen, sprachlos über den Betrug, der sich vor ihr offenbarte. »All die Jahre habe ich geglaubt, dass sie uns einfach zurückgelassen hat, weil sie uns nicht genug geliebt hat.«

Bilder blitzten vor ihrem inneren Auge auf: wie sie zu ihrer Mutter aufsah und diese ihr einen Kuss auf die Wange drückte. Lola, die ihr zeigte, wie man Farben mischte und ihr Gesicht bunt anmalte. Ihr Lachen, als sie einen Farbtopf umschmiss und sich vollkleckerte. Wie geborgen sie sich fühlte, als diese sie hielt. Ihre Hand in ihrer. Wie sie Schmetterlinge fangen wollten und stattdessen mit Blumensträußen nach Hause zurückkehrten. Gute-Nacht-Lieder, die sie in den Schlaf lullten. Sie hatte sich damit abgefunden, dass Lola weg war, doch der Stachel steckte tief und den Schmerz darüber hatte sie nie überwunden. Die Erinnerung an ihre Mutter hatte eine unheilbare Wunde aufgerissen und eine Frage blieb: Warum war sie gegangen, ohne um sie zu kämpfen? Laut sprach sie ihren Gedanken aus.

»Wie hätte sie gegen einen De Benoit ankämpfen sollen? Lola war Ende Zwanzig, mittellos und hatte sich entschieden, das Geld trotzdem nicht anzunehmen. Ihre Lage war aussichtslos.« Mamie schlug die Augen nieder. »Ich schäme mich für die Rolle, die ich darin gespielt habe. Es war eine andere Zeit, eine Frau tat, was ihr Mann von ihr verlangte, ohne Fragen zu stellen. Damals ermöglichte es mir ein gutes Leben und ich konnte mich ganz um die Erziehung meines Sohnes kümmern. Auch, wenn dies bedeutete wegzusehen, wenn etwas nicht mit rechten Dingen zuging. Dein Großvater war ein herrischer Mann. Widerspruch hätte er nie geduldet.«

»Ist Mutter noch am Leben?«, fragte Rose, während Hoffnung in ihr aufloderte.

Mamie bat sie eine Schublade zu öffnen. Darin befanden sich fünfundzwanzig selbst gestaltete Grußkarten

ohne Absenderadresse. »Sie hat jedes Jahr eine Briefkarte gesendet. Sie hat nur *Alles Liebe* auf die Rückseite
geschrieben und daneben einen Stern gemalt, aber ich
weiß, dass sie es war, denn ich habe sie oft beim Malen
beobachtet. Für dich habe ich alle aufbewahrt, da ich
wusste, eines Tages muss ich das schmutzige Familiengeheimnis offenbaren. Ich habe versucht, sie zu finden,
doch sie ist abgetaucht. Ich weiß nicht, wo sie ist. Verzeih mir, dass ich sie dir erst jetzt gebe. Ich hatte Angst,
dass sie deinen Schmerz nur vergrößern würden.«

Rose nahm die Karten entgegen, als seien sie kostbare
Diamanten. Sie waren in bunten Farben mit zarten
Strichen handgemalt. Es gab kein einheitliches Motiv,
mal war es eine Küste, dann eine Steinmauer oder ein
Schloss. Eine schnelle Überprüfung ergab, dass die Karten von London abgesendet worden waren. Sollte dies
ihr erster Hinweis sein, der sie zu ihrer Mutter führen
würde? Doch was hatte sie in England gemacht? »Sie
hat mich nicht vergessen.«

»Wie hätte sie auch? Sie ist deine Mutter.« Ihre Großmutter sah sie eindringlich an. »Du musst sie finden
und die Vergangenheit hinter dir lassen.«

»Warum hatte Großvater so viel Angst vor Lola?«,
fragte Rose, während ihr Tränen über die Wangen liefen.

»Sie passte nicht in die Familie, verdiente ihr Geld mit
Kunst und besaß die Macht, den guten Ruf der De Benoits zu zerstören.« Sie atmete tief ein. »In einer Sache hat
dein Großvater recht behalten. Ohne sie hat dein Vater
sein volles Potenzial ausgeschöpft und ein Imperium
aufgebaut, auch wenn er dies, ohne zu zögern, für sie
aufgegeben hätte.«

Erst jetzt bemerkte Rose, dass ihr die letzte Farbe aus dem Gesicht gewichen war.

»Du musst sie finden«, flüsterte Mamie. »Vergiss nie, dass ich dich liebe und nur das Beste für dich wollte. Verzeih mir.«

»Ich bin dir nicht böse«, entgegnete Rose, während sie fest die Hand von Mamie umklammerte. Es erforderte Courage ein gut gehütetes Geheimnis zu offenbaren.

»Ich werde von oben auf dich aufpassen und dir den richtigen Weg zu deiner Mutter weisen.« Ihre Großmutter sah sie mit einem liebevollen Blick an, bevor sie ihre Augen schloss und sie ihren letzten Atemzug tat.

Ein lautes Schluchzen entwich Rose und Verzweiflung machte sich in ihr breit. Mamie war tot. Sie sah erst wieder auf, als sie eine Hand auf ihrer Schulter spürte. Thoma stand neben ihr. Seine Berührung tröstete sie, für einen Augenblick wog ihr Verlust weniger schwer. Ihr Vater war an ihrer Seite und ihre Mutter hatte sie nicht verlassen, sie musste sie nur finden und die Vergangenheit hinter sich lassen.

»Lebe wohl«, flüsterte sie, während sie sich vorstellte, wie Mamies Seele ihren Körper verließ und zum Himmel aufstieg. »Ich werde dich vermissen.«

***

Nachdem sie Jeri von Mamies Tod erzählt hatte, ging sie schlafen und träumte. Es war ein Traum, der sie schon etliche Male heimgesucht hatte.

Sie war wieder ein Kind, gerade mal sieben Jahre alt, und schlief selig, bis sie etwas aufweckte. Als sie sich umsah, bemerkte sie die Gestalt ihre Mutter, die an der Tür stand und leise schniefte.

»Mama!«, rief Rose, während sie Anstalten machte, aus dem Bett zu kriechen. »Warum weinst du?«

»Es ist nichts, mein Schatz.« Ihre Mutter trat näher, um sie wieder zuzudecken. »Ich wollte dich nicht aus dem Schlaf reißen, sondern nur nach dir sehen.«

Rose runzelte die Stirn, denn Mama war anders als sonst. Sie hatte geweint, also musste sie traurig sein. Sie sprach ihre Gedanken laut aus.

»Mein liebes Mädchen«, beruhigte Lola sie. »Schlaf weiter. Ich bin bei dir.« Das Bett senkte sich, als sich ihre Mutter auf die Bettkante setzte und leise begann, ein Schlaflied zu singen. Ihr vertrauter Duft hüllte sie ein, und bevor sie sich versah, wurden ihre Augenlider schwer.

»Es tut mir leid«, wisperte ihre Mutter. »Du wirst immer bei mir sein. Ich hoffe, dass du mir eines Tages verzeihen kannst.«

Ehe sie nachfragen konnte, was sie damit meinte, befand sie sich im Land der Träume.

Als Rose erwachte, waren ihre Wangen tränennass. Jeri zog sie fest an sich. Ihr Weinen musste ihn aufgeweckt haben. Ihre Mutter war wie damals, fort, doch nun hatte sie zudem ihre Ersatzmutter – Mamie – verloren. Nur der Gedanke daran, dass sie eine Mission hatte und sie in Jeris Armen lag, hielt sie davon ab in bodenloser Trauer zu versinken.

KAPITEL 5

Rose genoss zwei Wochen später die Ruhe im Büro. Seit dem Tod von Mamie hatte sie keinen Moment für sich gehabt, denn es galt die Beerdigung zu überstehen und Beileidsbekundungen entgegenzunehmen. Allein der Gedanke daran, wie sie in schwarz gekleidet neben ihrem Vater gestanden hatte, während sie unzählige Hände schüttelten, brachte sie immer noch zum Erschauern. Ohne Mamie war es in ihrem Elternhaus unheimlich ruhig, so als ob dies Totenwache halten und ihr Dahinscheiden betrauern würde. Sie vermisste ihre Großmutter jeden Tag. Ihr Partner Jeri hatte sich im Hintergrund gehalten, war aber immer da, wenn sie ihn brauchte. Er hatte bereits angedeutet, ob sie nun ins Anwesen ziehen, das Thema Familienplanung angehen und ihrem Vater bei den alltäglichen Aufgaben zur Seite stehen würden. Sie hatte nur ausweichend geantwortet und jedes Mal, wenn er es angesprochen hatte, das Thema gewechselt, denn allein der Gedanke daran, nahm ihr den Atem. Vielleicht verkroch sie sich deshalb zurzeit lieber auf der Arbeit. Mathieu, der Literaturstudent, mit dem sie eine Affäre mit siebzehn gehabt hatte, fiel ihr ein. Sie hatten von einer eigenen Buchhandlung, von gemütlichen Ecken, bunten Blumen und Gebäck geträumt. Von Freiheit und Unabhängigkeit. Stattdessen war sie Anwältin in der Firma ihres Vaters – wollte sie das für den Rest ihres Lebens machen?

Sie seufzte tief, während sie den Gedanken beiseiteschob. Es war seltsam, wie alles weiterlief, als ob sich nichts geändert hätte, obwohl sich ihre Großmutter unter der Erde befand und sie niemals wieder ihre Stimme hören würde. Und da war noch das gut gehütete Familiengeheimnis über ihre Mutter. Sie wusste gar nicht, wo sie anfangen sollte, nach ihr zu suchen. Vielleicht würde sie im Archiv einen Hinweis finden? Mit einem lauten Seufzen erhob sie sich und verließ ihr Büro, wo sie auf Lucie traf. Ihre Freundin starrte gedankenverloren in den PC-Monitor.

»Was machst du da?«, fragte Rose.

Ertappt zuckte die Empfangsdame zusammen. »Du bist es nur! Hast du mich erschreckt. Ich bin gerade auf der Suche nach ... *Reisezielen.*« Das letzte Wort flüsterte sie. »Ich habe gehört, dass es in Südtirol am Kalterer See eine kleine Pension gibt, die sehr schön sein soll.«

Sie drehte den Bildschirm zu ihr und öffnete eine Website, auf der ein malerisches Haus am See dargestellt war. »Ich muss mir manchmal vor Augen halten, warum ich tagtäglich zur Arbeit erscheine. Aber wer weiß, vielleicht fahren wir ja einmal gemeinsam dorthin.«

Rose rang sich ein Lächeln ab, denn sie wusste Lucies Aufmunterungsversuch zu schätzen.

»Aber genug davon. Wie geht es dir? Ich habe dich heute gar nicht kommen sehen.«

»Ich habe früh angefangen«, entgegnete Rose, ohne auf ihre Frage zu antworten. Sie wollte nicht darüber nachdenken.

Mitfühlend legte ihr Lucie eine Hand auf den Arm. »Ich habe ihren Nachruf gelesen. Sie muss eine beeindruckende Frau gewesen sein.«

Diese Worte brachten etwas in ihrem Inneren zum Bröckeln und sie bedeutete der Empfangsdame ihr in den Pausenraum zu folgen. Dort versicherte sie sich, dass sie allein waren, bevor sie sprach: »Ich will meine Mutter finden.«

»Was?«, fragte Lucie, während sie die Augen erstaunt aufriss. »Ich habe mit allem gerechnet, sogar, dass du mir sagst, dass du schwanger bist ... Nur damit nicht.«

Rose sah sie einen Augenblick sprachlos an, dann gab sie ihr eine kurze Zusammenfassung, warum ihre Mutter sie verlassen hatte, ohne allzu viel von der zugrunde liegenden Familiengeschichte zu offenbaren. Auch wenn sie ihre Freundin war, war sie trotzdem eine Angestellte der Kanzlei.

»Das hat sie dir am Sterbebett erzählt?«, hakte Lucie nach. »Das ist krass. Hast du mit deinem Vater gesprochen?«

»Ich habe keinen passenden Augenblick gefunden.« Sie zögerte. »Was, wenn sie nicht mehr lebt oder nichts mit uns zu tun haben möchte? Dann reiße ich umsonst alte Wunden auf.«

»Ich glaube nicht, dass sie verstorben ist. Wie alt ist sie jetzt? Um die fünfzig?«, hielt Lucie dagegen. »Wenn dein Vater die Chance hat, sich mit ihr auszusprechen, wird er sie sicher nutzen, oder etwa nicht?«

»Mutter müsste dreiundfünfzig sein. Du weißt, wie schwierig Thoma sein kann«, entgegnete Rose, die ihrer Freundin von der unterkühlten Beziehung erzählt hatte. »Er schweigt seit Tagen. Ich habe keine Ahnung, was in ihm vorgeht.«

»Was hast du jetzt vor?«

Rose zuckte mit den Achseln. »Ich weiß, dass sie mindestens einmal jährlich in London ist, aber ich brauche mehr Details, weshalb ich mich auf Spurensuche begebe.«

Mit diesen Worten verabschiedete sie sich von ihrer Freundin und ging in den unteren Stock. Umgeben von Aktenschränken drehte sie sich ratlos im Kreis, bis sie willkürlich einige davon aufzog. Sie fand Teilungs- und Kaufverträge, aber keine Scheidungspapiere. Was würde ihr Vater tun? Er würde die Unterlagen nicht für die Mitarbeiter zugänglich verstauen. Jetzt, da sie darüber nachdachte, lag es auf der Hand. Es musste ein privates Archiv für Familienangelegenheiten geben. Rose nestelte an ihrer Schlüsselkarte, die die höchste Freigabe besaß. Sie ging zurück in den Flur, wo sie sich ratlos umsah, aber es befand sich nur eine weitere Tür dort, die in die Abstellkammer des Reinigungspersonals führte.

Vielleicht konnte Lucie ihr behilflich sein, denn sie arbeitete seit zehn Jahren für ihren Vater und kannte einige Firmengeheimnisse.

»Ein verstecktes Archiv, hier in der Firma? Ich glaube, du guckst zu viele Krimis oder dir ist die Spurensuche zu Kopf gestiegen. Wir können gerne nach der Arbeit etwas trinken gehen und darüber nachdenken, aber ich weiß nicht, ob ich dir weiterhelfen kann.« Lucie sah sie nachsichtig an, als sie ihre Frage vorgebracht hatte.

»Schade.« Kurz überlegte Rose, was sie offenbaren konnte, denn den Ehevertrag hatte sie ihr verschwiegen. »Ich muss Einsicht in ein Familiendokument nehmen, aber ich habe keine Ahnung, wo es ist. Vater will ich nicht fragen.«

»Private Dokumente bewahrt man immer in Reichweite auf. Ich habe einen vollgestopften Schrank mit Steuerunterlagen, die könnte ich einmal ausmisten ...«, überlegte Lucie laut.

Warum hatte sie nicht daran gedacht? Sie hörte ihrer Freundin nicht mehr zu, denn Thoma besaß im Anwesen ein Büro. Dort musste alles abgelegt sein.

»Rose?«, fragte Lucie und riss sie aus ihren Gedanken. »Ich wollte dich nur fragen, ob ich dich zu einer Zwiebelsuppe einladen kann? Leider habe ich es mit der Menge übertrieben und mein Kühlschrank ist voll davon. Bei diesem Wetter gibt es kaum etwas Besseres.« Es regnete seit Tagen.

Rose liebte die Suppe mit den mit Käse überbackenen Brotscheiben, die Lucie exzellent zubereitete. Für gewöhnlich hätte sie das Angebot nicht ausgeschlagen, aber seit Mamies Tod war nichts mehr normal. Zudem wollte sie unbedingt herausfinden, ob ihre Theorie stimmte.

»Ein anderes Mal? Ich sollte nach Thoma sehen«, lehnte Rose dankend ab.

»Ich nehme dir einfach morgen eine große Schüssel voll mit ins Büro. Dann kannst du sie essen, wann immer du magst.« Lucie zwinkerte ihr zu.

»Du bist die Beste.« Sanft drückte Rose kurz ihre Hand, bevor ihr etwas einfiel. »Findet heute nicht dein

Lese- und Strickzirkel statt?« Lucie liebte die Handarbeit und war auch sehr gut darin.

»Ja, wir sind gerade dabei das Buch *Der Duft von Olivenbäumen* zu lesen. Das Fernweh nach Italien hat mich gepackt. Ich will unbedingt nach Sizilien reisen, denn dort spielt das Buch.« Für einen Augenblick schloss Lucie verträumt die Augen. »Heute lernen wir zudem ein neues Strickmuster. Ich sage es dir, Gespräche über Bücher, das Klackern der Stricknadeln und dazu ein Glas Wein sind die perfekte Mischung. Ich nehme dich mal mit, damit du dir selbst ein Bild davon machen kannst.«

Rose nickte, obwohl sie sich nicht vorstellen konnte, sich dort wohlzufühlen und stricken hatte sie noch nie interessiert. Aber ihrer Freundin zuliebe fragte sie stets nach dem Zirkel, denn sie hatte ihn ins Leben gerufen und brannte dafür.

»Eines Tages.« Sie hob ihre Mundwinkel zu einem kurzen Lächeln. »Falls jemand nach mir fragt: Ich bin heute nicht mehr erreichbar.« Thoma befand sich in einer ganztägigen Sitzung in Paris, die möglicherweise auf zwei Tage ausgedehnt wurde, was nicht oft vorkam, weshalb sie dies ausnutzen musste.

Frustriert stand sie einige Stunden später im Herrenhaus. Sie hatte alles durchsucht; sogar die Schubladen in der Küche sowie im Wohnzimmer und in den Kleiderschrank ihrer verstorbenen Großmutter hatte sie geblickt. Im Nachhinein war dies keine gute Idee gewesen, denn der Verlust war zu frisch und ihr vertrauter Duft hatte sie zum Weinen gebracht. Nun war sie ein verweintes Häuflein Elend. Die Tränen hatten ihren Antrieb fortgeschwemmt. Wem machte sie etwas vor?

Ihre Mutter konnte überall sein. Wie sollte ihr da ein Scheidungsvertrag helfen? Aber bevor sie in Selbstmitleid versinken konnte, hörte sie die Stimme ihrer Großmutter. *Sie hat jedes Jahr eine Briefkarte gesendet. Ich habe versucht, sie zu finden, doch sie ist abgetaucht.*

Die Karten waren liebevoll gestaltet und offenbarten Lolas Talent, hatten ihr jedoch keine Hinweise gegeben. Wieso sollte ihre Mutter ihr Postkarten senden, wenn sie nicht gefunden werden wollte? Es musste darüber eine Spur zu ihr führen, denn London war groß. Die Bediensteten konnte sie nicht um Hilfe bitten, denn sie würden sofort alles an Thoma weitergeben. Sie war nicht bereit, ihre neuen Erkenntnisse mit ihm zu teilen. Wo würde sie private Familienunterlagen verstecken? Sicher nicht, wo sie gefunden werden konnten. Mit Lucies Stimme in ihrem Ohr fiel es ihr wie Schuppen von den Augen: Es musste ein verstecktes Archiv geben. Sie konnte sich nicht vorstellen, dass es sich im Keller befand. Ihr Vater war pragmatisch, er würde nicht mit Unterlagen durchs Haus gehen. Der einzige Ort, der übrig blieb, war sein Büro. Sie lief in das Zimmer, doch jetzt musterte sie den Raum, als würde sie ihn das erste Mal sehen. Soweit sie wusste, hatte Thoma nach dem Tod seines Vaters wenig verändert. Der verkratzte Mahagoni-Schreibtisch sowie das Familienporträt waren am gleichen Platz. Hohe Bücherregale mit Fachliteratur befanden sich neben der Tür. Sie versuchte, diese zur Seite zu schieben, aber sie rührten sich nicht. Die Suche nach einem Mechanismus, um die Regale zu bewegen, war ebenfalls erfolglos. Rose blickte hinter das Porträt, doch außer, dass es ihr fast zu Boden fiel, versteckte sich nichts dahinter. Sie sah sich ratlos um, es war, als würde ihr ein entscheidendes Detail ständig entgleiten. Der Kamin wies Rußspuren auf, somit schloss sie diesen als mögliches Versteck aus. Erneut ließ sie ihren Blick durch den Raum wandern, versuchte, ihn neutral zu betrachten. Auf dem Beistelltisch der Ledersofas befanden sich Staubflocken. Das Anwesen war stets in tadellosen Zustand, weshalb sie das irritierte. Nun, da sie dies bemerkt hatte, fielen ihr Kleinigkeiten auf. Staub auf den Bücherregalen, die Fenster waren nicht makellos geputzt und eine Zimmerpflanze ließ die Blätter etwas hängen. Es war fast so, als würde das Personal hier keinen oder nur unter Aufsicht Zutritt haben. Mit Mamies Krankheit und anschließenden Tod schien dies vernachlässigt worden zu sein. Die Möbel befanden sich im tadellosen Zustand, nur der Schreibtisch war abgenützt. Entweder wollte Thoma das Erbe seines Vaters ehren oder es gab einen anderen Grund. Ihre Gedanken überschlugen sich, als sie zum Tisch ging. Der Holzboden unter dem Schreibtischstuhl war abgewetzt, so als würde er sich seit Ewigkeiten dort befinden. Sie tastete ihn ab, in der Hoffnung eine Luke oder ähnliches zu finden, aber da war nichts. Eine Strähne hatte sich aus ihrem Dutt gelöst, genervt schob sie diese zurück. Es blieb nur noch die Wand übrig. Sie tastete sich daran entlang, während sie klopfte. Eine Stelle klang anders, optisch unterschied sie sich jedoch nicht von der restlichen Mauer. Es musste eine Art Mechanismus geben. Sie musterte erneut den Platz, dann ließ sie ihren Blick zu Boden gleiten. Eine ungewöhnliche Maserung im Holz zog ihre Aufmerksamkeit auf sich und sie drückte darauf. Mit einem leisen Knarren öffnete sich in der Wand eine Tür nach hinten.

»Was zum Teufel ...«, murmelte sie, während sie ein Buch in die Öffnung legte, aus Angst, dass diese von allein wieder zufallen würde.

Hinter der Tür offenbarte sich ein kleiner, dunkler Vorraum sowie eine Eisentür, auf der sich ein Zahlenschloss und ein Schlüsselloch befanden. Rose fluchte leise. Das durfte doch nicht wahr sein! Wie sie ihren Vater kannte, war der Tresor mit seinem Handy verbunden, das ihn im Falle einer Falscheingabe benachrichtigen würde. Oder sollte sie es einfach riskieren? Immerhin schien die Tür älter zu sein, vielleicht hatte er nie nachgerüstet oder wusste selbst nichts davon? Unschlüssig starrte sie auf das Schloss, als ihr etwas einfiel. Beim Durchsuchen von Mamies Zimmer hatte sie in ihrem Nachttisch einen verschnörkelten Schlüssel an einem Band gefunden. Zuerst hatte sie an ein Schmuckstück gedacht, doch was, wenn dieser passen würde? Sie holte den Schlüssel und steckte ihn, bevor sie es sich anders überlegen konnte, hinein und drehte ihn. *Klack* machte es, dann Stille. Rose drückte die Türklinke hinunter, bereit, zurückzuspringen, falls ein Alarm erklang. Doch nichts dergleichen geschah. Stattdessen offenbarte sich ein Raum umgeben von Aktenschränken vor ihr. Ihr Herz pochte schneller, als sie diese aufriss und einige berüchtigte Verbrechernamen entdeckte.

»Mamie hat nicht gelogen«, murmelte sie vor sich hin. »Großvater muss diese Akten für Thoma zur Absicherung aufbewahrt haben.«

Ob diese ihren Vater wohl in Ruhe gelassen hatten? Sie hatte sich nur mit einem Teil von Mamies Ge-

schichte auseinandergesetzt, dem, der sie betraf. Großvaters skandalgetränkte Anfänge hatte sie über Groß-
mutters Tod sowie deren Beerdigung schlichtweg ver-
drängt. Vielleicht hatte dies und die Trennung von ihrer Mutter Thoma so sehr geprägt, dass er sich verschlossen hatte und demzufolge auch zu ihr abweisend
gewesen war. Sie empfand Mitleid mit ihm, doch sie
wünschte sich, dass er darüber gesprochen hätte, anstatt sie auszuschließen. Sie legte die Akte zurück, die
sie vorher herausgezogen hatte, während sie der Staub
in der Nase kitzelte und ein ums andere Mal zum Nie-
sen brachte. Gerade, als sie aufgeben wollte, entdeckte
sie, dass sich in einem Dokument zwei Aktenreiter befanden. Einer davon trug den Namen ihrer Mutter.

KAPITEL 6

Als sie die Haustür aufsperrte, wusste sie nicht, wie sie nach Hause gekommen war. Rose wollte nur noch zwei Dinge: Ein ausgiebiges Bad nehmen und anschließend ins Bett gehen.

Jeri begrüßte sie mit einem Kuss. »Wo warst du? Ich habe mir schon Sorgen gemacht. Warum ist deine Kleidung schmutzig? Hast du geweint?«

Jetzt erst fiel ihr ein, dass sie vergessen hatte, ihm zu schreiben und nicht mehr aufs Handy geguckt hatte. Wie in Trance sah Rose an sich hinunter. Ihre weiße Bluse war von grauen Streifen durchzogen. Ein Zeugnis ihrer Recherche. Kein Wunder, dass das Personal sie seltsam angesehen hatte, als sie gegangen war. »Ich war im Archiv. Es war ein langer Tag«, entgegnete sie ausweichend. »Kannst du mir eine Kleinigkeit zu essen zubereiten, während ich ein Bad nehme?«

Er runzelte die Stirn, fragte jedoch nicht weiter nach. Vielleicht, weil er ahnte, dass sie gerade nicht darüber sprechen wollte. Auf dem Esstisch entdeckte sie Akten, an die er bis vorhin gesessen haben musste. Sie bedankte sich, ging an ihm vorbei und öffnete den Wasserhahn an der Badewanne. Ihre Gedanken wirbelten durcheinander, als sie den Badezusatz hineingab. Die letzten Tage war viel passiert, zu viel, wenn es nach ihr ging. Sie seufzte und begann sich auszuziehen. Dabei streifte ihr Blick den Spiegel. Auf ihrer Wange prangten

Dreckflecken, ihre Augen waren gerötet, die Wimperntusche verlaufen und ein Spinnennetz befand sich in ihrem Haar. Schnell wusch sie sich das Gesicht, so als ob sie sich damit reinwaschen konnte, von dem, was sie erfahren hatte. Die Badewanne war halb voll mit Wasser, als sie hineinglitt und der vertraute Duft von Rosenessenz sie umgab, was sie augenblicklich entspannte. Ihre Gedanken schweiften ab zum Archiv und den Schriftstücken, die sie gefunden hatte. Mamie hatte die Wahrheit gesagt. Arme Lola, die es nicht besser gewusst und blauäugig den Ehevertrag unterschrieben hatte, der sie mittellos zurückließ. Was die Scheidungsunterlagen betraf, waren diese der interessantere Fund. Wobei es weniger um den Inhalt ging als vielmehr darum, welche Anwaltskanzlei Lola vertreten hatte. Der Sitz der Firma befand sich in London und nicht Frankreich. Vielleicht konnte dies ein Orientierungspunkt sein, um mit ihrer Suche zu beginnen. Rose tauchte mit dem Kopf für einen Augenblick unter Wasser, um dann ihre Haare zu waschen. Anschließend widmete sie sich ihrer langwierigen Lockenroutine. Während der Föhn mit Aufsatz ihre Mähne trocknete, formte sich langsam in ihren Gedanken ein Plan. Zuerst würde sie mit Jeri sprechen und ihn einweihen. Sie hatte das Familiengeheimnis für sich behalten, da sie erst die Fakten überprüfen hatte wollen. Da sich nun Mamies Aussagen bewahrheitet hatten, gab es keinen Grund mehr, dies weiter vor ihm zu verbergen.

Sie ging in die Küche, wo sich ein Croque Monsieur, eine Art überbackener Toast, auf der Anrichte befand, den sie kurz zum Wärmen in die Mikrowelle schob. Das

Licht im Wohnraum war ausgeschaltet, keine Akten lagen mehr auf dem Küchentisch und es war ruhig in der Wohnung. Jeri musste zu Bett gegangen sein, um vielleicht noch etwas zu lesen. Sie aß den Toast, ohne viel davon zu schmecken, bevor sie aufräumte und ins Schlafzimmer ging. Ihr Freund lag unter der karamellfarbenen Decke, auf seiner Nase thronte eine Lesebrille, was sie sexy fand, und hielt einen Roman in den Händen. Wie er am Abend lesen konnte, war ihr ein Rätsel, weil sie dabei stets einschlief, aber ihn erdete es. Er sah nicht auf, als sie eintrat, was nicht ungewöhnlich war, da er beim Buchlesen die Welt um sich ausblendete. Erst als sie sich aufs Bett setzte, bemerkte er sie.

»Danke für das Essen«, sagte sie und gähnte.

Jeri zog sie sanft zu sich. »Ist alles in Ordnung? Seit Mamies Tod bist du irgendwie verändert. Ich wollte dich schon eher fragen, aber es hat sich nie ergeben. Wir haben uns zuletzt wenig gesehen. Ich habe dich vermisst.«

Sie lehnte sich an ihn, sog den vertrauten Duft seines holzigen Aftershaves ein und spürte, wie sich die Anspannung langsam löste. »Ich muss dir etwas erzählen.«

Er sah sie abwartend an, während er ihr zärtlich über den Arm strich. »Nur zu.«

»Mamie hat mir an ihrem Totenbett erzählt, dass meine Mutter mich nicht aus freien Stücken verlassen hat. Mein Großvater hat sie praktisch rausgeschmissen und ihr blieb keine andere Wahl, als zu gehen. Bevor du fragst: Ich habe Beweise gefunden, dass sie die Wahrheit gesagt hat.«

»Das ist ein schwerer Brocken, den du zu verdauen hast. Das tut mir leid. Sag mir, falls und wie ich dich unterstützen kann«, meinte er, während er das Buch und die Lesebrille beiseitelegte. »Wie geht es dir damit? Immerhin hast du gerade herausgefunden, dass deine gesamte Kindheit quasi eine Lüge war.«

Sie wusste nicht, wie sie sich fühlte, denn irgendwie waren für ihre Emotionen kein Platz gewesen. Doch nun, nachdem Jeri sie so fragte, merkte sie den Kloß in ihrem Hals. »Ich bin traurig. All die Jahre war ich meiner Mutter böse, obwohl sie eigentlich das Opfer war. Zu was für eine Anwältin macht mich das?«

»Zu einem Menschen? Es ist schwierig, Dinge zu hinterfragen, die uns von klein an eingetrichtert wurden. Sei nicht so streng zu dir.« Er drückte ihr einen Kuss auf die Stirn, um sie dann liebevoll anzusehen.

»Ich hätte es ahnen sollen. Aber Thoma hat mit mir nie darüber gesprochen und Mamie hat mir immer das Gleiche geantwortet.«

Deine Mutter ist weg, doch ich bin hier, das waren ihre Worte gewesen. Im Grunde hatte sie Rose nie angelogen, nur nicht die ganze Wahrheit erzählt.

»Weiß dein Vater davon?«

Sie schnitt eine ratlose Grimasse. Diese Konfrontation stand ihr noch bevor.

»Du Arme, das alles tut mir leid. Ich weiß gar nicht, was ich sagen soll.«

»Mamie hätte nicht all die Jahre schweigen dürfen.« Rose seufzte. »Aber das ändert auch nichts daran, was Großvater verbrochen hat.« Wenn Jeri die ganze Wahrheit wüsste, würde sich sein Bild von ihrer Familie für immer verändern. *Sein moralischer Kompass kennt nur schwarz und weiß*, dachte sie für sich.

»Was hast du nun vor?«

Sie berichtete kurz von ihrem neuesten Hinweis. »Jeri, ich möchte sie suchen.«

»Du solltest auf jeden Fall nach London fliegen«, ermutigte er sie.

Erst jetzt, als sie seine vertrauten Züge betrachtete, erschloss sich das gesamte Ausmaß ihrer Entscheidung. »Ich möchte meine Mutter finden, egal, wie lange das dauert. Ob ich nach den neuesten Erkenntnissen weiter in Großvaters Kanzlei arbeiten kann, weiß ich nicht. Es fühlt sich so an, als bräuchte ich Abstand von alldem.«

»Was bedeutet *so lange* es dauert?« Er versteifte sich.

»Ich weiß nicht, ob ich in England mehr erfahre, aber falls ja, werde ich jedem Hinweis nachgehen und nicht aufgeben, bis ich Lola finde.« Rose formulierte ihre Worte vorsichtig.

»Ich verstehe, warum du das tun willst.« Jeri fuhr sich mit der Hand durchs Haar, wobei er sich von ihr weg lehnte. »Aber was, wenn du nichts findest? Hast du dann vor nach England zu ziehen, um dich der Suche zu widmen?«

»Ich werde die Entscheidung auf meinem Weg treffen.« Was wollte er von ihr hören? Sie hatte keine Antworten auf seine Fragen. Zumindest jetzt noch nicht!

»Rose«, er atmete tief ein, bevor er sie eindringlich ansah, »am Abend von Mamies Tod wollte ich um deine Hand anhalten. Ich hatte alles geplant. Kerzen und Rosenblätter verteilt und dein Lieblingsessen zubereitet. Doch dann ist es anders gekommen.«

Sie sah ihn erschrocken an, denn damit hatte sie nicht gerechnet. Das Gespräch nahm eine unerwartete Wendung, eine von der sie sich sicher war, dass sie diese jetzt nicht vertiefen wollte. Ihr Leben stand Kopf, da konnte sie nicht an eine Verlobung denken!

»Ich wollte dich fragen, ob du bereit bist, gemeinsam mit mir in die Zukunft zu blicken und eine Familie zu gründen. Während des Studiums waren wir zu jung, um darüber zu sprechen. Nach dem Abschluss sind wir zusammengezogen, aber deine Karriere war deine Priorität. Als du angefangen hast für Thoma zu arbeiten, dachte ich, dass sich nun alles ändern würde. Doch es blieb gleich, wir sind auf der Stelle getreten und anstatt offen darüber zu sprechen, bist du mir ausgewichen. Dies betrifft auch die weitere, unmittelbare Zukunft. Viele Entscheidungen sind ausständig, oder zumindest das Gespräch darüber. Ich habe mich dir immer angepasst, aber der Gedanke, dass du in England ohne mich bist, zerreißt mich innerlich und ich frage mich, ob es nicht besser ist, dich loszulassen, anstatt an dir festzuhalten.«

»Jeri ...« Rose war sprachlos, was nicht oft vorkam. Sie hatte geahnt, dass er irgendwann eine Wahl von ihr fordern und ihre Hinhaltetaktik nicht mehr funktionieren würde. England schien bei ihm das Fass zum Überlaufen gebracht zu haben.

»Ich weiß, dass das Timing scheiße ist. Du betrauerst den Tod deiner Großmutter, die ein großes Familiengeheimnis gelüftet hat. Aber ich fühle mich, als müsste ich mich jeden Moment übergeben, wenn ich dir jetzt nicht sage, was ich fühle.«

Nun war ihr, als müsste sie gleich spucken.

»Ich glaube, dass unsere Beziehung zu Ende ist.« Jeri starrte sie an. Seine Wangen waren gerötet und er atmete schwer. »Sag mir, dass ich mich irre und du das Gleiche im Leben wie ich willst. Sag mir, dass wir eine Zukunft haben. Sag mir, dass du bereit bist und ich nur warten soll, bis sich alles beruhigt hat. Dass du nicht dein Leben hier aufgibst, um nach England zu ziehen.«

Sie zögerte. Die Stille dröhnte in ihren Ohren. Es war an der Zeit ihn freizugeben, wenn es das war, was er wollte. Jeri sehnte sich nach einer Zusage, die sie nicht bereit war, ihm zu geben. Nicht jetzt, nicht in absehbarer Zeit. »Das kann ich nicht, aber ich will dich nicht verlieren.«

»Es tut mir leid, doch das reicht mir nicht mehr«, entgegnete er zögerlich. »Du hast deinen Weg gewählt, das ist schwieriger als keine Entscheidung zu treffen. Es ist mutig, dafür bewundere ich dich. Lieber trennen wir uns in Gutem, als in Streit auseinanderzugehen. Vielleicht können wir mit etwas Abstand irgendwann Freunde sein.«

Die Worte, die er hören wollte, konnte sie nicht aussprechen, trotzdem klammerte sie sich an ihn fest und fühlte sich gleichzeitig, als würde ihr der Boden unter den Füßen weggezogen werden. *Erwachsensein bedeutet, den steinigsten Pfad zu wählen, wenn es das Richtige ist,* erinnerte sie sich an die Worte von Mamie, als diese einmal ein langjähriges Dienstmädchen entlassen musste.

»Ich werde diese Nacht auf dem Sofa schlafen und packe morgen meine Sachen.« Jeri löste sich sanft von ihr und machte Anstalten aufzustehen.

Rose hielt ihn zurück, während ihr Herz in hundert Teile zerbrach. »Schenken wir uns noch eine letzte gemeinsame Nacht?«

»Ich weiß nicht, ob das klug ist.« Er zögerte.

»Davon habe ich nicht gesprochen. Es ist eine Hommage an unsere Beziehung und dem Wissen, dass wir einander geliebt haben. Auch, wenn unsere Zukunftsvisionen nicht übereinstimmen.«

Bevor sie weitersprechen konnte, küsste Jeri sie.

***

Sie verbrachten eine leidenschaftliche Nacht zusammen. Als sie am nächsten Morgen aufwachte, es war ein Samstag, war er mitsamt seiner Kleidung verschwunden. Rose setzte sich auf das Sofa und zog die Füße an. Die Ereignisse der letzten 24 Stunden holten sie ein. Die Trennung von Jeri, seine Worte und ihr letzter Kuss. Tränen rannen über ihre Wangen, als sie der Schmerz mit voller Wucht traf. Er war eine beständige Konstante in ihrem Leben gewesen, nun würde sie ihren Weg ohne ihn beschreiten. Ein Teil von ihr wünschte sich, ihm geben zu können, was er wollte, während ein anderer wusste, dass sie das nicht konnte und es richtig war, sich selbst treu zu bleiben. Nach einiger Zeit versiegte ihr Bedürfnis zu weinen, bis sie nur noch Erschöpfung und Traurigkeit verspürte. Kurz ließ sie die Gefühle zu, dann schob sie diese beiseite, um ihrem Vater eine Nachricht zu senden, bevor sie es sich anders überlegen konnte.

Ich brauche eine Auszeit vom Job. – Rose

KAPITEL 7

Als sie einige Stunde später dabei war, das Mittagessen zuzubereiten, klingelte ihr Telefon. Thomas Name erschien auf dem Display. Kurz schloss sie die Augen, um sich für das Gespräch zu sammeln, bevor sie den Anruf entgegennahm.

»Was ist passiert? Ich habe deine Nachricht gerade gesehen«, erklang die Stimme ihres Vaters. »Geht es dir nicht gut?«

Sie seufzte tief. »In den letzten Tagen ist viel passiert, ich muss das alles erst verarbeiten.«

Am anderen Ende der Leitung herrschte Stille.

»Hast du die Tage etwas Zeit für mich? Ich würde gerne etwas mit dir besprechen.« Bevor sie nach England ging, musste sie mit ihm reden und herausfinden, was er wusste. Womöglich erübrigte sich die Reise sogar.

»Bist du schwanger?«

»Nein.« Innerlich verdrehte sie die Augen. Wie oft sie in ihrer Karriere danach gefragt worden war, sobald sie einmal krank war, konnte sie nicht mehr zählen.

Sie hörte, wie er im Hintergrund mit jemandem sprach, bevor er die Stimme wieder an sie richtete. »Ich bin früher von meiner Geschäftsreise zurückgekehrt, als erwartet. Wir könnten uns in einer viertel Stunde in einem Café in der Nähe von deiner Wohnung treffen.«

Das Gespräch war nicht für die Öffentlichkeit bestimmt. Rose sah die Negativ-Schlagzeilen vor sich, wenn ein Reporter Wind von den Familiengeheimnissen bekäme. »Ich bin gerade beim Kochen. Magst du vorbeikommen? Du kannst gerne zum Essen bleiben.«

»Ich habe einen Geschäftstermin zu Mittag, danke für das Angebot. Bis gleich in deiner Wohnung.« Bevor sie antworten konnte, war die Leitung tot. Er war kein Mann großer Worte.

Wenig später klingelte es. Sie betätigte den Summer und Thoma trat ein. Es war seltsam ihren Vater in seinem dunklen Anzug in ihrem Heim zu sehen. Sie konnte sich nur an einen Besuch erinnern, als er sie gemeinsam mit Mamie zum Einzug beehrt hatte. Der Gedanken an ihre Großmutter versetzte ihr einen Stich.

»Kann ich dir ein Getränk anbieten?«, fragte sie, nachdem sie ihn begrüßt hatte, um das Gespräch etwas hinauszuzögern.

Abwesend sah er sich in der Wohnung um. Es schien, als sei er nur physisch anwesend. »Wo ist Jeri?«

»Wir«, sie räusperte sich, »haben uns gestern getrennt.« Das auszusprechen fühlte sich an, als würde sie sich selbst ein Messer ins Herz rammen.

Thoma blinzelte, bevor er sich ihr zuwandte. Es schien, dass sie nun seine ungeteilte Aufmerksamkeit hatte. Sie wollte nicht mit ihm darüber reden, weshalb sie sich wegdrehte und ihm ungefragt einen Kaffee zubereitete.

»Das tut mir leid. Was ist zwischen euch passiert?« Ihr Vater ließ nicht locker.

Rose zuckte mit den Achseln. »Wir sind erwachsen geworden. Aber ich wollte nicht darüber mit dir reden.« Sie teilte ihm Mamies Offenbarung mit.

Er trank von seinem Kaffee, während er ihr aufmerksam zuhörte.

»Hast du davon gewusst?«

»Wovon?«

»Von allem! Großvaters Geschäften und was er Mutter angetan hat.«

Ruhig stellte er die Tasse ab. »Ich weiß nicht, wieso sie dir von Vater erzählt hat. Das Ganze ist sehr lange her. Unser Geschäft ist sauber, davon kannst du dich gerne überzeugen.«

»Und das mit Lola?« Großvaters andere Machenschaften interessierten sie nur am Rande, das wusste er.

»Es ändert nichts. Sie ist gegangen.« Thoma zuckte mit den Schultern. »War das der Grund des Gesprächs? Ich muss in wenigen Minuten wieder los, damit ich rechtzeitig zum Termin komme.«

»Er hat sie vertrieben«, empörte sich Rose.

»Das ist die Version, die Mamie dir erzählt hat. Wenn sie wahr ist, hätte Lola mit mir sprechen können. Hat sie aber nicht. Es bringt nichts, über vergossene Milch zu reden.« Er hatte ein Pokerface aufgesetzt, seine Worte waren gewählt und sein Tonfall freundlich-distanziert.

»Hast du nie nach ihr gesucht?«

»Doch, denn ich habe sie geliebt und wollte nicht wahrhaben, dass sie mich verlassen hat, obwohl sie ihre Kleidung mitgenommen, den Ehering zurückgelassen und den Scheidungsvertrag unterzeichnet hat. Ich habe ihre Freunde aus alten Zeiten kontaktiert, die nichts über ihren Aufenthaltsort wussten oder es mir nicht verraten wollten. Wochenlang habe ich nach Hinweisen gesucht, wo sie sein könnte, die Zeitung nach einer Todesanzeige von ihr durchforscht, weil ich nicht anerkennen wollte, dass sie wortlos gegangen war. Aber ich hatte neben einem gebrochenen Herzen, eine Kanzlei zu führen und ein Kind großzuziehen, weshalb ich mich irgendwann damit abgefunden habe.«

Mamie war es, die sich um sie gekümmert hatte, da er immer gearbeitet hatte. Sie verkniff sich eine patzige Äußerung, da sie ihren Vater nur verletzen würde und er im Grunde unschuldig an der ganzen Sache war. »Das verstehe ich. Gewiss wirst du nicht einfach so aufgegeben haben, oder?« Rose sah ihn an, in der Hoffnung, dass er die Wand, die sie trennte, durchbrach und ihr einen Blick in sein Innenleben offenbarte.

»Die Scheidungsunterlagen ohne weitere Notizen waren für mich irgendwann ausreichend. Meine Suche führte ins Nichts, das bedeutete für mich, dass sie nicht gefunden werden wollte.« Seine Augenbrauen hoben sich fast unmerklich. »Ich weiß nicht, was du von mir hören willst? Es war ein Schock, als deine Mutter weg war, aber Vater und meine Freunde hatten mich gewarnt, dass dies passieren könnte. Sie war ein Freigeist, der es nie länger als ein paar Jahre irgendwo aushielt, das wusste ich, als wir geheiratet haben.«

Seine Gleichgültigkeit fachte ihre Wut an. »Großvater hat sie weggeschickt. Sie ist nicht aus *freiem* Willen gegangen.«

»Das weißt du nicht. Alles, was du hast, ist das Geständnis einer senilen alten Frau auf ihrem Sterbebett.« Seine Stimme war ruhig.

»Sie war nicht *senil*«, fauchte Rose. »Warum sollte Mamie lügen?«

»Wir wissen nicht, was Vater ihr erzählt hat. Vielleicht wollte er nicht, dass sie Lola hinterherlief und sie zurückholte.« Bitterkeit schwang in seiner Stimme mit. »Du tätest gut daran, der Geschichte nicht zu viel Glauben zu schenken.«

»Mamie hat mir einiges über Großvaters Geschäfte erzählt«, entgegnete Rose, während sie unter dem Tisch die Finger miteinander verschränkte, damit sie ruhig blieb.

»Aller Anfang war schwer. Ich vermute, dass jede, der damals neu gegründeten Kanzleien, sich mit einem Fuß im Illegalen befand«, relativierte er ihre Aussage mit Leichtigkeit. »Aber zurück zu deiner ursprünglichen Frage: Ich höre zum ersten Mal davon, dass Lola unfreiwillig gegangen ist.«

Rose musterte ihren Vater scharf, doch seine Züge waren offen. Seine Augen waren leicht gerötet, er wirkte müde und einige Falten schienen sich seit Mamies Tod in sein Gesicht gegraben zu haben. Es musste für ihn eine schwierige Zeit sein.

»Wie kommst du mit allem zurecht?«, fragte sie, ohne darüber nachzudenken.

»Ich bin beschäftigt«, entgegnete er. Die unsichtbare Mauer war wieder zwischen ihnen und hielt sie auf Abstand. Das schmerzte fast mehr als seine Gleichgültigkeit. Rose hatte insgeheim gehofft, dass sie sich gemeinsam auf Lolas Spur machen oder sich zumindest annähern würden. Es würde jedoch alles beim Alten bleiben, auch, wenn ihre Welt kopfstand. »Mein Fahrer wartet auf mich.«

»Ich halte dich nicht länger auf«, konterte Rose mühsam bedacht, sich ihre aufgewühlten Gefühle nicht anmerken zu lassen.

»Schade, dass Jeri und du kein Paar mehr seid«, entgegnete er, als er bei der Tür stand. »Ich mochte ihn.«

»Ja, ich auch«, sagte Rose, bevor sie all ihren Mut zusammennahm. »Ich werde Lola suchen, damit ich dir die Wahrheit beweisen kann. Sie hat mir jährlich Postkarten gesendet, wusstest du davon?«

Müde schüttelte er den Kopf. »Verrenn dich nicht in der Vergangenheit, denn sie hat keine Zukunft. Gute Reise, Tochter, wohin auch immer es dich verschlägt. Du bist so lange, wie du es brauchst, von deiner Arbeit freigestellt.«

Sie bedankte sich, während ihr Herz schneller schlug und die Tür hinter ihm ins Schloss fiel. Es war Zeit herauszufinden, was in London auf sie wartete.

KAPITEL 8

Als Thoma gegangen war, hatte sie den Zug nach England für den darauffolgenden Tag gebucht. Das Appartement fühlte sich verlassen ohne Jeri an und sein Verlust schmerzte wie eine offene Wunde, weshalb sie froh war, zu verreisen. Der Gedanke, dass es ihm nicht anders ging, tröstete sie wenig. Ein böiger Wind erfasste sie, was sie zum Stolpern brachte. Rose zog einen Koffer hinter sich her, als sie die U-Bahn in London verließ. Eine Rolle verhakte sich im Pflasterstein, was sie abrupt zum Stehen brachte. Jemand rempelte sie beim Vorbeigehen an. In diesem Moment beschloss der Himmel, seine Schleusen zu öffnen, weshalb sie innerhalb weniger Minuten von Kopf bis Fuß durchnässt war. *Auch das noch*, dachte sie für sich. Konnte London sie nicht mit einem Sonnentag begrüßen? Aber sie war selbst schuld, wenn sie im November dorthin wollte. Ihre Laune hob sich erst wieder, als sie vor einem weißen Gebäude mit schwarzen Türen stehen blieb. Sie residierte immer in diesem Boutiquehotel, falls sie in London war und Freunde besuchte. Sogleich eilte der Portier herbei, begrüßte sie und spannte einen großen Schirm auf, um dann ihren Koffer abzunehmen. Das Hotel war etwas in die Jahre gekommen, aber gemütlich mit einer Rezeption aus dunklem Holz sowie ausladenden bunten Polstermöbeln im Empfangsbereich eingerichtet. Die Zimmer waren alle anders ausgestattet, weshalb Rose stets gespannt war, welches sie ihr zuteilen würden. Zudem besaß es einen kleinen Park, in dem in den wärmeren Monaten auch gefrühstückt werden konnte. Sie nahm die Schlüsselkarte entgegen und erfrischte sich in ihrem Raum, der in geschmackvollen Blautönen gehalten war, bevor sie sich in Richtung Anwaltskanzlei aufmachte. Da Rose sich nicht angekündigt hatte, war sie etwas nervös, ob man sie dort überhaupt empfangen würde. Aber sie würde es trotzdem versuchen.

Um sich während ihres Fußmarschs abzulenken, schrieb sie Lucie, die sie längst über ihr Vorhaben eingeweiht hatte, dass sie gut angekommen war, und wählte anschließend eine Nummer.

»Salut?«, meldete sich Judiths vertraute rauchige Stimme am anderen Ende. »Wer bist du?«, fragte sie übertrieben theatralisch.

»Ich weiß, ich habe mich lange nicht mehr gemeldet.« In letzter Zeit hatte ihr die Kraft gefehlt. »Mamie ist verstorben.«

»Mon Dieu! Das tut mir leid. Warum hast du mir nicht geschrieben, Ro? Ich wäre gekommen!«, erwiderte ihre Jugendfreundin bestürzt, während im Hintergrund Kinderlachen erklang. Zu ihrer Überraschung hatte Judith bald nach dem Abschluss einen Politiker geheiratet, Kinder bekommen und war nach London gezogen. Ihre Leben konnten unterschiedlicher nicht sein, aber sie standen sich trotzdem nahe.

»Es ging alles so schnell.« Sie seufzte. »Ich bin in der Stadt. Hast du nachher spontan Zeit auf einen Kaffee?«

»Lass mich überlegen. Ich muss die Kinder zum Ballett bringen, aber danach könnten wir uns treffen.«

Sie vereinbarten die Einzelheiten und als sie auflegte, befand sie sich vor dem Gebäude der Anwaltskanzlei. Tief atmete sie ein, bevor sie mit neuem Mut die Treppe hinaufstieg. Egal, wie es ausging, nachher würde sie Judith davon berichten können. Ihr Handy vibrierte, als eine Nachricht einging.

Toi, toi! Ich bin sicher, dass deine Reise nicht vergebens ist. – Lucie

Kurz hoben sich ihre Mundwinkel, bevor sie ihr dunkelblaues Kostüm zurechtzupfte und die Türklingel drückte. Der Summer erklang. Rose trat ein und fand sich einer adretten Empfangsdame mit blonden Bob in einem cremefarbenen Kleid gegenüber. Der Eingangsbereich war hell gehalten, nur zwei Polstersessel sowie der Beistelltisch waren dunkel.

»Guten Tag, wie kann ich Ihnen behilflich sein?«, fragte sie.

»Ich benötige eine Auskunft.« Rose straffte ihre Schultern, damit sie aufrecht stand. »Es geht um eine Mandantin, die sie vor einigen Jahren betreut haben.«

»Ist diese verstorben oder sind Sie im Besitz einer Vollmacht? Wenn ja, dann benötige ich noch den Ausweis. Ansonsten darf ich Ihnen leider nicht weiterhelfen. Wie Sie vermutlich wissen, sind wir an das Anwaltsgeheimnis gebunden.«

»Ich bin selbst Anwältin, also kann ich Sie gut verstehen.« Rose zog aus ihrer Tasche eine Kopie der Scheidungspapiere ihrer Eltern. »Es geht um Lola Vinet.«

Die Empfangsdame studierte mit ausdruckslosem Gesicht den Ausdruck, bevor sie sprach: »Wie gesagt, ich kann Ihnen leider nicht weiterhelfen. Da Sie ohne Vollmacht von Herrn De Benoit oder Frau Vinet hier sind, vermute ich, dass Sie nicht berechtigt sind, in deren Namen hier zu sein.«

Rose öffnete den Mund, bevor sie sich entschied, die Wahrheit zu sagen. »Lola Vinet ist meine Mutter. Ich habe sie seit meiner Kindheit nicht gesehen. Kürzlich habe ich erfahren, dass es gute Gründe dafür gab. Ich langweile Sie nicht mit den Details, aber ich bin verzweifelt, denn ich möchte Sie unbedingt finden.« Ungefragte zeigte Rose ihr ihren Personalausweis.

Die andere Frau musterte das Dokument und sie eindringlich, bevor sie ihre Stimme senkte: »Ich kann Ihnen nichts versprechen.«

»Ich bin über jeden Hinweis glücklich. Online ist sie ein Geist und ich habe keine Ahnung, wo sie ist. Nur, dass sie vor Jahren bei dieser Kanzlei Mandantin war.«

Die Empfangsdame nahm die Kopie, dann tippte sie etwas in ihren Computer. »Die Akte ist im Archiv, denn sie wurde vor Jahrzehnten unterschrieben. Es ist eine Adresse von Ihrer Mutter hinterlegt, aber ich bezweifle, dass diese noch aktuell ist.«

Roses Herz flatterte aufgeregt, vielleicht würde sie dort eine Spur von Lola finden.

»Aber ich darf Ihnen diese nicht geben, denn dafür könnte man mich entlassen.«

Sofort sank ihre Hoffnung in sich zusammen. Verdammt, eine Sackgasse! Was sollte sie nur machen? Sie bedankte sich für die Mühen und wandte sich zum Gehen, als sich die Sekretärin räusperte. Rose drehte sich zu ihr, um ein Post-it mit einer Nummer, einer Adresse sowie der Notiz *Postfach* auf dem Tresen zu finden. Die Vorzimmerdame tippte beschäftigt auf der Tastatur, sodass Rose nur ein *Danke* flüsterte, bevor sie das Büro verließ. Im Treppenhaus auf dem Weg nach draußen, googelte sie, wie sie fahren musste. Eine Straßenbahn würde sie ihrem Ziel näherbringen.

Wenige Stationen später stieg sie aus, um den Rest des Weges zu Fuß zu gehen. Nun, da sie einen Anhaltspunkt hatte, war sie offen für die Schönheit Londons. Rote Hop-on-Hop-off-Busse fuhren an ihr vorbei. Die charakteristischen Telefonhäuschen befanden sich an jeder Ecke. In der Ferne sah sie den Big Ben, den berühmten Uhrenturm am Westminster-Palast, der sie an einen Stadtbummel vor einigen Jahren erinnerte. Ein Straßenmusikant spielte neben einem Park ein fröhliches Lied auf der Gitarre. Sie hatte die Stadt stets für die vielen gepflegten Parkanlagen bewundert und so manches Mittagessen gemeinsam mit Judith auf einer Parkbank im Grünen eingenommen. Eine Treppe führte sie zu einer U-Bahnstation, in der ein Souvenirladen, eine Bücherei sowie ein Postamt untergebracht waren. Sie öffnete die Tür zur Postfiliale und fand sogleich die aufgeschriebene Nummer, doch das Schließfach gab ihr keinen Hinweis auf ihre Mutter.

»Guten Tag, suchen Sie etwas?«, ertönte die Stimme einer älteren Beamtin mit grau-schwarz-meliertem Haar, die sie hinter dem Schalter neugierig beäugte.

Sie erzählte von ihren Nachforschungen zu Lola, wobei sie die gleichen Worte wie in der Kanzlei verwendete.

»Ich darf Ihnen nichts sagen. Postgeheimnis.«

Rose hatte langsam genug von Geheimnissen. »Können Sie mir wenigstens verraten, ob es noch auf ihren Namen läuft? Dann könnte ich ihr wenigstens eine Nachricht hinterlegen.«

Die Frau musterte sie, bevor sie in ihren Computer tippte. »Laut dem Verzeichnis taucht sie nicht als Besitzerin auf, das kann ich ihnen offenbaren. Tatsächlich scheint ihr Name nirgendwo im Zusammenhang mit dieser Nummer zu stehen. Wir haben viel digitalisiert«, sagte sie, nicht ohne Stolz.

Rose überlegte fieberhaft. Wenn Großvater alles von langer Hand geplant hatte, war es möglich, dass er Lola sowohl die Kanzlei als auch das Postfach ausgesucht und bezahlt hatte. Immerhin war sie mittellos und die Scheidung in seinem Interesse gewesen.

»Vielen Dank für Ihre Hilfe. Das bedeutet mir sehr viel.« Einer Eingebung folgend, zog sie die Postkarten aus ihrer Tasche, um sie der Beamtin zu zeigen. »Das sind fünfundzwanzig Karten, die sie mir über die Jahre gesendet hat. Deshalb weiß ich, dass sie am Leben ist, aber nicht, wo sie sich aufhält.«

»Die sind wunderschön. Originale möchte ich meinen.« Sie hob prüfend eine Karte gegen das Licht. »Ich befasse mich in meiner Freizeit mit lokaler Kunst und besuche Ausstellungen im ganzen Land. Diese Postkarten erinnern mich an die Werke einer Künstlerin über Northumberland, die ich bei einer lokalen Ausstellung in Lovely Hills gesehen habe, als ich meine Schwester besucht habe. Aber ich will ihnen keine falsche Hoffnung machen. Denn auch, wenn ich recht habe, bedeutet dies nicht, dass es sich um ihre Mutter handelt oder sich diese dort aufhält.«

Das war ein weiterer Anhaltspunkt! Sie hörte die nachfolgenden Worte der Beamtin nicht mehr, denn sie plante gedanklich ihre Reise in den Norden Englands. Ihr Handy klingelte und riss sie aus ihren Überlegungen. Judiths Name leuchtete auf. Sie bedankte sich für die Hilfe, bevor sie den Anruf entgegennahm.

»Hast du mich vergessen?«, fragte ihre Freundin amüsiert.

Verdammt, sie hatte nicht auf die Uhr gesehen. Sie rief Google Maps auf, um den Weg zum Café zu finden, das glücklicherweise nicht weit entfernt war.

»Ich komme gleich«, entgegnete sie, während sie durch die Straßen eilte.

Zehn Minuten später breitete sie die Arme aus, um ihre Freundin zu umarmen. Judith hatte sich in Beige-Tönen gekleidet, das schulterlange blonde Haar war lockig frisiert und ein neutraler Lippenstift überzog ihre schmalen Lippen. Sie roch vertraut, nach Vanille und Puder.

»Es ist schön, dich zu sehen«, sagte Judith liebevoll, während sie Rose in ein gemütliches Café zog. »Was führt dich nach London?«

Rose gab ihr die Kurzfassung und schloss mit den Worten: »Was ist, wenn ich meine Mutter wirklich finde?«

»Dann sprichst du mit ihr und siehst, wie sich alles entwickelt.« Judith sah sie aufmerksam an. »Du forcierst nichts, sondern nimmst dein Schicksal an, wie es kommt. Falls du Hilfe bei der Suche brauchst, meine Freundin Vivienne ist eine Hobby-Detektivin. Ich kann sie dir wärmstens empfehlen.«

»Das ist lieb von dir«, entgegnete Rose dankbar für ihren Beistand. »Wie geht es deinem Mann und den Kindern?«

Judith senkte ihre Stimme. »Wir stecken inmitten einer grässlichen Trennung. Aber wir geben es erst nach der Wahl bekannt, damit er keine Unterstützer verliert. Ich baue auf deine Verschwiegenheit.«

»Das kommt plötzlich«, erwiderte Rose mit einem Blinzeln. »Ich habe geglaubt, dass ihr glücklich miteinander seid.«

»Das waren wir auch, nur fühle ich mich zunehmend gefangener. Ich will wieder arbeiten gehen, doch er möchte, dass ich zu Hause bei den Kindern bleibe und ihn bei seinem Wahlkampf unterstütze. Für ihn habe ich mein ganzes Leben sowie meine Pläne umgestellt, leider sieht er das nicht.« Ihre Augen glitzerten traurig, die Fröhlichkeit von vorhin offensichtlich gespielt. »Es wird schwierig, aber sind das nicht alle Veränderungen?«

Rose seufzte, während sie eine Welle von Mitleid überrollte. Gleichzeitig war sie beinahe erleichtert, dass sie nicht allein Single sein würde, wobei sie diesen Gedanken sogleich zur Seite schob. »Jeri und ich haben uns vor einigen Tagen getrennt. Ich hoffe, dass mit der Zeit der Schmerz darüber nachlässt. Erwachsensein ist einfach scheiße, findest du nicht auch?«

Judith prustete los und sie stimmte ein, froh, die trübe Stimmung für einen Augenblick vertrieben zu haben. Als der Kellner für die Bestellung kam, sah ihre Freundin sie an. »Kaffee oder etwas Stärkeres?«

»Das fragst du noch? Wie sollen wir sonst auf die Neuanfänge anstoßen?« Verschwörerisch zwinkerte Rose ihr zu.

Kapitel 9

Rose streckte ihre Glieder, soweit dies im engen Flugzeugsitz möglich war, und gähnte herzhaft. Sie flog ungern, denn lieber hatte sie festen Boden unter ihren Füßen, aber die Zugreise hätte Stunden gedauert, weshalb sie sich widerwillig für das Fliegen entschieden hatte. Nach dem Gespräch mit Judith war sie ins Hotel zurückgekehrt, hatte den Flug nach Newcastle upon Tyne für den darauffolgenden Tag gebucht sowie Busverbindungen für die Weiterfahrt herausgesucht. Es hielt sie nichts mehr in London, deshalb war sie bereit, weiterzuziehen. Ein vertrautes Geräusch erklang und die Aussage ertönte, dass sie demnächst landen würden. Sie schnallte sich an, um dann ihre Finger nervös in den Sitz zu krallen, denn sie hasste die Landung. Um sich abzulenken, sah sie aus dem Fenster. Zwischen den Häusern befanden sich Bäume, deren Blätter abgefallen waren. Die Stadtteile wurden von einem Fluss getrennt und waren von Brücken unterschiedlicher Designs miteinander verbunden. Das Flugzeug kreiste über der Stadt, bevor es zum Landeanflug ansetzte. Rose schloss die Augen, während es absank. Übelkeit stieg in ihr hoch, die sogleich wieder abflaute.

Als sie die Maschine verließ, dankte sie dem Himmel dafür. Ihr Magen knurrte. Es war Mittag, stellte sie mit einem Blick auf die Uhr fest, weshalb sie entschied, mit

einem Bus in die Stadt zu fahren, um dort eine Kleinigkeit zu essen. Als sie einige Zeit später aus dem Ver-
kehrsmittel ausstieg und in Richtung der Altstadt ging,
empfingen sie Kopfsteinpflaster sowie bunte historische Häuser. Obwohl es zu nieseln begann, als sie auf
der Suche nach einem Restaurant durch die Straßen
spazierte, stellte sie fest, dass ihr Newcastle upon Tyne
gefiel. In einer Seitengasse fand sie ein geöffnetes, gemütlich aussehendes Speiselokal mit dunkel gehalte-
nen Tischgruppen. Sie bestellte ein hausgemachtes Ale
sowie eine Kartoffel mit Kräutern und Pilzen. Das Gericht stellte sich als eine Art Blätterteig aus buttrigen
Kartoffelscheiben heraus. Rose gluckste, da sie sich Mamies Blick vorstellte, die Butter für eine Kaloriensünde
hielt. Dann fiel ihr ein, dass ihre Großmutter verstorben war und ihre Laune kippte. Das Essen schmeckte
nur noch fettig, weshalb sie es angewidert zur Seite
schob, die Rechnung verlangte und aus dem Lokal verschwand. Auf dem Weg zur Busstation nach Northumberland regnete es in Strömen, innerhalb kürzester Zeit
war sie von Kopf bis Fuß durchnässt. Die Anzeigetafel
kündigte an, dass sich der Bus verspätete. Genervt
fragte sie sich, was sie hier eigentlich wollte. Doch dann
hielt der Bus pünktlich mit quietschenden Reifen neben ihr. Sie stieg ein, kaufte ein Ticket und sank in den
durchgesessenen Sitz. Als sie losfuhren, lehnte sie ihren Kopf gegen die Fensterscheibe, betrachtete den Regen, der am Glas abperlte, während ihr die Tränen still
über die Wangen liefen. Sie vermisste Mamie so sehr,
dass es sie fast umbrachte. Erst jetzt verstand sie, wie
diese sie geerdet und an zu Hause gebunden hatte.
Ohne ihre Großmutter war sie verloren. Jeri fehlte ihr,

der sie immer zum Lachen gebracht hatte. Es fühlte sich an, als wäre sie allein auf dieser Welt. Sie wischte sich die Wangen ab, wütend über sich, weil sie wie ein Schulmädchen in einem Bus heulte, während sie hoffte, dass dies der Neuanfang sein würde, den sie sich insgeheim wünschte.

***

Rose ließ sich erschöpft auf das Bett sinken. Nach einer schier endlosen Busfahrt inklusive Reifenpanne war sie in der Region Northumberland, genauer gesagt in Lovely Hills, angekommen, wo sie sich eine Unterkunft gesucht hatte. Das Zimmer im Hillside Inn war gemütlich eingerichtet mit einem blau-grau karierten Teppichboden, einem dazu passenden Sessel, einem dunklen Bett, einem Schrank und Landschaftsbilder an den Wänden, die die Küste sowie einige Sehenswürdigkeiten der Umgebung zeigten. Das Badezimmer war klein, fensterlos, aber sauber. Vom Fenster im Zimmer erspähte sie kahle Bäume, Häuser und sogar einen Streifen blau vom Meer. Ihr Kopf dröhnte, weshalb sie sich nach einer schnellen Dusche ins Bett sinken ließ und sogleich einschlief. Als sie wieder aufwachte, wusste sie im ersten Moment nicht, wo sie war. Sie sah sich orientierungslos um, bis es ihr einfiel: Sie befand sich im Norden Englands an der Grenze zu Schottland. Ein Blick aus dem Fenster verriet ihr, dass es bereits dunkel war. Rose seufzte, während sie sich wetterfeste Kleidung anzog, da sie davon ausging, dass der Regen nicht nachgelassen hatte, was auf ihre Stimmung drückte. Um sich davon abzulenken, tippte sie eine Nachricht an Lucie, wo sie sich befand, damit sich diese nicht sorgte. Sogleich antwortete ihre Freundin.

Kleinstadtflair in England. Klingt nach dem Beginn einer tollen Liebesgeschichte. – Lucie

Ich bin froh, wenn ich meine Mutter finde. Etwas anderes will ich nicht. Du liest zu viele Romane. – Rose

Die Liebe findet dich, wenn du sie am wenigsten suchst. Stell dir vor, du stolperst über die Schwelle eines Pubs, um dann in den Armen eines attraktiven Mannes zu landen ... Klingt doch gut, oder etwa nicht? – Lucie

Bei meinem Glück fängt mich ein Obdachloser auf, der Essen schnorren will. – Rose

Du bist so zynisch ... denk doch lieber so: Dieser offenbart sich als Millionär auf der Suche nach Liebe in einer Kleinstadt, der sich nur verkleidet hat, damit ihn niemand erkennt. – Lucie

Wider Willen musste Rose lachen, als sie sich die Szene bildhaft vorstellte.

Du bist eine hoffnungslose Romantikerin. Warum kümmerst du dich nicht um dein Liebesglück und meldest dich bei einer Dating-App an? – Rose

Du weißt, wie ich dazu stehe. Ich finde das unpersönlich, lieber lerne ich jemanden im realen Leben kennen. – Lucie

Und wie läuft es soweit? Hat sich der Spinner aus der Buchhandlung nochmals gemeldet? – Rose

Lucie war von einem Mann in einem Buchladen angesprochen worden, der sie zum Kaffee eingeladen hatte. Im Laufe des Gespräches offenbarte er, dass er zu Hause einen kleinen Zoo mit Reptilien und Spinnen besaß. Für ihre Freundin, die panische Angst vor allem, was krabbelt, hatte, war dies ein absoluter Albtraum. Sie beendete das Date, doch er fand ihre Nummer heraus, um sie mit Bildern seiner Haustiere zu beehren.

Niemand mag dich. Pass trotzdem auf dich auf. – Lucie

Rose sendete ihrer Freundin einen lachenden Smiley und verließ das Zimmer. Dicker Teppichboden dämpfte ihre Schritte. Der Duft von Suppe lag in der Luft, als sie zum hausinternen Restaurant ging. Der Ausschank- und Essbereich befanden sich in einem Raum mit hellgrauen, halbhohen Steinwänden. Es gab Erker mit gemütlichen Sesseln, kleine und größere Sitzgruppen, ein Klavier in einer Ecke und einen Kamin, in dem ein Feuer loderte. Wie in ihrem Zimmer hingen auch hier Bilder der Umgebung an den Wänden. Die Bartheke war in dunklem Holz gehalten, Gläser waren darüber aufgehängt und ein bärtiger Kellner zapfte Bier. Eine hochschwangere Frau saß strickend auf einem grauen Polstersessel, während sie sich mit jemandem unterhielt. An zwei Tischen wurde Karten gespielt. Gemurmelte Gespräche, sanftes Licht und ein gelegentliches Lachen sorgten für eine heimelige Atmosphäre. Rose fühlte sich, als würde sie in ein privates Wohnzimmer eintreten und ein Störenfried sein, der nicht hierher gehörte. Sie ließ ihren Blick auf der Suche nach einem freien Platz durch den Raum streifen. Wie zufällig blieb er an der hochschwangeren Frau hängen, deren braune, kinnlangen Locken ihre vollen Wangen umschmeichelten und die ein braunes Kleid trug. Diese lächelte ihr aufmunternd zu. Neben ihr befand sich eine freie Tischgruppe, die Rose ansteuerte, während sie ihr grüßend zunickte. Sie blätterte in der Menükarte, die auf dem Tisch lag, begleitet vom Klackern der Stricknadeln.

»Wenn ich Ihnen ein Tipp geben darf, dann empfehle ich den Kartoffeleintopf. Er steht nicht auf der Karte, ist aber hervorragend«, sprach die strickende Frau sie an. Aus der Nähe bemerkte Rose, dass ihre Nase etwas zu groß für ihr Gesicht schien, ihre Augen braun und ihre Wangen voller Sommersprossen waren, was sie freundlich wirken ließ. »Am besten eine kleine Portion, außer sie essen für zwei.«

Rose schüttelte amüsiert den Kopf, bedankte sich für den Tipp und gab, als der Kellner kam, ihre Bestellung auf.

»Sie werden es nicht bereuen«, meinte die andere Frau verschwörerisch, während sie sich ihren runden Bauch rieb.

»Das hoffe ich doch«, entgegnete sie höflich. »Sind Sie schon länger im Inn?«

»Oh, nein, ich bin kein Gast. Ich wohne hier, also nicht im Hotel, sondern in der Nachbarschaft. Mein Name ist Holly. Ich bin Grundschullehrerin. Es ist schön, mit Kindern zu arbeiten, denn sie geben einem so viel, manchmal sogar die Grippe.« Holly lachte, um dann weiterzusprechen. »Seit kurzem bin ich im Mutterschaftsurlaub. Mein Mann ist beruflich die halbe Arbeitswoche in Newcastle upon Tyne, was mich bisher nie gestört hat, doch nun ist es zu Hause so ruhig und die Decke fällt mir auf den Kopf. Deshalb bin ich hier, stricke gemütlich, während ich mich unterhalten oder Leute beobachten kann.«

Der Kellner brachte ein Glas Wasser sowie einen großen Teller voll mit dampfendem Eintopf, was den Monolog ihrer neuen Freundin unterbrach, den sie mit einem Schmunzeln gelauscht hatte.

»Mahlzeit«, wünschte Holly. »Ich hatte vorhin bereits selbst einen. Sehr lecker. Mein Bauch ist nun noch dicker, obwohl ich noch einige Wochen vor mir habe.«

»Das ist die kleine Portion?«, fragte Rose überrumpelt, denn sie wusste nicht, ob sie es schaffen würde, alles zu essen.

»Gut, dass ich sie vorgewarnt habe«, entgegnete Holly kichernd. »Wenn sie nicht gefragt hätten, wäre doppelt so viel auf ihrem Teller. Die Besitzer rühmen sich damit, dass niemand hungrig aufsteht. Ich bin seit einer halben Stunde fest mit dem Stuhl verwachsen, denn aufstehen ist gerade viel zu anstrengend.«

Rose fehlten die Worte, was die Schwangere belustigt zur Kenntnis nahm.

»Lassen Sie sich von mir nicht vom Essen ablenken, sonst wird es kalt. Ich widme mich ganz meiner Babydecke und belästige Sie nicht weiter.« Holly strickte geschwind.

»Sie belästigen mich nicht«, entgegnete Rose, um dann einen Löffel voll Eintopf zu nehmen. Der Geschmack von Kartoffeln füllte ihren Mund, er war gut gewürzt und wärmte sie von innen. Ihr war, als würde selbst ihr Herz, das unter dem Verlust von Mamie und Jeri litt, ein wenig auftauen.

»Das sagen Sie nur, weil Sie höflich sind«, entgegnete Holly, während sie sich mühsam aus ihrem Sessel erhob. Als sie sich aufrichtete, streifte sie den Beistelltisch, der krachend zu Boden fiel.

Rose richtete ihn wieder auf, damit sich die Schwangere nicht bücken musste.

»Ich bin so ein Tollpatsch«, murmelte Holly, um sich dann bei ihr zu bedanken und Richtung Toilette zu watscheln.

Mit einem Grinsen auf den Lippen wandte sich Rose wieder ihrem Essen zu. Die ungezwungene Art von Holly machte sie sympathisch. Wenn sie ehrlich zu sich war, konnte sie aufmunternde Gesellschaft gut gebrauchen. Ein lautes Geräusch sowie gemurmelte Entschuldigungsworte kündigten die Rückkehr der anderen Frau an. Rose verkniff sich ein Lächeln, als sich Holly in den Sessel fallen ließ, während der Kellner kopfschüttelnd den halbleeren Teller abräumte.

»Wissen Sie, was das Schlimmste am Schwanger sein ist? Zuerst die Übelkeit, dann das ständige Pinkeln. Ich fühle mich, wie eine undichte Regenrinne.« Die Frau atmete tief durch. »O nein, entschuldigen Sie bitte vielmals. Das hätte ich nicht sagen sollen. Wegen mir haben Sie den Appetit verloren.«

»Quatsch«, winkte Rose ab. »Ich fühle mich gut unterhalten.«

»Puh, da bin ich erleichtert. Sonst bekomme ich am Ende noch Hausverbot, das wäre echt schlimm. Es gibt zwei weitere Restaurants in Lovely Hills, aber keines davon ist so ... *gemütlich*.« Beim letzten Wort senkte Holly ihre Stimme, um dann in normaler Tonlage fortzufahren. »Was führt sie nach Northumberland, falls ich fragen darf? Verzeihen Sie meine Neugierde, aber woher stammen Sie? Sie haben einen leichten Akzent, den ich nicht zuordnen kann. Außerdem kenne ich Ihren Namen nicht.«

»Ich bin Rose, mache hier einige Tage Urlaub und bin gebürtige Französin«, antwortete sie.

Holly schürzte die Lippen, schwieg jedoch. Sie kannte ihre neue Freundin erst seit Kurzem, aber das erschien ihr ungewöhnlich, vor allem weil deren braune Augen funkelten.

»Warum machen Sie so ein Gesicht?«, hakte Rose nach.

»Na ja«, machte Holly, während sie sich auf dem Sessel wand. »Normalerweise verirren sich wenige Franzosen zu uns. Die Sprachbarriere ...«

Rose, die Wasser getrunken hatte, verschluckte sich, als ihr ein Glucksen entwich. Das war eine nette Umschreibung für ihre Landsleute und deren Weigerung Englisch zu sprechen. Sie war froh, dass ihr Vater auf die gute Ausbildung sowie Sprachtraining bestanden hatte. »Das haben Sie sehr diplomatisch formuliert, was jedoch bei mir unnötig ist. Ich mag es, wenn man kein Blatt vor dem Mund nimmt.«

Holly räusperte sich, als würde sie ihren ganzen Mut zusammennehmen. »Sind Sie wirklich im Urlaub hier? Auf die Gefahr hin, dass man mir trotzdem noch Hausverbot erteilt: Es ist kalt, nass und nicht gerade die typische Saison, um Sightseeing zu machen.«

»Sie haben recht«, erwiderte Rose. Was half es ihr, zu schweigen? Sie musste sich öffnen, wenn sie Hinweise erhalten wollte. »Ich bin auf der Suche nach meiner Mutter.« Sie gab ihr eine Kurzfassung, zeigte ihr sogar die Fotos einiger Postkarten auf dem Handy, da die Originale im Zimmer lagen.

»Ich werde mich umhören, leider kann ich Ihnen nicht weiterhelfen. Aber ich würde auf jeden Fall auf der Poststelle nachfragen. Schaden kann es nicht und wissen tun sie auch immer alles.« Holly zwinkerte ihr zu. »Morgen treffen wir uns hier wieder zur Lagebesprechung. Das gibt mir eine Aufgabe und Ihnen hoffentlich weitere Hinweise.«

Rose nickte, während sie sich an die Hoffnung klammerte, dass der Plan ihrer neuen Freundin aufgehen würde. Ihr war bewusst, dass es, auch wenn sie ihre Mutter finden würde, nicht einfach werden würde, da sie viele Jahre getrennt waren und sie nur Mamies Version der Geschichte kannte. Sie würde nicht aufgeben, bis sie Lola aufspürte. Doch wie machte man jemanden ausfindig, der nicht gefunden werden wollte?

KAPITEL 10

Am darauffolgenden Morgen erkundete Rose nach einem schnellen Frühstück Lovely Hills. Sie trug einen hellen Regenmantel, den sie geistesgegenwärtig in Frankreich eingepackt hatte, und kuschelige Stiefel. Der frische Geruch von Regen und feuchter Erde lag in der Luft. Wolken verdeckten den Himmel, aber sie genoss die Stille. Vereinzelt fuhren Autos die Straße entlang, ansonsten war es wie ausgestorben. Mehrstöckige Steinhäuser mit dunklen Dächern waren über die ganze Stadt verstreut. Es gab ein buntes Schulgebäude, eine Poststelle, zwei Pubs sowie einen Souvenirshop mit kleinem Markt. Eine Frau mit einem Cockerspaniel kreuzte ihren Weg, wobei diese sie freundlich grüßte. Die Stadt wachte langsam auf. Eltern mit Kindern an der Hand verließen die Häuser, Gemurmel erklang, ein Hund bellte und Autos wurden angelassen. Nach der Hektik von London klang dies wie Musik in ihren Ohren. Sie zog ihren Mantel fester um sich, während sie Richtung Post spazierte. Nieselregen hatte wieder eingesetzt, sie spürte förmlich, wie ihre Locken kraus wurden.

Einen Friseur werde ich hier sicher nicht finden, dachte sie, nicht, dass ihr dies wichtig gewesen wäre. Als sie vor dem Spaziergang in den Spiegel gesehen hatte, lagen tiefe Schatten unter ihren ungeschminkten Augen. Sie hatte Lucie ein Foto von sich gesendet, mit der Notiz: *Auf ein Neues.* Sie hatte nicht lange auf eine Antwort warten müssen.

Das ist die richtige Einstellung (und noble Blässe).
Daumen sind gedrückt. – Lucie

Rose bog gedankenverloren in die Einfahrt ein, als sie quietschende Bremsen hinter sich hörte. Erschrocken sah sie sich um, ein Postauto hatte unmittelbar neben ihr mit heruntergelassenem Fenster gehalten. Ein Mann mit gewellten rotblonden Haaren, hellgrünen Augen, Sommersprossen und Bart starrte sie an. Sie taufte ihn insgeheim Mr. Red. »Miss, haben Sie Selbstmordgedanken?«

Rose sah ihn überrumpelt an.

»Falls die Antwort *nein* lautet, dann achten Sie besser, wohin sie gehen. Sie wären mir beinahe vor das Auto gelaufen.«

Unhöflicher Typ! Vielleicht sollte sie ihn lieber Mr. Arsch nennen. Sie schürzte ihre Lippen. »Als Autofahrer ist es Ihre Pflicht auf die Umgebung zu achten. Schauen Sie, wohin sie fahren.«

Sein Blick verfinsterte sich. »Ein Danke fürs Bremsen hätte auch gereicht.«

»Sagen Sie mal, ist es Ihre Mission schlechte Laune zu verbreiten? Wenn Sie mit mir streiten wollen, nur zu, ich bin Anwältin, das ist mein Beruf.« Rose schäumte. Ja, sie war unaufmerksam gewesen, aber das gab ihm nicht das Recht sie von der Seite blöd anzumachen. Sie musste ihm ja nicht auf die Nase binden, dass sie nur in Frankreich tätig war.

»Wenn Sie das glücklich macht, Miss.« Er trommelte auf seinem Lenkrad. »Ich habe zu tun, also gehen Sie beiseite, damit ich weiterfahren kann.«

Sie warf ihm einen giftigen Blick zu, trat zurück und bedeutete ihm, vorbeizufahren. Er gab Gas, wobei er sie aufgrund einer Lache mit Wasser vollspritzte. Empört sah sie ihn an. Auf der Straße gab es eine große Pfütze, keine Chance, dass er das nicht gewusst hatte, immerhin war dies sein Arbeitsweg. Ihr neu ernannter Feind hob entschuldigend eine Hand, wobei sie glaubte ein selbstzufriedenes Lächeln auf seinen Lippen zu erkennen. Nur der Gedanke daran, dass sie sich Hinweise von der Poststelle erhoffte, hielt sie davon ab, ihm etwas Wütendes nachzurufen. Sie atmete tief durch, als sie eintrat, doch sie hatte Glück und musste nicht mit ihm sprechen. Eine rundliche Beamtin saß am Schalter, die freundlich bemüht war, ihr jedoch nicht weiterhelfen konnte. Rose bedankte sich, während sich Enttäuschung in ihr ausbreitete. Leise Sehnsucht nach einer Zigarette regte sich in ihr, obwohl sie stets Gelegenheitsraucherin gewesen war und sich seit Jahren keine angezündet hatte. Sie verdrängte den Wunsch mit einem Kopfschütteln. Mr. Red aka Mr. Arsch lief an ihr vorbei, doch ihre Kampfeslust war so schnell verflogen, wie sie aufgekommen war. Ihr Handy vibrierte, weshalb sie ein Blick darauf warf.

Wie läuft die Suche? – Lucie

*Als würde ich die Nadel im Heuhaufen finden wollen.
– Rose*

Vielleicht triffst du dort deinen Heu(Traum)Prinz, der dich mit den richtigen Hinweisen versorgen kann. – Lucie

Am anderen Ende des Regenbogens? Denn so wahrscheinlich ist deine Hypothese. – Rose

Ich habe einen Brief für dich ans Universum gesendet, vielleicht kommt er an. – Lucie

Die Nachrichten ihrer Freundin heiterten sie auf. Als sie das Telefon weglegte, hatte sich ihre Laune gebessert. Gegenüber von der Post bemerkte sie ein leerstehendes Geschäft mit großem Schaufenster, das sie sich genauer ansah. Ihr Traum von einer eigenen Buchhandlung fiel ihr wieder ein. Ein Hirngespinst aus vergangener Zeit, trotzdem sah sie den Laden wie eine Vision vor sich. In einer Ecke gab es Kaffee und Kuchen, einige kleine Tische für die gemütliche Atmosphäre, Bücher soweit das Auge reichte. Sie würde Lesungen organisieren, Buchempfehlungen vorbereiten und ihrem alten Leben den Rücken kehren. Rose riss sich vom Schaufenster los, kehrte in das Inn zurück, um sich etwas aufzuwärmen, bevor sie online nach Kunstausstellungen oder anderen Anhaltspunkten suchte. Nach einigen vergeblichen Telefonanrufen beschloss sie, sich eine Pause zu gönnen und kurz die Augen zu schließen. Als sie aufwachte, war es später Nachmittag, was ihr Magen mit einem lauten Knurren betonte. Sie ging ins Restaurant, wo bereits ihre neue Freundin Holly, in einem gelben Kleid, auf einem Sessel saß und sie fröhlich begrüßte.

»Hi«, sagte Rose, während sie sich neben sie setzte. Scheinbar war dies nun ihr Stammtisch.

»Ich habe mich umgehört«, begann Holly, als hätte sie nur kurz das Thema gewechselt und hörte dafür sogar auf zu stricken. »Aber es ist nicht viel dabei rausgekommen.«

»Dann sind wir schon zu zweit.« Sie zuckte mit den Achseln, wobei ihr Mr. Red wieder einfiel. So ein Blödmann.

»Ist alles in Ordnung?«, erkundigte sich die Schwangere aufmerksam.

Rose erzählte ihr die Kurzfassung, wobei sie sich diplomatisch gab. Immerhin war dies eine Kleinstadt, da kannte sich jeder und sie wollte in kein Fettnäpfchen treten.

»Das war sicher Kai«, meinte Holly stirnrunzelnd, während sie weiter strickte. »Das sieht ihm nicht ähnlich. Ich bin sicher, dass er die Pfütze nicht bemerkt hat und es ein doofer Zufall war.«

»Vielleicht hatte er einfach einen schlechten Tag«, wiegelte Rose ab, den Vorfall würde sie bald vergessen haben.

»Nein, du verstehst nicht. Kai ist supernett. Immer gut gelaunt, zu allen freundlich und hat stets ein offenes Ohr. Er arbeitet nebenberuflich als Handwerker, ist für alle da und hilft, wo er kann.« Sie sah sich um, bevor sie mit gesenkter Stimme weitersprach. »Eine Nachbarin hatte einen finanziellen Engpass, da hat er gar nichts verlangt. So einer ist das.«

»Klingt nach einem guten Kerl«, erwiderte Rose, da sie nicht wusste, was sie sonst sagen sollte.

»Kai ist viel rumgekommen als Briefträger und kennt auch viele Leute in den Nachbarstädten.«

Rose sah sie abwartend an, was wollte sie ihr damit sagen?

»Jeder mag ihn.« Holly sah sie vielsagend an.

»Das ist schön für ihn.« Sie kam sich vor wie bei einer Prüfung, für die sie nicht gelernt hatte.

»Wenn dir jemand in Lovely Hills weiterhelfen kann, dann ist er es.« Die Schwangere räusperte sich.

Das war klar gewesen, dass sie es sich mit der einen Person verscherzte, die ihr behilflich sein konnte. So wie Holly sie ansah, implizierte sie, dass sie sich mit ihm versöhnen sollte. Rose lehnte sich seufzend in den Stuhl zurück. Sie war froh über die Unterbrechung, als der Kellner ihre Bestellung aufnahm.

»Falls es dir hilft: Er ist nicht nachtragend«, fügte Holly hinzu.

Tja, sie leider schon. Das hatte sie von Thoma, der eisernes Schweigen tagelang aufrechterhalten konnte, aber es war Zeit, über ihren Schatten zu springen. Vielleicht war alles nur ein Missverständnis gewesen.

***

Erneut stand sie am Morgen vor der Poststelle, wobei sie sich aufmerksam umsah, damit sich der gestrige Vorfall nicht wiederholte. Gerade strich sie ihr cremefarbenes Kaschmirkleid glatt, als Mr. Red aka Kai hinter dem Postauto hervor trat. Sie atmete tief durch, bevor sie auf ihn zutrat.

»Guten Tag«, begann sie, selbstbewusster, wie sie sich fühlte.

Höflich erwiderte er den Gruß, wobei er sie skeptisch ansah.

»Ich wollte mich entschuldigen. Es kann sein, dass ich gestern unachtsam war und fast vor Ihr Auto gelaufen bin.« Rose hob das Kinn. »Deshalb wollte ich Ihnen einen Kaffee anbieten.«

»Im Grunde haben Sie sich nicht entschuldigt, aber wenn es Sie glücklich macht, könnten Sie ein Getränk für mich hinterlegen.« Er deutete hinter sich. Dort befand sich ein Café, das sie gestern übersehen hatte, da es klein und unauffällig war.

»Dann mache ich das«, erwiderte sie, während sie ihre Wut hinunterschluckte. So ein Arsch!

Er ging weiter, bevor er innehielt und sich umdrehte. »Was kümmert es Sie eigentlich? Sie sind nur auf der Durchreise, wie ich gehört habe. Warum suchen Sie mich auf? Haben Sie vor, in der Nachbarschaft ein Haus zu kaufen?«

Der Dorffunk funktionierte bestens, denn er war gut informiert. »Ich weiß noch nicht, wie lange ich bleibe. Das ist von einigen Faktoren abhängig. Solange ich hier bin, möchte ich niemanden vor den Kopf stoßen.«

Mr. Red brummte. »Warten Sie fünf Minuten, dann trinken wir einen Kaffee gemeinsam.«

Sie verkniff sich innerlich ein Lachen, als er in das Postgebäude trat und es wenig später mit einem Karton in den Händen wieder verließ, den er in den Wagen stellte.

»Kommen Sie?«, fragte er brummig.

Rose folgte ihm in das Café, das aus einem schmalen Raum mit hohen Fenstern bestand und nur vereinzelte

Sitzgruppen aufwies. An den Wänden hingen nichtssagende Bilder. So früh am Morgen war es wenig besucht, duftete aber nach Kaffeebohnen und Gebäck.

»Was trinken Sie?«, erkundigte er sich. Sie bestellte einen Tee, während er beim Kaffee blieb.

»Arbeiten Sie schon lange als Briefträger?«, suchte sie nach einem unverfänglichen Thema.

»Seit meinem Schulabschluss. Mir gefällt es unterwegs zu sein, Post auszutragen und mich gelegentlich zu unterhalten. Die ältere Bevölkerung schätzt dies sehr, denn heute muss alles schnell gehen, da kommen sie manchmal nicht mehr mit«, antwortete er, um dann einen Schluck von seinem Kaffee zu nehmen. Seine Antwort machte ihn etwas sympathischer. Sie beschloss, innerlich bei Mr. Red zu bleiben. »Sind Sie wirklich Anwältin oder haben Sie das nur behauptet, weil Sie wütend waren?«

Verlegen spielte sie mit dem Henkel ihrer Tasse. Ihre Aussage tat ihr beinahe leid. »Ich bin tatsächlich Anwältin, jedoch in Frankreich tätig. Ich kenne mich mit den englischen Gesetzen nicht aus.«

»Dachte ich es mir doch«, brummte er.

»Meine Reaktion war etwas überspitzt«, murmelte sie. »Hätten Sie mich wirklich fast angefahren?«

Er zuckte mit den Achseln. »Ich habe sie erst im letzten Moment gesehen, weshalb ich erschrocken bin. Wenn etwas passiert wäre, hätte ich mir das nie verziehen. Die Pfütze habe ich übersehen, das geht auf meine Kappe. Im Grunde sind wir jetzt quitt, wenn man so darüber nachdenkt.«

Verdammt, er war nett. »Dann ist meine Entschuldigung ernst gemeint.«

»War sie das vorher nicht?«, entgegnete er stirnrunzelnd.

»Ansatzweise? Es ist eine Kleinstadt, ich möchte nicht, dass mir jemand in meinen Kaffee spuckt.« Unschuldig sah sie ihn an.

Er schnaubte. »Sie sind mir Eine, aber immerhin sind Sie ehrlich. Sagen Sie, hat Holly Sie dazu gezwungen? Ich weiß, dass sie sich im Hillside Inn herumtreibt. Sie ist eine gute Seele, mischt sich aber gerne manchmal zu sehr in das Stadtgeschehen ein.«

»Schuldig im Sinne der Anklage?«, erwiderte Rose, der das Geplänkel anfing, Spaß zu bereiten. »Ihre Argumente waren stichhaltig.«

»Diese Frau treibt mich noch in den Wahnsinn. Es wird Zeit, dass ihr Kind auf die Welt kommt und sie beschäftigt ist«, erwidert er gutmütig. »Wissen Sie, was das Schlimme an Holly ist? Man kann ihr nicht böse sein, jedenfalls nicht lange.«

»Das klingt, als hätten Sie es versucht«, meinte sie.

»Holly ist energisch, auch wenn man es ihr nicht ansieht. Einmal wollte sie einen Ausflug für ihre Schulklasse organisieren, doch es war kein Geld dafür vorgesehen. Kurzerhand hat sie einen Kuchenverkauf organisiert und alle bekniet, daran teilzunehmen. Es war ein voller Erfolg, weshalb er nun jährlich stattfindet.« Er trank seinen Kaffee aus. »Ich muss zur Arbeit zurück.«

Als sie ihre Börse zückte, winkte er ab. »Ich lade Sie ein.«

»Dann komme ich morgen wieder vorbei, damit ich Ihnen nichts schuldig bleibe«, erwiderte sie freundlich,

denn sie witterte eine Gelegenheit ihn näherkennenzu-
lernen. Vielleicht fand sie heraus, ob er etwas über Lola
wusste.

»Wenn Sie darauf bestehen«, meinte er, als sie die Bar
verließen, wobei er nicht abgeneigt klang. »Wie heißen
Sie überhaupt?«

»Rose Vinet«, nannte sie sicherheitshalber den Mädchennamen ihrer Mutter, aus Sorge, dass man ihren
wahren Familiennamen in England kannte. Sie wollte
nicht, dass die falschen Leute anfingen, Fragen zu stellen. »Sie sind Kai, oder?«

Er nickte. »Bleiben wir doch beim Du. Bis morgen,
Rose.«

Sie beobachtete, wie er davon ging, während sich ihre
Lippen zu einem Lächeln verzogen. Kai hatte es in weniger als fünf Minuten geschafft, von Mr. Arsch zum
netten Kerl zu werden. *Die unschuldig wirkende Holly
hat ihre Karten gut gespielt*, dachte Rose für sich. Denn
sie vertraute nun ihrem Urteil und hatte sich gleichzeitig mit Kai versöhnt. Nieselregen setzte ein, weshalb sie
sich beeilte, zurück ins Hotel zu gelangen.

KAPITEL 11

Rose rieb sich die Augen, um dann ihren Laptop beisei-
tezulegen. Den ganzen Nachmittag hatte sie vor dem
Bildschirm verbracht, doch nichts herausgefunden.
Mit jeder verstrichenen Stunde war ihre Frustration
gestiegen, nun sah sie endgültig ein, dass die Online-
recherche sinnlos war. Sie schnaubte, stand auf und
streckte ihre Glieder. Um sich abzulenken, hatte sie
vorhin einen Blick in den Speisebereich geworfen, aber
Holly saß nicht auf ihrem üblichen Stuhl. Rose hätte
ihr gerne geschrieben, besaß jedoch ihre Telefonnummer nicht. Morgen, nahm sie sich vor, musste sie ihre
neue Bekannte danach fragen. Ihr Telefon klingelte
und Judiths Name leuchtete auf. Froh über die Ablenkung drückte sie auf Annehmen.

»Salut, bist du beschäftigt?«

»Dein Timing hätte nicht besser sein können. Geht es
dir gut?«, erwiderte Rose und räumte ihren Laptop weg.

»Wie man es nimmt. Wir sprechen bereits über die
Scheidung, alles läuft zivilisiert ab, so, als hätten wir
uns nicht vor einigen Jahren ewige Liebe versprochen.
Wir reißen uns für die Kinder zusammen und lassen
nichts nach außen dringen. Ich bin froh, wenn diese
Farce vorbei ist. Obwohl ich nicht weiß, wie es als al-
leinerziehende Mutter sein wird. Um mit dir zu telefo-
nieren, habe ich die Kids vor den Fernseher gesetzt und

verstecke mich im Badezimmer. Mein Mann ist wie immer arbeiten.« Judith seufzte. »Aber genug von mir. Gibt es Updates?«

Rose verspürte Mitleid, weshalb sie sich bemühte, optimistisch zu bleiben. »Ich gehe einigen Spuren nach, in der Hoffnung meine Mutter zu finden. Lovely Hills ist eine süße Kleinstadt und ich habe bereits Bekanntschaften geschlossen. Es regnet ständig, wodurch ich meinen französischen Stil gegen den einer englischen Wetterhexe getauscht habe.« Ihre Haare waren von Natur aus kraus, mit dem ständigen Regen ließen sie sich fast nicht mehr bändigen.

»Oje, du Arme«, erwiderte Judith amüsiert. »Glaubst du, du findest Lola bald?«

»Keine Ahnung, sie ist praktisch ein Geist. Ich werde Geduld haben müssen, auch wenn mir das schwerfällt.« Rose setzte sich mit dem Handy aufs Bett. »Meine Freundin Lucie würde sagen, dass ich Vertrauen haben soll und uns das Universum zusammenführen wird. Also genieße ich die Zeit in England und den *strahlenden Sonnenschein.*«

Judith schnaubte. »Du hast dir die perfekte Reisezeit ausgesucht bei diesem Dauerregen. Aber immerhin nimmst du es mit Humor. Darf ich dich etwas fragen?«

Nachdem Rose ihre Zustimmung gegeben hatte, fuhr ihre Freundin fort: »Denkst du noch oft an Jeri?«

Ein Stich durchzuckte sie, denn Judith hatte die Büchse der Pandora geöffnet, in der sich auch die Trauer um Mamie befand. Sie atmete tief ein, als sie verschiedene Emotionen überrollten, denen sie erst nachspüren musste. »Ich bin abgelenkt, was mir nicht viel Zeit zum Nachdenken lässt. Aber wenn ich ehrlich bin, vermisse ich es jemanden zu haben, den ich jederzeit anrufen kann. Die Partnerschaft, die Jeri und ich hatten, fehlt mir, was ich mir bisher selbst nicht eingestanden habe. Zusammen mit Mamies Ableben fühlt es sich an, als hätte ich den Teil von mir verloren, der mich ausgemacht hat. Mein altes Leben passt nicht mehr zu mir. Ich bin gespannt, wohin es mich auf der Suche nach meiner Mutter verschlägt.«

»Ein Neuanfang mit Anfang Dreißig schmerzt«, erwiderte Judith nachdenklich. »Ich tröste mich damit, dass ich einen Weg einschlagen werde, der mich möglicherweise glücklicher macht, als ich es jetzt bin. Alles wird so kommen, wie es soll.«

»Das hast du schön gesagt«, meinte Rose. »Ich glaube, das ist mein neuer Vorsatz, um meine Ungeduld zu zügeln.«

Am anderen Ende des Telefons vernahm sie laute Stimmen. »Ich muss auflegen. Die Kinder haben mich gefunden«, verabschiedete sich Judith.

Die Worte ihrer Freundin hallten in ihr nach und fühlten sich wie eine kuschelige Decke an. Ihr Magen machte sich bemerkbar. Im Restaurant nahm Rose eine kleine Portion Pan Haggerty, eine Art Kartoffelgratin in der Pfanne, zu sich, bevor sie beschloss, früh schlafen zu gehen. Gerade als sie sich bettfertig gemacht hatte, klingelte ihr Telefon. Jeri rief sie an. Widersprüchliche Gefühle regten sich in ihr. Sie war hin und hergerissen, entschied sich aber den Anruf entgegenzunehmen.

»Salut?«

»Hallo Rose, hoffentlich störe ich dich nicht. Ich habe gezögert, ob ich dich anrufen oder dir lieber schreiben soll«, erklang Jeris vertraute Stimme, die sie wie ein Kokon einwickelte. Sie hatten Jahre miteinander verbracht, doch dieses Kapitel gehörte nun der Vergangenheit an.

»Wenn ich ehrlich bin, freut es mich von dir zu hören«, erwiderte sie unsicher.

»Das ist lieb von dir.« Kurz schwieg er, bevor er fortfuhr. »Ich rufe an, weil ich meine Sporttasche in der Wohnung vergessen und noch einen Reserveschlüssel habe. Kann ich in den nächsten Tagen vorbeikommen?«

»Leider bin ich nicht zu Hause, aber du kannst die Tasche gerne holen, das stört mich nicht.« Ein Hauch von Enttäuschung regte sich in ihr. Doch warum sollte er sonst anrufen?

»Oh, in Ordnung. Bist du bereits in England?« Als sie bejahte, sprach er weiter: »Wie läuft die Suche nach deiner Mutter oder hast du sie bereits gefunden?«

Sie gab ihm eine kurze Zusammenfassung. »Es ist mühsam. Ich versuche, positiv zu bleiben, aber Mamie und ... du fehlen mir.«

»Ich vermisse dich auch«, erwiderte Jeri seufzend. »Ich weiß, dass unsere Trennung richtig war, aber das macht es nicht einfacher. Du bist mir wichtig und ich hoffe, dass du Lola findest.«

»Danke, Jeri«, entgegnete Rose, die froh über seine Worte war. »Ich will, dass du weißt, dass ich dich nie verletzen wollte und immer für dich da bin.«

»Ich brauche Abstand, damit ich mit uns abschließen kann«, meinte Jeri. Seine Stimme klang wehmütig. »Aber wenn du mich brauchst, bin ich immer für dich da.«

Ihr Herz füllte sich mit Dankbarkeit. »Danke, Jeri. Ich wünsche mir, dass du glücklich wirst und eine Frau kennenlernst, die all deine Wünsche erfüllt.«

»Das hoffe ich auch. Mach es gut.«

Rose spürte ihren Gefühlen nach, als er auflegte. Wo vorher Schmerz gewesen war, überwog nun Freundschaft. Das Gespräch hatte ihr gutgetan, denn sie wusste nun, dass sie nicht allein war. Jeri würde immer ein Teil von ihr sein. Ihre Beziehung hatte sich gewandelt und sie brauchte Geduld, um herauszufinden, wie diese zukünftig aussehen würde. Wenn sie ehrlich war, schätzte sie seinen Mut und seine Aufrichtigkeit. Die Trennung schmerzte, aber langfristig, war es die beste Entscheidung für sie beide gewesen, davon war sie überzeugt. Womöglich musste man mutig sein, um über sich hinauszuwachsen und sich selbst zu finden.

***

»Bist du eigentlich Frühaufsteherin?«, fragte Kai sie am nächsten Morgen beim Kaffeetrinken.

Rose zuckte mit den Achseln, um sich dann in ihren Pullover zu kuscheln. Es war kühl im Café. »Ich bin kein früher Vogel und auch keine Nachteule, sondern irgendetwas dazwischen. Das Aufstehen selbst macht mir nichts aus.«

»Ist das nicht die Definition von Morgenmensch?«, entgegnete er schmunzelnd.

»Nein, das sind Menschen, die gerne am Morgen reden. Dazu gehöre ich definitiv nicht. Ich brauche Zeit, um aufzuwachen.« Rose hörte ihm zu, während sie insgeheim überlegte, wie sie das Gespräch auf ihre Mutter lenken konnte. »Zu welcher Kategorie gehörst du?«

Kai hob spöttisch eine Augenbraue. »Ich bin ein Postbote. Da erübrigt sich die Frage, denkst du nicht?«

»Wie gesagt, ich bin kein Morgenmensch. Meine grauen Zellen funktionieren noch nicht richtig«, konterte sie, während sie in ihrem schwarzen Tee mit Milch rührte.

»Ach, bist du mir deshalb vors Auto gelaufen? Wusste ich es doch.« Er sah sie herausfordernd aus grünen Augen an.

Flirtete er etwa mit ihr? Sie verscheuchte den Gedanken, immerhin hatte sie auf das Treffen bestanden. »Ich kann dich immer noch verklagen.«

»Nicht in England«, feixte er.

»Okay, dieser Punkt geht an dich.« Sie hob theatralisch die Hände. »Ich gebe mich geschlagen. War es eigentlich immer schon dein Traum Briefträger zu werden?«

Kai lachte. »O nein, das hat sich so ergeben. Ich wollte nicht weg aus Lovely Hills, zumindest bis meine damalige Freundin ihren Schulabschluss hatte. Bei der Post wurde eine Stelle frei. Was als Übergangslösung begann, dauert bis heute an.«

»Seid ihr noch zusammen, falls ich fragen darf?«, erkundete sich Rose höflich.

»Nein, sie ist nach London gegangen ... ohne mich. Aber das war vor fast zwanzig Jahren. Wenn ich so darüber nachdenke, befinde ich mich gerade wieder in der gleichen Situation: ungebunden und frei.« Der Schalk in seinen Augen nahm seinen Worten die Schärfe. Er musste Ende dreißig sein, falls sie ihn richtig einschätzte. »Wie war es bei dir? Traumjob Juristin?«

Sie schnaubte. »Auf keinen Fall. Ich wollte eine Buchhandlung eröffnen, aber das Leben hat mich in eine andere Richtung geführt. Immerhin verbringe ich viel Zeit vor bedruckten Seiten.«

»Sicher so spannend, wie ein Thriller.« Kai zwinkerte ihr zu. »Hatte deine Familie oder ein Partner Einfluss auf deine Neuorientierung?«

»Wenn ich ehrlich bin, letzteres.« Ihre Gedanken schweiften zu Mathieu ab und seinen Küssen, die stets nach Minzkaugummi geschmeckt hatten. »Denn was ich niemals wollte, war den Wunsch meiner Angehörigen zu entsprechen. Ich war eine kleine Rebellin.«

»Seid ihr noch ein Paar?«, erkundigte Kai sich.

»Nein, dass zwischen uns war von kurzer Dauer und hat nicht gut geendet.« Sie hatte nie mehr mit ihm gesprochen, was schade war, wenn sie darüber nachdachte.

»Gibt es jetzt einen Mann in deinem Leben?« Seine Augen funkelten schelmisch.

Rose, die sich seit seiner Aussage, dass er Single sei, für diese Frage gewappnet hatte und sich nicht festlegen wollte, antwortete: »Ich genieße mein Leben als emanzipierte Frau mit oder ohne Partner an meiner Seite.«

»Sehr diplomatisch, Frau Anwältin. Falls du vergeben bist, solltest du ihn besser von unseren Treffen erzählen, falls du das noch nicht gemacht hast. Lovely Hills ist eine Kleinstadt, hier wird schnell getratscht.« Er hob eine Augenbraue.

»Ich muss niemand informieren«, entgegnete sie mit einem Räuspern. Wenn sie nicht bereit war diese Wahrheit mit Kai zu teilen, wie sollte sie dann mit ihm über Lola sprechen?

Er versuchte, sein Lächeln zu verbergen, was ihm eher schlecht als recht gelang. »Dein Geheimnis ist bei mir sicher. Ich komme mir vor wie bei einer Verhandlung, bei der die Nebenpartei nichts wissen darf.«

Wider Willen lachte sie. »Ich rede nicht gerne über mich.« Oder meine Familie. Herrgott, sie war fast so schlimm wie ihr Vater geworden. »Mein Beziehungsstatus hat sich erst kürzlich geändert, weshalb ich noch dabei bin, mich daran zu gewöhnen. Zufrieden, Herr Richter?«

Entschuldigend hob er die Hände. »Ich wollte dir nicht zu nahe treten, Frau Staatsanwältin, und geheime Auskünfte entlocken. Sollen wir es unter Verschluss halten?«

Rose, die gerade von ihrem Tee getrunken hatte, verschluckte sich, als ihr ein Schnauben entfuhr. Sie hustete laut.

»Sorge dich nicht, ich bin ein Gentleman. Aber für Holly lege ich meine Hand nicht ins Feuer. Wenn sie das erfährt, wird sie dich jedem Junggesellen in der Stadt vorstellen.« Kai klang erheitert.

»Wenn wir es genau nehmen, hat sie mich bereits einem vorgestellt oder etwa nicht?«, konterte Rose mit heiserer Stimme.

Anstelle einer Antwort zuckte er mit den Schultern, bevor er das Thema wechselte. »Wie ist dein Aufenthalt, abgesehen von deiner Nahtoderfahrung, bisher?«

Rose schürzte amüsiert die Lippen. Er konnte es einfach nicht lassen. »Ich habe nicht viel angesehen. Ich war mit Recherchen beschäftigt.«

»Das klingt geheimnisvoll.«

Da war sie! Ihre Chance, mit ihm über Lola zu sprechen. Sie gab ihm eine Kurzfassung, indem sie nur ihre Mutter, die Postkarten und wie sie nach Lovely Hills gekommen war, erwähnte.

»Du weißt nicht, wo sie wohnt und erhoffst dir, sie anhand der Karten zu finden?«, hakte er nach.

»Genau, mir fehlt ein Anhaltspunkt, der mich zu ihr führt. Niemand scheint sie zu kennen, geschweige denn zu wissen, wo sie ist.«

»Magst du mir die Karten zeigen?«, fragte er.

Rose zeigte ihm die Fotos auf dem Handy, die sie von den Postkarten gemacht hatte. »Die Originale befinden sich in meinem Hotelzimmer.«

»Am besten zeigst du mir diese bei Gelegenheit. Ich werde bei einer Bekannten nachfragen, vielleicht weiß sie etwas.« Er sah sie nachdenklich an.

»Das wäre super! Danke, dass du mir hilfst.« In Rose regte sich leise Hoffnung.

»Ich weiß, wie es ist, ohne Mutter aufzuwachsen. Meine ist an Krebs gestorben, als ich sieben Jahre alt war.« Traurigkeit legte sich wie ein Schleier auf sein Gesicht.

»Das tut mir leid, das wusste ich nicht.« Rose schlug die Augen nieder. Lange hatte es sich für sie angefühlt, als sei Lola tot. Sie verstand, wie schwierig es war, Halbwaise zu sein. Auch wenn sich ihre Situation unterschied.

»Das ist lange her. Wir werden Lola finden«, bestärkte Kai sie. »Egal, wie lange es dauert.«

»Sie ist untergetaucht. Online habe ich keine Spur von ihr gefunden oder an den falschen Orten nachgeschaut.« Sie zuckte mit den Achseln. »Es ist wie verhext.«

»Gönn dir einen Tag Auszeit, besichtige die Sehenswürdigkeiten der Umgebung und lass dich nicht von der Suche vereinnahmen«, schlug Kai mit einem Blick auf die Uhr vor. »Meine Kaffeepause ist zu Ende. Ich muss gehen.«

Bevor sie zahlten, tauschten sie Nummern, damit er ihr schreiben konnte, sobald er mehr wusste. Die Rechnung übernahm Kai, obwohl Rose protestierte.

»Wir wollten doch quitt sein«, wandte sie ein.

»Dann musst du einfach nochmals mit mir etwas trinken gehen, dann kannst du mir auch gleich die Postkarten zeigen«, meinte er. »Aber morgen kann ich nicht, da muss ich in der Nachbarstadt aushelfen.«

»Dann sehen wir uns übermorgen zum Kaffee?«, fragte Rose nach.

»Oder lieber zum Abendessen? Dann habe ich mehr Zeit, um mir die Karten anzusehen.« Er lächelte ihr charmant zu.

Sie blinzelte. War dies ein Date? Es klang zumindest so, auf der anderen Seite ergab es Sinn, was er sagte. Sie wusste nicht, ob sie bereits für eine Verabredung offen war. Lieber ging sie auf Nummer sicher. »Ich werde Holly fragen, ob sie sich diese auch ansehen möchte.«

»Wie du meinst«, entgegnete er unverbindlich, bevor er sich zur Verabschiedung an die Mütze tippte.

Rose sah ihm nach, unsicher, was sie von dem Ganzen halten sollte. War Kai nur nett zu ihr oder steckte mehr dahinter? Sie schob den Gedanken beiseite, da sie sich nicht damit befassen wollte und beschloss, sich in der kleinen Bäckerei eine Straße weiter etwas Süßes zu holen. Ein Klingeln ertönte, als sie eintrat und der warme Duft von Gebäck schlug ihr entgegen. Einige Kunden warteten vor ihr darauf, bedient zu werden, was ihr Zeit gab, die reich gefüllte Auslage zu studieren. Am Ende entschied sie sich für ein Stück des Northumberland Twists, eine Art süßes Hefegebäck. Als sie das Geschäft verließ, vernahm sie eine vertraute Stimme.

»Rose, bist du das?«

Sie drehte sich um und erblickte Holly, die vor ihr stand. Eine Hand lag auf ihrem runden Bauch, die andere auf dem Kreuz. Sie war blass, dunkle Schatten lagen unter ihren Augen und ihre Haare waren zu einem unordentlichen Dutt zusammengefasst.

»Schön dich zu sehen. Wie geht es dir?«, erwiderte sie erfreut.

»Ich habe schlecht geschlafen«, meinte ihre Freundin gähnend. »Entweder liegt es am Schnarchen meines Mannes, der seit gestern wieder in Lovely Hills ist, oder daran, dass das Baby auf meiner Blase liegt. Such es dir aus.«

»Du Arme. Ich würde es auf das Kind schieben«, meinte Rose mitfühlend. »Dem kannst du nicht böse sein.«

Holly Miene hellte sich auf. »Gute Idee. Ich war diese Nacht kurz davor ein Kissen auf sein Gesicht … Na ja, du weißt schon. Besser ich spreche es nicht aus, bevor es jemand hört und falsch versteht.« Sie grüßte freundlich, als einige Stadtbewohner an ihr vorbei in die Bäckerei gingen.

Rose verkniff sich ein Lächeln. »Vielleicht sollten wir irgendwo anders hingehen. Falls du Zeit hast, lade ich dich auf einen Kaffee zu mir ein. Außer du hast für heute genug davon, dann gerne auch auf einen Tee.« Die Augen ihrer Freundin funkelten amüsiert.

»Kai und ich waren vor gefühlt fünf Minuten im Café. Wie können das bereits alle wissen?«, fragte Rose erstaunt. Typisch Kleinstadt! Sie war froh, dass sie den Mädchennamen ihrer Mutter verwendet hatte.

»Es gibt die Nachrichtengruppe *Gossip in Lovely Hills* und ihr wurdet zusammen gesichtet. *Die Touristin und der Postbote; Liebe in Sicht?* Nimm es dir nicht zu Herzen. Ich bin einmal neben einem Jungen im Bus gesessen, das Gerücht mit uns hat sich lange gehalten.«

»Was ist daraus geworden?«, hakte Rose nach, die nicht wusste, ob sie empört oder belustig sein sollte. Sie entschied sich für Letzteres, die Bewohner der Kleinstadt meinten es sicher nicht böse.

»Wir haben geheiratet«, erwiderte Holly leichthin. »Was ist? Kommst du nun mit zu mir?«

KAPITEL 12

Rose ließ sich erschöpft aufs Bett sinken. Sie war Kais Rat gefolgt, hatte ein Auto für einige Tage gemietet, den berüchtigten Hadrianswall, eine alte römische Grenzbefestigungsanlage, nahe der schottischen und englischen Grenze sowie prachtvolle Schlösser besichtigt. Northumberland mitsamt seiner Geschichte, faszinierte sie. Früher war es heiß umkämpft und Schauplatz vieler Kriege gewesen. Doch sie war den ganzen Tag unterwegs gewesen und ihre Füße schmerzten. Der Linksverkehr sowie der ständige Nieselregen hatten sein Übriges getan. In ihrem Kopf war kein Platz mehr für den Gedanken an ihre Mutter, sie sehnte sich nur nach einer heißen Dusche und einem Teller Eintopf. Ein Lächeln stahl sich auf ihre Lippen, als sie auf ihr Handy lugte. Sie hatte Mr. Red ein selbstlöschendes Selfie von sich vor einem der Schlösser gesendet. Seine Antwort bestand aus einem Bild von ihm mit selbstgefälligem Blick neben dem Postauto. Jetzt erst sah sie die Nachricht, die am Morgen eingegangen war, als sie das Handy zur Seite gelegt hatte.

Nanu, heute gar kein Kaffeedate? – Holly

Du weißt auch alles. Danke, nochmals für die Einladung zu dir nach Hause. – Rose

Ihre Freundin lebte in einem zauberhaften Cottage mit steinernen Wänden sowie einer weißen Haustür. Die Räume waren klein gehalten und in gemütlichen Erdtönen eingerichtet. Das Wohnzimmer, in dem allerhand Strickwaren lagen, führte in den Garten. Dieser erblühte ab Frühjahr in bunten Farben, hatte Holly ihr erzählt, denn zu dieser Jahreszeit war alles bereits im Winterschlaf. Zum Abschied tauschten sie Handynummern aus, wobei diese ihr eine Absage für den morgigen Abend erteilte.

Freust du dich schon auf das Treffen mit Kai? – Holly

Gute Nacht. :) – Rose

Vergiss nie, einer Schwangeren kann man nicht böse sein. Schlaf gut! – Holly

Rose schüttelte über Holly amüsiert den Kopf. Sie hatte Judith und Lucie nichts von ihren Kaffeedates erzählt, aber sie war sich sicher, dass auch die Beiden sie damit aufziehen würden. Ihr Handy vibrierte.

Ich hoffe, es geht dir gut. Das Haus ist leer ohne Mamie und dich. Melde dich, wenn du deine Auszeit beendet hast. – Thoma

Schuldgefühle regten sich in ihr. Ja, sie hatte ihre Großmutter verloren, aber ihr Vater war nun Waise und allein in einem Anwesen, das für eine Großfamilie gedacht war. Kurz überlegte sie, ihn anzurufen, doch sie wusste nicht, was sie ihm sagen sollte. Wenn sie so darüber nachdachte, war es traurig: Lieber telefonierte sie mit ihrem Ex-Freund, der sie verlassen hatte, als mit ihrem Vater. Thoma, der alles war, was sie noch an Familie hatte. Ob sie Lola jemals fand, lag in den Sternen. Vielleicht hätte sie sich mehr darauf konzentrieren sollen, ihre Beziehung zu kitten, als die Flucht nach vorne zu wagen. Ihr Aufenthalt in Lovely Hills bekam einen faden Beigeschmack, fast, als würde ihre reine Abwesenheit ihn verraten. Doch im nächsten Augenblick fiel ihr wieder ein, warum es zwischen ihnen so verkorkst war. Er flüchtete sich stets in seine Arbeit, blendete alles um sich herum aus, bis sie mit ihren Gefühlen allein war. Rose sendete eine unverbindliche Antwort, bevor sie ins Bad ging.

***

Am nächsten Tag unternahm sie gekleidet in einer dicken Daunenjacke, einen kuschligen Wollpullover sowie in dunklen Jeans eine Bootstour zu den Farne-Inseln. Sie war fast allein auf dem Boot. Der Wind blies unerbittlich, das Wasser war rau und die Wolken am Himmel gefährlich dunkel. Sie kuschelte sich in ihre Jacke ein, bereute beinahe den Ausflug, bis sie an Land einige Robbenbabys erblickte. Die Kleinen robbten über den Boden, wobei sie ulkige Geräusche von sich gaben. Unwillkürlich schlich sich ein Lächeln auf ihre Lippen. Denn diese erinnerte sie an unzählige Zoobesuche mit Mamie, die Tiere geliebt hatte. Soweit sie wusste, waren Robben ihre Lieblingstiere gewesen. Hinter der Bucht befand sich ein weiß-rot gestreifter Leuchtturm, der sie zum Träumen anregte. Wie es wohl wäre, allein auf einem solchen Turm zu leben? Den ganzen Tag umgeben von der Natur und Tieren, aber ohne eine Menschenseele, sofern keine Touristen an Land erlaubt waren. Das Boot tuckerte weiter, steuerte an hellen Klippen vorbei zur nächsten Insel, wo sie einen weißen Leuchtturm und ein Gebäude in der gleichen Farbe erblickte. Ein intensiver Geruch schlug ihr entgegen und sie legte sich eine Hand vor die Nase. Die Felsen waren von Vogelausscheidungen bedeckt, was den Gestank erklärte. Auf einer anderen Insel entdeckte sie zwei steinerne Häuser, wobei eines größer und breiter war. Sie hörte jemanden darüber sprechen, dass es sich um einen alten Leuchtturm sowie das Wärterhäuschen handeln musste. Als die Tour endete, war sie durchgefroren, aber glücklich, so als hätte der Wind alles Negative aus ihren Gedanken vertrieben.

Wieder im Hotel angelangt, gönnte sie sich eine heiße Dusche, bevor sie das Zimmer aufräumte und sich für das Abendessen zurechtmachte. Sie entschied sich für ein unauffälliges Wollkleid, da ihr vom Ausflug noch kalt war. Vorhin hatte Kai ihr geschrieben und sie hatten vereinbart, dass er in einer Stunde ins Inn kommen würde. Rose nahm die Karten ihrer Mutter in die Hand, um sie erneut zu mustern. Übersah sie etwas? Gab es versteckte Hinweise? Sie hatte sogar versucht den Karton gegen das Licht zu halten, umsonst. Sollte sie eine UV-Lampe besorgen und sich auf der Suche nach verborgenen Botschaften machen? Allein der Gedanke brachte sie zum Lachen, denn sie bezweifelte, dass Lola daran gedacht hatte. Sie legte alles beiseite, um in den Speisesaal zu gehen.

Kais rote Haare sah sie bereits von Weitem. Er lehnte mit dem Rücken zu ihr an der Theke und plauderte mit dem Barkeeper. Als er ihre Schritte hörte, drehte er sich um. Sein Bart war frisch gestutzt und er trug ein dunkelblaues Hemd. Hatte sie ihm falsche Hoffnungen gemacht? Ihr Magen grummelte nervös.

»Rose, du bist früh dran«, begrüßte er sie gut gelaunt. Sie vernahm den Hauch eines frischen Aftershaves.

»Das gleiche könnte ich von dir behaupten«, erwiderte sie, während sie sich innerlich verfluchte, weil sie ihre Haare nur zu einem nachlässigen Dutt aufgesteckt hatte. »Du hast dich ja schick gemacht, gibt es einen Anlass?«

Kai brach in dröhnendes Gelächter aus. Sie lauschte fasziniert, denn sie hatte ihn noch nie so lachen gehört. »Ich könnte jetzt erwidern, dass ich mit dir essen gehe, aber das wäre schmierig. Sagen wir es einfach so: Mein allmonatiger Friseurtermin ist auf heute gefallen und hin und wieder trage ich ein Hemd.«

»Wenn du nicht gerade in Uniform oder alter Kleidung rumläufst«, warf der Barkeeper ein.

Kai blinzelte, während seine Wangen rot anliefen. »Sollen wir uns setzen?«

Rose verkniff sich ein Lächeln, als sie nickte und ihm zum Tisch folgte. Heute würde sie sich einen vegetarischen Burger gönnen, beschloss sie. Die Speisekarte kannte sie mittlerweile auswendig. Kai warf einen schnellen Blick hinein, entschied sich jedoch für den Kartoffeleintopf abseits der Karte. Der Kellner nahm die Bestellung auf und eilte davon.

»Wie war das Sightseeing?«, erkundigte sich Kai.

»Sehr schön, danke der Nachfrage. Mein Highlight war eine alte, gut erhaltene Bibliothek in einem Schloss. Ich hätte stundenlang dort verweilen können.« Der Raum hatte etwas Erhabenes an sich gehabt, das sie gefangen genommen hatte. In ihrer Wohnung in Frankreich befand sich auf einem Regalbrett nur Fachliteratur aus Unizeiten sowie Kochbücher. Wann hatte sie ihre Bücherliebe verloren? War es, als sie Jura studierte und unzählige Schmöker lesen musste oder einfach das Erwachsenwerden? Gleich morgen, nahm sie sich vor, würde sie sich einen Roman kaufen.

»Da besichtigt sie geschichtsträchtige Burgen und alles, was ihr in Erinnerung bleibt, sind Bücher«, murmelte er gutmütig.

»Kein Fan von gedruckten Seiten?«, hakte Rose nach, während der Kellner die Getränke brachte. Kai hatte sich ein Ale bestellt, sie war bei Wasser geblieben.

»Nein, damit kannst du mich jagen. Ich lese nicht gerne, außer es handelt sich um Montage- oder Bedienungsanleitungen.« Er zuckte mit den Achseln und trank von seinem Drink.

»Gerade diese sind schwierig zu verstehen. Einmal habe ich versucht, ein Regal aufzubauen. Am Ende war es schief und zwei Schrauben sind übrig geblieben.« Das Möbelstück befand sich immer noch in ihrem Besitz, war jedoch in den Keller verbannt worden.

Kai verkniff sich ein Lächeln. »Die einen haben es im Kopf, die anderen in den Händen.« Vieldeutig sah er sie an. O ja, er flirtete eindeutig mit ihr.

Obwohl ihr eine Erwiderung auf der Zunge lag, beherrschte sie sich. »Was machst du sonst in deiner Freizeit?«

»Wenn ich nicht arbeite oder in der Nachbarschaft Handwerksjobs erledige, bin ich viel unterwegs, gehe wandern und fischen. Am liebsten verbringe ich Zeit in der freien Natur, obwohl ein gemütliches Bier am Abend in guter Gesellschaft auch nicht zu unterschätzen ist.« Kai sah sie herausfordernd an.

»Ich bin kein Naturmensch. Zelten wäre für mich das Schlimmste. Beim Gedanken daran, dass ich beim Schlafen umgeben von Insekten bin, bekomme ich eine Gänsehaut. Aber gelegentlich gehe ich wandern«, erwiderte Rose, wobei sie seine Anspielung erneut ignorierte. Sie wusste nicht, ob sie ihn ermutigen sollte.

»Bin ich zu plump?«, fragte er freiheraus.

»Nein, die Engländer sind nur normalerweise für ihre Zurückhaltung bekannt. Das muss ja nicht auf alle zutreffen«, entgegnete sie diplomatisch.

Kai musterte sie. »Ich finde es amüsant zu beobachten, wie du dein Möglichstes gibst, dein Lächeln zu unterdrücken. Dir ist klar, dass ich dich damit nur aus der Reserve locken will, oder etwa nicht? Ich versuche, Rose, die Anwältin mit der Person in Einklang zu bringen, die vor mir sitzt.«

»Warum? Wirke ich nicht wie eine Juristin?« Sie hob leicht ihre Mundwinkel.

»Du kommst mir verloren vor, so, als hättest du gewusst, wer du warst, aber es mit den Jahren vergessen. Verzeih mir, wenn ich dir zu nahe trete. Ich treffe jeden Tag auf viele Leute, da habe ich einen guten Instinkt für andere entwickelt.« Er trank von seinem Bier, bevor er ergänzte: »Oder bilde es mir zumindest ein.«

Rose schwieg, denn seine Worte hatten tief in ihr etwas berührt. Da war dieses Loch in ihr, dass sie mit der

Suche nach Lola zu stopfen versuchte. Was ihr eher schlecht als recht gelang, doch ihre neuen Bekanntschaften fühlten sich an wie ein Kompass, die sie in eine Richtung wiesen.

»Ich hätte meinen Mund halten sollen«, murmelte Kai und sein selbstsicheres Lächeln war wie weggewischt.

Sie schüttelte den Kopf. »Ich hatte nur nicht damit gerechnet, dass du ins Schwarze treffen würdest. Ich habe eine schwierige Zeit hinter mir. Die Geschichte mit meiner Mutter, der plötzliche Tod meiner Großmutter und das Scheitern einer langjährigen Beziehung. Manchmal weiß ich gar nicht mehr, wo mir der Kopf steht.« Sie hatte ihm das Nötigste erzählt, wobei sie Mamie nur am Rande erwähnt hatte.

»Das klingt, als hättest du einen neuen Band einer Buchreihe begonnen und dir keine Zeit gelassen alles zu verdauen.« Kai sah sie sanft an.

Rose nickte zustimmend, denn es war ein guter Vergleich.

»Deinen Vater hast du gar nicht erwähnt, also gehe ich davon aus, dass du deiner Großmutter nahestandest?« Er war ein unerwartet aufmerksamer Gesprächspartner, was für ihn sprach. Sie fing an, sich in seiner Gesellschaft wohlzufühlen.

»Ja, sie war wie eine Mutter für mich. Mein Vater hat sich in seine Arbeit gestürzt, als Lola uns verlassen hat«, antwortete sie. »Wie hast du das Aufwachsen ohne deine erlebt?«

Kai spielte mit seiner Serviette. »Mein Vater war ein guter Mann, hoffnungslos überfordert, aber hat sein Bestes gegeben. Meine Mutter war die Klügere von beiden, hatte die Herrschaft über den Haushalt und die

Zettelwirtschaft. Mein Vater war glücklich, wenn er als Handwerker arbeiten konnte. Ihr Tod hat ihn tief erschüttert, aber er hat mich alles gelehrt, was er wusste und mich stets ermutigt meinen Weg zu gehen. Er ist vor einigen Monaten gestorben, dies wird das erste Weihnachten ohne ihn.«

»Mein Beileid«, erwiderte Rose.

»Es ist der Kreislauf des Lebens. In solchen Momenten erkennen wir, wie wenig Einfluss wir darauf haben. Wenn die Zeit gekommen ist, hilft keine Medizin mehr.«

Der Kellner brachte das Essen und unterbrach ihr Gespräch. Rose nahm einen Bissen von ihrem Burger. Es tat gut, etwas Warmes im Magen zu haben.

»Bevor ich es vergesse zu erwähnen, möchte ich dir sagen, dass ich mich umgehört habe. Eine Bekannte von mir hat früher Kunstausstellungen in Lovely Hills organisiert. Sie wird sich informieren, sobald ich ihr einige Fotos der Postkarten zukommen lasse, wobei ich dich vorwarnen soll. Bei den Ausstellungen waren auch unbekannte Künstler der Umgebung dabei, manche wollten sogar anonym bleiben.« Kai löffelte seinen Eintopf, was ihr Zeit gab, sich eine Antwort zu überlegen.

»Warten wir ab, was sie in Erfahrung bringt. Danke, dass du dich umgehört hast.« Sie sah ihn dankbar an. »Das Abendessen geht auf meine Rechnung.«

Er schnaubte. »Das hättest du wohl gerne.«

»Für deine Mühen, als Zeichen meiner Dankbarkeit?« Rose nahm sich eine Kartoffelspalte.

»Lass gut sein. Ich habe nur einen Anruf gemacht.« Er winkte ab, um dann seinen Eintopf fertig zu essen. »Ich bin gespannt auf die Postkarten. Hast du sie dabei?«

»Sie sind im Zimmer. Da es einige Karten sind, wusste ich nicht, wo wir sie am besten ausbreiten sollen.« Rose wollte sie nicht im Speisesaal herumreichen, weshalb sie unsicher war, wohin sie gehen sollten.

»Auf dem Bett natürlich.« Auf seine Worte folgte ein herausfordernder Blick. »Oder hast du etwas dagegen einzuwenden?«

Ihre Mundwinkel hoben sich, als sie ihm tief in die Augen sah. »Der Boden würde sich auch anbieten.«

»Ich richte mich nach dir«, erwiderte er. »Isst du deine Kartoffelspalten noch?«

Rose, die keinen Appetit mehr hatte, schob den Teller von sich. »Bedien dich.«

Kai blinzelte, sie sah ihm an, dass ihm eine Erwiderung auf der Zunge lag, er antwortete jedoch: »Ich bin gespannt, ob ich dir weiterhelfen kann. Möglicherweise finde ich etwas, was du übersehen hast.«

»Ich hoffe es von ganzem Herzen«, erwiderte Rose, während der Schlagabtausch in ihr nachhallte. War es eine gute Idee, ihn mit auf ihr Zimmer zu nehmen? Öffnete sie damit einen Raum voller *Vielleichts?* für ihn? Und warum kribbelte ihr Bauch beim Gedanken daran?

KAPITEL 13

Auf dem Bett im Zimmer des Inns lagen die Postkarten nach Jahren sortiert. Es war ein buntes Bild, aber eines, dass ihr ein Stich ins Herz versetzte.

»Zusammengefasst lässt sich sagen, dass alle Karten von London versendet wurden und als Widmung lediglich *Alles Liebe* steht. Daneben hat sie einen Stern gezeichnet.« Lola hat sie früher immer Sternchen genannt. Kai musterte die Darstellungen ernsthaft. Es fehlte nur ein Monokel, dann würde er als Detektiv aus vergangener Zeit durchgehen. Mr. Red, ihr Ermittler auf Abruf. Ein Grinsen schlich sich auf ihre Lippen, das sie nur mühsam unterdrückte.

»Genau«, erwiderte sie. »Meine Großmutter hat mir diese auf ihrem Sterbebett überreicht. Mehr weiß ich leider auch nicht.«

»Hast du die Karten deinem Vater gezeigt?«, hakte er nach.

Rose runzelte die Stirn. Nein, das war ihr nicht in den Sinn gekommen. »Er war nicht sonderlich daran interessiert meine Mutter zu finden«, sprach sie ihre Gedanken laut aus. Und das war noch diplomatisch ausgedrückt.

Verrenne dich nicht in der Vergangenheit, denn sie hat keine Zukunft. Gute Reise Tochter, wohin auch immer es dich verschlägt. Das waren die Worte ihres Vaters zum Abschied gewesen.

»Vielleicht hat sie Hinweise für ihn versteckt oder Orte gemalt, die sie zusammen erkundet haben, in der Hoffnung, dass er sich auf die Suche nach ihr macht und sich alles aufklärt?«, warf Kai in den Raum.

»Daran habe ich nicht gedacht«, gab Rose offen zu. Sie war davon ausgegangen, dass Lola nichts mehr von ihm wissen wollte. Doch ihr Vater hatte ihr kein Unrecht angetan, sondern ihr Großvater. »Ich werde ihn kontaktieren und fragen.«

»Auf der anderen Seite bezweifle ich es, dass sie all die Jahre etwas für ihn darauf versteckt hat. Nach den ersten Karten hätte sie meines Erachtens aufgegeben, vermutlich sind sie wirklich an dich gerichtet. Ein stiller Versuch dir zu zeigen, dass sie dich nicht vergessen hat.« Kai tigerte unruhig im Zimmer auf und ab, während er verschiedene Theorien aufstellte und wieder verwarf.

Rose wusste nicht, warum, doch das Bild von ihm als Detektiv drängte sich in ihr auf, bis sie wegsehen musste, um nicht zu lachen.

»Was ist?«, fragte er voller Neugier. Vermutlich hatte er ihr Lächeln gesehen.

Sie winkte ab. »Ich bewundere, wie ernst du die Suche nach meiner Mutter nimmst. Schaust du gerne Krimis?«

»Warum, sind meine Ideen zu weit hergeholt?«, fragte er ertappt. »An einem freien Abend gönne ich mir manchmal ein Ale und tatsächlich einen Regionalkrimi im Fernsehen.«

»Nein, du hast nur heute mehr Thesen aufgestellt, als ich in zwei Wochen.« Sie zögerte, bevor sie sich dazu entschloss ihre Gedanken mit ihm zu teilen.

Laut lachte er. »Ein Detektiv? Habe ich einen gepflegten Schnurrbart und einen Dr. Watson an meiner Seite?«

»Eher eine englische Bulldogge und einen Gehstock? Ich kann nichts dagegen unternehmen. Mein Verstand zeichnet dieses Bild von dir«, erwiderte sie zaghaft, denn sie wusste nicht, wie er darauf reagieren würde.

»Ich wollte immer schon einen Hund. Warum keine Bulldogge?« Er überlegte laut. »Mr. Redmans Detektei, ich sehe das Schild vor mir.«

»Redman? Ist das dein Nachname oder hast du diesen für dein Alter Ego erfunden?«, hakte sie nach.

»Nein, ich heiße tatsächlich Kai Redman.«

»Hmm«, machte Rose, um dann seinem Blick auszuweichen. Er war rothaarig und hieß Redman. Im Grunde konnte er nichts dafür. Ein Lachen perlte in ihr hoch, aber sie presste ihre Lippen aufeinander, um es zu unterdrücken. »Interessante Namenswahl.«

»Er ist ziemlich witzig«, entgegnete er. »Ich sehe, dass du versuchst, dein Grinsen zurückzuhalten. Du kannst mich wieder angucken.«

Rose schüttelte den Kopf, denn dann wäre es mit ihrer Beherrschung vorbei.

»Meine Eltern wollte mich eigentlich Reginald nennen, haben sich jedoch beim Eintragen des Namens spontan umentschieden.« Seine Stimme war gleichgültig, vermutlich hatte er diesen Witz auf seine Kosten bereits unzählige Male erzählt, doch für sie war es der Tropfen, der das Fass zum Überlaufen brachte.

»Reginald Redman mit den roten Haaren. Ha ha ha«, brach es aus ihr heraus. Die Anspannung der letzten

Tage fiel von ihr ab, als ihr Lachtränen über die Wangen liefen. Sie bemühte sich, ihre Beherrschung zurückzuerlangen, aber jedes Mal, wenn sie ihn ansah, prustete sie wieder los. »Es tut mir leid.«

Kai sah sie gutmütig an. »Solange du deinen Spaß hast.«

»Nein, das gehört sich nicht.« Tief atmete sie ein, denn sie wollte ihn nicht verscheuchen, indem sie sich über ihn lustig machte.

»Stell dir folgende Detektei vor: Red Redman in der fiktiven Kleinstadt Redtown mit seinem englischen Bulldoggen Mr. Red«, sagte er leichthin mit zuckenden Mundwinkeln.

Erneut brach Lachen aus ihr hervor, Seitenstechen setzte ein und sie hielt sich den Bauch. »Genug davon, bitte! Ich kann nicht mehr.«

Er stimmte in ihr Gelächter ein, was ihm sofort Sympathiepunkte bei ihr einbrachte. Als sie sich wieder beruhigt hatten, sah er sie mit leuchtenden Augen an. »Was, wenn Lolas Bilder so zufällig gewählt sind, wie meine Haarfarbe und mein Nachname?«

»Was wollte sie damit bezwecken?«, rätselte sie ahnungslos.

»Denk darüber nach. Sie schickt die Karten, in der Hoffnung, dass du sie aufspürst. Aber sie weiß, dass sie, aus welchen Gründen auch immer, vorsichtig sein muss. Deshalb versteckt sie in einigen Bildern eine Botschaft, im Vertrauen, dass du sie finden wirst.« Kai setzte sich aufs Bett, um die Karten scheinbar willkürlich anzuordnen.

»Es gibt kein Symbol, das sich überall wiederholt«, fügte Rose hinzu. Das hatte sie bereits am Anfang kontrolliert.

»Du verlierst den Blick fürs Wesentliche, weil du alle Karten ansiehst«, entgegnete er, schob die Mehrzahl der Bilder zusammen, bis nur noch drei übrig blieben. »Was siehst du?«

»Meinst du landschafts- oder ortsmäßig?«, hakte sie nach, da sie nicht verstand, worauf er hinauswollte.

»Auf den übrig gebliebenen Karten befindet sich an exakt der gleichen Stelle ein heller Stein«, führte er aus. »Irgendwo dort muss ein Hinweis hinterlegt sein.« Er hob den Karton gegen das Licht, versuchte verschiedene Winkel auszuleuchten, um sie dann enttäuscht niederzulegen.

Rose betrachtete die gemalten Steine genau, doch es fiel ihr nichts auf.

»Darf ich etwas versuchen?«, erkundigte er sich. »Es wird dir nicht gefallen.«

Sie nickte, wobei sie ihn misstrauisch ansah. »Was hast du ...?«

Bevor sie den Satz beenden konnte, zückte er einen Schlüssel und fuhr damit über eine Postkarte.

»Spinnst du? Was machst du?«, schrie sie empört. Er konnte doch nicht einfach das Einzige, das sie von Lola hatte, zerstören!

»Ich habe dich vorgewarnt. Es tut mir leid, aber ich habe keine andere Möglichkeit gesehen«, meinte er, um dann weiter das Bild zu zerkratzen. Es fühlte sich an, als würde er ihr diese Kratzer persönlich zufügen. »Kannst du mir ein Glas Wasser sowie etwas Klopapier bringen?«

Rose schloss für einen Augenblick die Augen, um tief durchzuatmen und sich zu sammeln. Jetzt wollte er die Karte endgültig ruinieren. Wenigstens hatte sie von allen Fotos gemacht. Nur der Gedanke daran, dass er seine Gründe haben musste, hielt sie davon ab, ihm diese abzunehmen. Sie besorgte Kai das Gewünschte, wodurch er begann das Bild mit Wasser zu malträtieren.

»Ich kann das nicht mitansehen«, murmelte Rose, die sich von ihm abwandte, um aus dem Fenster zu gucken. Alles war besser, als ihm beim Zerstören der Karte zu beobachten.

»Ich habe etwas gefunden«, rief Kai aufgeregt.

Sofort drehte sich Rose zu ihm um, gespannt darauf zu erspähen, was er entdeckt hatte. Im gleichen Augenblick trat er näher, sodass sie sich plötzlich Nase an Nase gegenüberstanden. Sie sah auf seine Lippen, fragte sich, wie es sei, diese zu küssen. Laut klopfte es an der Tür, wodurch sie zurückschreckte. Sie wechselte einen Blick mit ihm, bevor sie die Zimmertür öffnete. Das Erste, was sie sah, war ein runder Bauch.

»Ich habe ein schlechtes Gewissen, weil ich dir abgesagt habe. Zudem bin ich total gespannt, ob ihr was gefunden habt. Aber ich habe meinem Mann versprochen mit ihm essen zu gehen. Er wartet im Auto auf mich, weshalb ich nur kurz Zeit habe. Ich habe euch etwas gebacken, damit ihr beim Rätseln meine Unterstützung habt. An der Rezeption haben sie gesagt, dass ihr vermutlich im Zimmer seid, und siehe da, es stimmt! Hoffentlich habe ich euch nicht gestört. Hallo, überhaupt«, ließ Holly, die hübsch zurechtgemacht war, einen Wortschwall auf sie los.

»Hi, vergiss nicht Luft zu holen, sonst kippst du noch um«, erklang Kais Stimme hinter ihr.

Sofort folgte Holly seinem Rat.

»Du hast mir einen Kuchen gebacken?«, fragte Rose überrumpelt nach.

Holly nickte, um ihr dann einen Kuchenbehälter in die Hand zu drücken. »Ich wollte etwas Typisches zubereiten, wie den Brotpudding Newcastle, aber ich wusste nicht, ob du das magst, deshalb habe ich meinen beliebten, kleinen Zitronenkuchen gemacht. Er ist bereits in Stücke geschnitten, da du vermutlich kein Messer im Zimmer hast. Hoffentlich hast du keine Zitronenallergie.«

Rose blinzelte überfordert. »Das wäre nicht nötig gewesen. Vielen Dank.«

»Ich bin sicher, du hast dich wieder selbst übertroffen«, meinte Kai. Sie hörte das Lächeln in seiner Stimme.

»Gibt es ein Update?«, hakte Holly nach, während sie neugierig ins Zimmer spähte.

»Warum treffen wir uns nicht morgen früh, dann können wir in Ruhe reden und dein Mann muss nicht länger auf dich warten?«, schlug Rose vor.

Hollys Lächeln fiel in sich zusammen. »Verdammt, das klingt vernünftig. Ich trinke gerne morgen mit dir einen Tee, aber ich bin so gespannt!«

Nun musste sich Rose ein Grinsen verkneifen. »Wie wäre es damit: Ich schreibe dir, falls wir etwas herausfinden!«

»Viel besser. Dann husche ich weiter. Bis morgen.« Ihre Freundin verabschiedete sich mit einem Winken.

Rose schloss die Tür hinter ihr. »Ist sie immer so?«

»Ja, sie ist der liebenswürdigste Wirbelwind von Lovely Hills. Du solltest dich geehrt fühlen, denn ihren Zitronenkuchen backt sie nicht für jeden.« Auf Kais Lippen lag ein breites Lächeln.

»Ich bin nicht daran gewöhnt –«, begann sie.

»Dass sich jeder in dein Leben einmischt? Ich muss dich vorwarnen, falls du länger in der Stadt bleibst, wird es schlimmer, nicht besser.« Er fuhr sich durch das Gesicht, um dann breit zu grinsen. »Ich habe Kuchen gehört?«

Rose schmunzelte. »Lass uns ein Stück kosten, anschließend kannst du mir sagen, was du entdeckt hast.«

»Freu dich nicht zu früh, ich habe ein Rätsel durch ein weiteres ersetzt«, warnte Kai sie vor, während er sich ein Stück vom Kuchen nahm.

Kapitel 14

»Erzähl mir alles«, sagte Holly, anstelle einer Begrüßung am nächsten Morgen, als sie sich zum Kaffeetrinken im Café neben der Post trafen. Die Schwangere trug ein geblümtes Kleid mit Schleife, sodass sie wie ein Muffin aussah.

»Der Kuchen war sehr gut. Danke nochmals fürs Vorbeibringen«, entgegnete Rose, während sie sich ein Lächeln verkniff. Sie hatte sich heute für einen eisblauen Hosenanzug entschieden. Langsam ging ihr die Garderobe aus, obwohl das Inn die Kleidung für sie wusch. Später würde sie in der nächsten Stadt einige warme Sachen kaufen, beschloss sie. »Hallo.«

Ungeduldig rutschte die Angesprochene auf dem Stuhl hin und her. »Hi, ich hoffe, dass ich mich gestern nicht aufgedrängt oder euch ... gestört habe?«

»Nein, ich habe mich über deinen Besuch gefreut«, erwiderte sie diplomatisch, wobei sie kurz daran dachte, wie nahe Kai ihr gestern gekommen war, bevor ihre Freundin geklopft hatte.

»Möchtest du lieber nicht über die Karten deiner Mutter sprechen? Besser frage ich nach, bevor ich in ein Fettnäpfchen trete. Wir können gerne auch über etwas anderes reden«, meinte Holly, wobei sie ihre Finger miteinander verschränkte.

Rose winkte ab und gab ihr eine kurze Zusammenfassung. »Und dann hat er angefangen die Karten zu zerstören. Aber es war nicht umsonst, denn er hat verschiedene Nummernfolgen darunter gefunden.«

»O nein, die schönen Postkarten!« Holly zog eine Grimasse. »Was bedeuten die Nummern? Ist es eine Handynummer oder eine Botschaft?«

»Nichts von beidem.« Das waren einige der Ideen gewesen, die sie schnell verworfen hatten, für Ersteres war die Abfolge falsch und die Buchstaben hatten kein Wort ergeben.

»Ist es ein Post- oder Schließfach, das sich durch diesen Code öffnen lässt?«, grübelte Holly.

»Falls dies zutrifft, wüsste ich nicht, wo sich das befinden könnte.« Rose trank von ihrem Tee, während sie nachdachte. »Alle Nummernfolgen sind gleich lang, aber da endet die Gemeinsamkeit auch.«

»Vielleicht hat jemand von deiner Familie eine Idee?«, meinte Holly. »Es könnte ein Insider sein.«

»Daran habe ich gedacht, aber dann hätte sie die Karten nicht an mich gesendet.« Lola musste davon ausgegangen sein, dass sie niemanden um Rat fragen konnte. Zudem war es Zufall, dass sie in Lovely Hills gelandet war. Sie hatte verzweifelt gehofft, hier mehr über ihre Mutter zu erfahren, aber diese hatte nicht ahnen können, dass eine Beamtin ihr diesen Ort nennen würde. Doch, wenn sie so darüber nachdachte, war es Schicksal, denn ihre neuen Freunde waren bereit zu helfen und verfügten möglicherweise über die richtigen Verbindungen. Ihr Handy vibrierte. Als sie darauf sah, war eine Nachricht von Lucie eingetrudelt, der sie gestern noch die letzten Ereignisse geschrieben hatte.

Mit einem Seufzen zeigte sie Holly die Nachricht ihrer Freundin. »Gut geraten, das wären die nächsten Punkte auf meiner Liste. Könnten es Steuernummern sein?«

Schnell überprüfte Rose ihre Theorie, doch die Suche führte sie in eine Sackgasse. »Das ist zum Verrücktwerden.«

»Sind es Sternenbilder?«, fragte Holly nach, um dann ein Stück von ihrem Schokokuchen zu essen. »Du weißt schon, weil sie auf die Rückseite einen Stern gemalt hat?«

»Wie sollte ich sie auf diese Weise finden?«, entgegnete sie schulterzuckend. »Den Konstellationen am Nachthimmel folgen, bis mich diese zu ihr führen? Da hätte sie gleich die Koordinaten aufschreiben können.«

»Rose!« Ihre Freundin sah sie aus großen Augen eindringlich an.

»Was ist los? Geht es dir nicht gut?«, entgegnete die Angesprochene verwirrt. Hatten Wehen eingesetzt?

»Überleg, was du gerade gesagt hast«, forderte Holly sie auf, während sie ungeduldig mit den Fingern auf den Tisch trommelte.

»Koordinaten!«, riefen sie gleichzeitig, um dann die Stimmen zu senken und sich verschämt anzusehen. Doch niemand im Café nahm Kenntnis von ihnen, als Rose sich umsah.

Schnell tippte sie auf ihrem Handy die erste Nummernfolge ein und siehe da, eine Kleinstadt in England wurde ihr angezeigt. Ihre Handflächen wurden schweißnass, beinahe fiel ihr das Telefon aus der Hand. Gerade so hielt sie es fest und zeigte sogleich ihrer Freundin, was sie gefunden hatte.

»Das ist so aufregend!«, rief Holly, die mit der voll beladenen Gabel in der Luft angehalten hatte.

Sie gab alle Koordinaten ein und speicherte die Orte ab, wodurch sich drei einzelne Punkte auf der Karte von England befanden.

»Und, gibt es Fortschritte?«, erklang unerwartet eine männliche Stimme hinter ihr.

Rose, die ihn nicht gehört hatte, fiel beinahe vom Stuhl. Ihr Herz schlug schneller. »Kai!«

»Ich wusste gar nicht, dass du so schreckhaft bist, aber immerhin habe ich deinen Puls in die Höhe getrieben«, entgegnete er. »Darf ich mich zu euch setzen?«

Sie zog eine Grimasse, nickte jedoch.

»Na, klar! Wir haben gerade etwas entdeckt ...«, fing Holly zu erzählen an, als er sich neben Rose niederließ.

Sie blendete die Stimmen aus, um sich auf die Karte zu konzentrieren. Was wollte Lola ihr damit sagen? Die Städte waren zu groß, um dort willkürliche Hinweise zu verstecken. Möglicherweise hatte sie Ausstellungen abgehalten, wovon die jeweilige Postkarte ein Teil davon gewesen war? Sie forschte nach, fand aber nichts zum angegebenen Stichtag. Zudem wurden die Karten stets zu ihrem Geburtstag versendet. Falls ihre Mutter Bildausstellungen abhielt, würde sie nicht so großen Einfluss auf das Datum haben, außerdem wusste sie nicht, wann Rose die Briefkarte erreichen würde. Außer Lola hatte sie über ihre Wohnorte auf dem Laufenden gehalten, in der Hoffnung, dass sie sich eines Tages auf die Suche – jemand legte ihr die Hand auf dem Arm und sie zuckte zusammen. Kai sah sie an. »Sorry, liegt es an meiner Anwesenheit oder bist du heute einfach in Gedanken versunken?«

Rose gab einen undefinierten Laut von sich, mehr in ihrer Gedankenwelt als vor Ort. »Von ersterem träumst du wohl.«

»Jede Nacht träume ich davon, Frauen um den Verstand zu bringen«, konterte er. »Falls du in meinem Traum nun eine Rolle spielst, bist du selbst schuld.«

»Schau weniger Schmuddelfilme, das soll gegen ein großes Ego helfen«, entgegnete sie trocken.

Kai lehnte sich vor, bis er fast ihre Wange mit seinen Lippen berührte. »Wieso? Magst du sehen, wie *groß* es ist?«

Rose schüttelte sich. Eine passende Erwiderung lag ihr bereits auf der Zunge. »Besser nicht, wenn du darüber sprechen musst, kann es nicht sehenswert sein.«

»Zu meiner Verteidigung: Du hast damit angefangen und bist schuld daran, dass ich jetzt Kopfkino habe.« Kai biss sich auf die Lippen, um sich dann wieder zurückzulehnen.

Sie hatte nun selbst Bilder im Kopf, die sie nicht mehr ausblenden konnte. Kai und seinem großen Ego sei Dank.

Ein helles Lachen ertönte. Als sie aufsah, bemerkte sie, dass Holly sich eine Hand vor dem Mund hielt. »Ich finde euren Schlagabtausch amüsant. Ignoriert mich einfach. Das ist wie Kino, nur anstatt Popcorn gibt es Kuchen.«

Wider Willen breitete sich ein Grinsen auf Roses Lippen aus. »Zurück zum Thema. Ich glaube, Lola hat aufgeschrieben, wo ihr letzter Wohnort lag.« Sie legte das Handy auf den Tisch, um auf die Stadt Berwick-upon-Tweed zu zeigen. Die anderen zwei Koordinaten führten zu den Städten Durham und Peterlee, die sie sich notiert hatte, jedoch auf älteren Postkarten aufgeführt gewesen waren. »Es besteht keine Garantie, dass sie in der Zwischenzeit nicht doch umgezogen ist, aber es wäre einen Versuch wert.« Vielleicht spürte sie Lola dort auf oder jemand konnte ihr einen Hinweis geben, wo sie war.

»Besser, als abzuwarten und Tee zu trinken auf jeden Fall«, erwiderte Kai.

Rose trank ihre Tasse leer. »Darin war ich noch nie gut.«

»Kai, du könntest sie doch begleiten? Ein Einheimischer an ihrer Seite öffnet sicher einige Türen, die ihr verschlossen bleiben. Vergiss nicht, niemand mag es, wenn Fremde anfangen, Fragen zu stellen«, schlug Holly scheinbar beiläufig vor.

Rose warf ihr einen Ich-weiß-was-du-vorhast-Blick zu, denn das klang nach Verkuppeln, bevor sie antwortete: »Hast du mich gerade indirekt als Ausländerin bezeichnet?«

»Du bist Französin«, entgegnete ihre Freundin achselzuckend. »Die mag niemand. Aber du bist die Ausnahme dieser Regelung, immerhin sprichst du fast akzentfreies Englisch.«

»Wir könnten morgen Nachmittag losfahren. Ich muss in der Gegend sowieso bei einem Freund ein Kästchen abgeben, das ich für ihn repariert habe. Dann würden wir zwei Fliegen mit einer Klappe schlagen.« Kai sah sie abwartend an.

»Das wäre toll«, erwiderte Rose mit gemischten Gefühlen. Auf der einen Seite war sie froh über sein Angebot, auf der anderen hatte sie Angst davor, Lola zu verschrecken, indem sie mit Begleitung auftauchte. Wobei, wer garantierte ihr, dass dieses Mal ihre Suche erfolgreich sein würde?

»In Ordnung, ausgemacht«, meinte Kai und stand auf. »Meine Pause ist vorbei.«

»Warte mal, du kannst auch später Kaffeetrinken gehen? Dann hätte ich das letzte Mal länger schlafen können«, erkundigte sich Rose argwöhnisch.

»Du hast nicht gefragt, da habe ich mir gedacht, dass es dir nichts ausmacht«, meinte er mit einem Zwinkern, um dann die Rechnung zu begleichen. »Machts gut.«

Ich werde nicht schlau aus ihm, dachte sie sich, während sie ihn beobachtete, wie er zum Postauto ging. Er war flirty, aber gleichzeitig zurückhaltend. Doch wen kümmerte es? Sie hatte andere Sorgen. Als sie sich wieder ihrer Freundin zuwandte, lag ein breites Lächeln auf deren Lippen und sie klimperte mit den Wimpern.

»Oh, nein. Du verstehst das vollkommen falsch«, verteidigte sich Rose und verschränkte die Arme vor der Brust.

»Wenn du es sagst«, meinte Holly, doch ihr Blick sprach Bände.

»Wer weiß, vielleicht bin ich ja gebunden«, entgegnete sie leichthin.

»Darling, das bezweifle ich. Die Cafébesitzerin hat euer Gespräch gehört, sodass die ganze Stadt deinen Beziehungsstatus kennt«, feixte Holly.

Nur mit Mühe verkniff sich Rose ein Augenrollen. Verdammtes Lovely Hills! Schnell tippte sie eine Nachricht an Lucie.

Hilfe, in der Kleinstadt tratscht man über mich. Was soll ich tun? – Rose

Keine Sorge, das ist ein Aufnahmeritual! Bald bist du eine von ihnen ... – Lucie

»Zudem stand dir bei deiner Ankunft LIEBESKUMMER auf die Stirn geschrieben. Du hast dein Handy gecheckt, als würdest du auf eine Benachrichtigung warten, obwohl du weißt, dass sie nicht kommen wird«, ergänzte ihre Freundin, als Rose ihr Telefon beiseitelegte.

»Ich teile nun Kais Überzeugung. Es wird Zeit, dass dein Kind auf die Welt kommt, denn du bist eindeutig unterbeschäftigt«, brummte sie, da sie nicht wusste, was sie sonst sagen sollte.

»Das hat er gesagt? Ich bin sicher, dass er das nicht so gemeint hat. Dafür hat er mich viel zu lieb«, erwiderte Holly und strahlte sie an. »Außerdem habe ich Kuchen für dich gebacken, jeder mag Süßes und mich.«

Mit einem Seufzen vergrub Rose ihr Gesicht in den Händen, aber leider erkannte sie nun Kais Dilemma: Man konnte Holly nicht böse sein, denn dafür war sie viel zu nett.

KAPITEL 15

Am nächsten Tag stand Rose vor dem Inn, wo sie darauf wartete, dass Kai sie abholte, um den Ausflug in die Stadt zu unternehmen. Sie trug einen neuen roséfarbenen Hosenanzug mit weißem Kaschmirpullover. Ausnahmsweise zeigte sich die Sonne, weshalb sie für einen Augenblick die Augen schloss und die zarte Wärme auf ihrem Gesicht genoss. Ein lautes Hupen ließ sie jedoch wenig später aufschrecken.

»Schläfst du?«, fragte Kai anstelle einer Begrüßung. Er fuhr einen verbeulten, weißen Lieferwagen, der seine besten Jahre hinter sich hatte, und trug ein oranges Flanellhemd, das ihm gut zu Gesicht stand.

»Jetzt nicht mehr«, murmelte Rose mit wild klopfendem Herz und stieg in das Auto. Es roch nach frischem Holz, vermutlich hatte er dieses vor kurzem transportiert. »Danke, dass du mich begleitest.«

»Dein Ziel liegt auf dem Weg«, entgegnete er, wartete, bis sie sich angeschnallt hatte, um dann loszufahren. »Ich kann dich doch nicht allein lassen.«

»Warum, weil ich Französin bin?«, konterte Rose mit hochgezogener Augenbraue, während sie sich auf die Straße vor sich konzentrierte. Sie brauchte stets einen Moment, um sich an den Linksverkehr zu gewöhnen, auch wenn sie nur Beifahrerin war.

»Nein, weil ich den Ausdruck auf Hollys Gesicht sehen will, falls wir deine Mutter finden und sie nicht dabei war.« Kai feixte. »Sie wäre gerne mitgefahren, wollte uns aber die ständigen Pinkelpausen nicht zumuten.«

Und Kai und mich verkuppeln, dachte Rose.

»Was ist das zwischen euch? So eine Art Hass-Liebe?«, hakte sie nach.

»Sie ist so etwas wie meine Schwägerin. Ihr Mann ist mein bester Freund und nebenbei ein Engel, weil er es mit ihr aushält«, erklärte Kai achselzuckend, während er Lovely Hills hinter sich ließ und in Richtung Landesinnere fuhr. Die Sonne versteckte sich wieder, dicke Regentropfen prallten auf die Scheibe, was ihrer Fahrt etwas Gemütliches verlieh. »Weshalb sie es als besondere Mission erachtet, sich in mein Leben einzumischen.«

Sie grinste. »Du Armer. Aber irgendetwas sagt mir, dass du dich ganz gut wehren kannst.«

»Wenn es nach ihrem Kopf ginge, hätte ich meinen Wagen längst schon verschrottet. Was nicht passieren wird, solange er fährt. Zudem ist sie mit meiner Kleiderwahl nicht einverstanden, sodass sie mir ständig anbietet, mich zum Shoppen zu begleiten«, brummte er gutmütig. »Das Hemd, das ich trage, hat sie ausgesucht. Es betont meine Augen, findet sie. Manchmal fühlt es sich an, als wäre sie eine Schwester, die ich nie wollte. Ein gesunder Abstand zur *Familie* ist deshalb hin und wieder angebracht.« Kein Wunder, dass Holly so gut über ihn gesprochen hatte. Sie versuchte, ihn unter die Haube zu bringen! Ob er dies wohl wusste?

»Dann hast du dich für mich herausgeputzt?«, fragte Rose nach.

»Ich hatte nichts anderes anzuziehen«, entgegnete er leichthin, aber seine Wangen wurden rot. »Genug jetzt von mir, was ist dein Plan?«

»Wer sagt, dass ich einen habe?«, bemerkte sie mit einem Anflug von Galgenhumor. »Ich würde gerne im Museum nach ihr fragen, mich bei den lokalen Kunstausstellungen und den Cafés in der Nähe umhören.«

»Hast du daran gedacht, dass sie ein Künstlerpseudonym verwenden könnte?«, fragte Kai, um dann fest auf die Bremse zu treten, als jemand vor ihm abrupt in eine Seitenstraße einbog. Leise fluchte er.

»Möglich ist es. Ich weiß auch nicht, ob ich sie erkenne, falls sie an mir vorbeigehen würde.« Rose spielte mit ihrem Pullover. Wie sie wohl aussah? Sie hatte eines von Lolas Fotos künstlich altern lassen, aber wie sie tatsächlich gealtert war, hing von ihrem Lebensstil ab. Früher hatte sie ihre Haare lang getragen, ob sie diese immer noch so trug, oder war sie dem Haarschnitt überdrüssig geworden und hatte sie kurz schneiden lassen?

»Meine Bekannte hat sich bei mir gemeldet. Einige Bilder kommen ihr bekannt vor, aber sie kann diese niemandem zuordnen. Es wird einige Zeit dauern, bis sie mehr erfährt, denn ihre Kontaktperson hat kein Handy und ist viel unterwegs.« Kai zuckte mit den Achseln, bevor er das Thema wechselte: »In fünf Minuten machen wir den ersten Halt.«

Wenig später hielten sie vor einem kleinen Häuschen mit Garten. Er bedeutete ihr, im Auto zu bleiben, trug das Möbelstück eine Treppe hoch und verschwand im Haus. Im Inneren des Wagens dudelte das Radio zum

Klang des Regens. Rose sah nachdenklich in die spätherbstliche, braune Landschaft. Wie es hier wohl in den warmen Monaten war? Sie hatte es bei ihren Englandbesuchen nie raus aus London geschafft, was sie bereute. Auf der Fahrerseite lag Kais Hemd, das er sich für die Lieferung vor dem Aussteigen ausgezogen hatte. Rose hängte es säuberlich über die Lehne, wobei sie der Duft von Holz und Erde traf. Es roch vertraut, vielleicht weil sie für die kurze Zeit, die sie in England weilte, viele Stunden miteinander verbracht hatten. Es war selbstlos von ihm, ihr auf der Suche nach Lola zu helfen, denn sie war eine Fremde in einer eingeschworenen Kleinstadt. Sie wusste nicht, ob sie ihm geholfen hätte, wäre sie an seiner Stelle gewesen. Vermutlich hätte sie eine Motivation, wie Geld oder Einfluss dahinter vermutet und sich zurückgehalten. Wenn sie ehrlich zu sich selbst war, fühlte sie sich, die Französin in England, heimeliger als in ihrer Wohnung in Frankreich, wo sie nicht einmal ihre Nachbarn kannte. Ihr gefiel das Kleinstadtleben, obwohl sie ihre eigene vier Wände vermisste. Doch was sprach dagegen für einige Zeit ein Cottage zu mieten? Ihre Figur würde es ihr danken, wenn sie kalorienärmer essen würde, und sie könnte ungestört Gäste empfangen. Wobei sie bei Besuch nicht an Holly dachte, sondern sich eine gewisse rothaarige Person in ihre Gedanken schlich. Sie hörte tief in sich hinein ... war sie bereit für eine neue Beziehung? Ihre Partnerschaft mit Jeri hatte sich erst vor Kurzem aufgelöst, doch es fühlte sich an, als seien Monate anstelle von Wochen vergangen. Zuviel war seitdem passiert. Kai hatte seinen Anteil geleistet. Wenn sie daran dachte, wie er mit ihr flirtete, stahl sich ein

Lächeln auf ihre Lippen. War er einfach freundlich zu ihr oder steckte mehr dahinter? Und warum machte sie sich Gedanken um ihn, anstatt über Lola? War er ihre Ablenkung, ihre Vermeidungsstatik, damit sie sich nicht mit ihren Gefühlen auseinandersetzen musste? Was würde ihr Lucie wohl raten? *Du darfst Spaß haben, ohne ihn gleich zu heiraten? Tob dich aus Mädchen, dann siehst du, wohin es führt oder lass es bleiben?* Laut klopfte es am Wagenfenster und sie zuckte zusammen, da sie ihn nicht kommen gesehen hatte. Auf Kais Schultern saß ein kleiner Junge, der sich wie ein Äffchen an seinen Hals klammerte. Um sie zum Lachen zu bringen, schnitt er eine Grimasse, bevor er über den Rasen rannte. Das Kind strahlte pure Freude aus, während es sich an ihn schmiegte, als er einige Runden lief. Dann stellte er ihn auf den Boden, bedeutete ihm mit Gesten wieder ins Haus zu gehen und wartete ab, bis dieser verschwand.

»Dieser Bengel«, murmelte Kai, nachdem er eingestiegen war und den Motor startete. »Ich wollte früh Nachwuchs, am besten nach dem Abschluss, aber daraus ist nichts geworden. Nie hätte ich gedacht, dass ich mit Mitte dreißig ohne Kinder in einem Haus leben würde.«

»Es sah aus, als würdet ihr euch gut amüsieren«, erwiderte Rose, da sie nicht wusste, was sie sagen sollte. »War dein Freund mit dem Möbelstück zufrieden?«

Kai nickte, bevor er das Thema wechselte. »Ich habe mir überlegt, wie wir die Suche nach deiner Mutter am besten angehen.«

»Ich bin ganz Ohr«, erwiderte Rose neugierig.

Erschöpft ließ sie sich Stunden später in einen Sessel fallen. Berwick-upon-Tweed war eine historische Stadt am Meer mit hellen Häusern und rötlichen Dächern. Eine Mauer trennte einen Bereich von Berwick-upon-Tweed vom Wasser, drei Brücken verbanden einen Ortsteil mit dem anderen. Die Luft war salzig, die Kälte aufgrund der Nähe zum Meer schneidend und drang bis in die Knochen. Zuerst hatten sie das Meldeamt abgeklappert, das nicht berechtigt war, Auskunft zu erteilen, ob ihre Mutter in der Stadt wohnte. In der Berwick-Museum-and-Art-Gallery, welches sich in einer historischen Kaserne befand, warf ihr die Mitarbeiterin nur einen mitleidigen Blick zu, als sie nach Lola fragte, um sich dann dem nächsten Besucher zuzuwenden. Rose, der die Lust auf einem Museumsbesuch vergangen war, zog mit Kai im Schlepptau weiter zur nahe gelegenen Kirche Holy Trinity. Das Gotteshaus war aus hellen Steinen ohne Glockenturm errichtet, neben dem Eingang befand sich ein Friedhof sowie ein bewaldeter Kirchhof. Die Decke im Inneren war aus Holz gehalten und die Fenster in bunten Farben gestaltet. Ein Geistlicher hatte gerade aufgeräumt, als sie eingetreten waren. Doch nach einem kurzen Gespräch und dem Vorzeigen des künstlich gealterten Bildes von Lola, war Rose wieder an Punkt null angelangt. Aus diesem Grund hatten sie beschlossen, vorerst die Suche gut sein zu lassen und sich in einem kleinen Café aufzuwärmen.

»Was nun?«, fragte Kai, nachdem sie einen Tee bestellt hatten.

Rose zuckte ratlos mit den Schultern, während sie eine Welle der Müdigkeit überrollte. »Vielleicht sollte ich einfach aufgeben. Es soll nicht sein.«

»Du wirst sie finden«, ermutigte Kai sie, der sie heute tatkräftig unterstützt hatte. Selbst die Kellner im Café hatte er vergebens um Rat gefragt. »Du hast gerade erst damit angefangen. Deine Ungeduld darf nicht überhandnehmen, denn damit schadest du dir nur selbst.«

»Das ist leichter gesagt als getan«, murmelte sie, während sie mit einer Haarlocke spielte. »Danke, dass du mich begleitet hast. Normalerweise bewahre ich einen kühlen Kopf, aber wenn es um Lola geht, scheint mir dieser abhandenzukommen.«

»Das ist verständlich.« Kai sah sie aufmerksam an. »Ich finde, du trägst es mit Fassung und gehst strategisch vor. Es ist leichter für mich, weil ich nicht in deiner Haut stecke. Deine Welt steht in Flammen und anstatt dich selbst zu bemitleiden, wählst du die Flucht nach vorne. Ich finde dies bewundernswert.«

Rose schnaubte. »Das ist lieb von dir. Aber es fühlt sich so an, als würde ich feststecken. Nicht nur bei der Suche mit Lola. Sondern mit meinem Leben, dem Job … Es hat sich vieles anders als erwartet entwickelt. Die letzten Ereignisse haben mich nachdenklich gemacht und die Frage aufgeworfen, ob ich überhaupt glücklich bin.«

»Es ist nie zu spät sein Leben umzukrempeln. Sieh es als Frühjahrsputz an«, ermutigte sie Kai.

»Altes Ich in die Mülltonne, neue Rose in Position«, erwiderte sie mit einem Hauch von Sarkasmus. »Das klingt gut.«

»Welchen Pfad würdest du einschlagen, wenn du noch mal jung wärst und wählen könntest?«, fragte er, während er es sich in seinem Sessel bequem machte.

Der Kellner brachte den Tee, was ihr mehr Zeit verschaffte, darüber nachzudenken.

»Ich habe keine falschen Entscheidungen getroffen«, überlegte Rose. Ihr Pfad war vorgezeichnet gewesen. Das Schicksal selbst hatte sie auf diesen Weg geführt. »Aber ich wollte stets eine eigene Buchhandlung eröffnen.«

»Warum machst du es nicht? Klingt doch nach einem realistischen Vorhaben, außer du steckst knietief in Schulden.« Er trank von seinem Tee. »Ich habe schon verrücktere Geschichten gehört. Eine Bekannte hat drei Jahre vor ihrer Pensionierung ihren Job hingeschmissen, um in einem Hotel als Rezeptionistin zu arbeiten. Sie wollte eine neue Herausforderung wagen und nicht unglücklich im Job verweilen.«

»Das sagt sich so einfach. Ich habe lange studiert, um mich Juristin nennen zu können.« Was würde Thoma sagen, wenn sie ihren Job hinschmeißen und als Quereinsteigerin ihren Traum verwirklichen würde? Vermutlich würde er den Kopf schütteln und sie aus enttäuschten Augen ansehen. »Außerdem habe ich keine Erfahrung in der Buchbranche.«

»Der Abschluss wird dir immer erhalten bleiben. Zudem musst du nicht von heute auf morgen alles hinschmeißen. Es gibt Aus- und Fortbildungen oder die Möglichkeit, jemanden einzustellen, der dir bestimmte Aufgaben abnimmt«, nahm ihr Kai den Wind aus den Segeln. »Ich bin kein gelernter Handwerker. Es hat mich einfach interessiert, weshalb ich mich weitergebildet und mir viel an Wissen selbst angeeignet habe.«

»Was würdest du ändern, wenn du in die Zeit zurückreisen könntest?«, fragte Rose, um von sich abzulenken. Seine Worte machten sie nachdenklich, doch sie wollte nicht weiter darüber sprechen, sondern sich allein damit auseinandersetzen.

Kai überlegte kurz. »Ich würde nach London ziehen und vermutlich Architektur oder Ähnliches studieren. Verstehe mich nicht falsch, mir gefällt es in Lovely Hills und das Leben, das ich führe, füllt mich aus. Manchmal frage ich mich jedoch, ob nicht mehr für mich vorgesehen ist. Und sag nicht, dass es dafür nicht zu spät ist.«

Sie hob abwehrend die Hände. »Als Anwältin würde ich nie deine Worte gegen dich verwenden.«

Auf Kais Lippen breitete sich ein breites Grinsen aus. »Dieser Punkt geht an dich. Magst du nach Lovely Hills zurück oder weiter in der Stadt dein Glück versuchen?«

»Lass uns fahren. Für heute reicht es mir«, erwiderte sie, um dann ihren Tee auszutrinken und zu zahlen. Kai öffnete den Mund, um sich zu beschweren, aber sie ließ dies nicht zu. »Sieh es als Benzingeld an.« Einen Fahrspesenbeitrag hatte er ihr auf der Hinfahrt ausgeredet.

Sein *Danke* klang knurrig, aber sie hoffte, dass er die Geste schätzte. Es war alles andere als selbstverständlich, dass er seine Zeit opferte und Chauffeur für sie spielte.

Die Rückreise legten sie schweigend zurück. Rose hing ihren Gedanken nach, versuchte, die nächsten Schritte zu planen. Sie würde die verbliebenen zwei Koordinaten überprüfen, obwohl die Erfolgsgarantie bei null lag, wenn die Theorie stimmte, dass Lola sie über ihre Wohnorte auf dem Laufenden gehalten hatte. Ob sie richtig lag, würde die Zeit zeigen. Auf jeden Fall würde sie hin und wieder nach Berwick-upon-Tweed fahren, in der Hoffnung dort auf Lola zu treffen. *Wenigstens lerne ich auf diese Weise die nördlichste Stadt Englands besser kennen*, dachte sie mit einem Anflug von Galgenhumor.

Bevor sie sich versah, waren sie beim Inn angekommen. Rose suchte sich ihre Sachen zusammen, um sich dann an Kai zu wenden. »Ich möchte mich nochmals aus ganzem Herzen für die Begleitung bedanken. Ich werde mich auf jeden Fall dafür erkenntlich zeigen.«

Anstelle einer Antwort knetete Kai nervös seine Hände und wich ihrem Blick aus. »Ich weiß nicht, was deine nächsten Schritte sind, ob du die Suche aufgibst, zurück nach Frankreich gehst oder noch ein wenig hierbleibst. Es steht mir auch nicht zu, das zu fragen. Was ich eigentlich sagen wollte ... Verdammt, warum ist das so schwierig?« Er atmete tief durch. »Ich habe sonst eine große Klappe, aber bei diesen Dingen versagt sie und ich bin wieder der schüchterne Junge von früher. Ich weiß, dass das Timing beschissen ist, doch ich würde es mir nie verzeihen, wenn ich dich nicht fragen würde. Rose, ich mag dich, falls es dir nicht aufgefallen ist. Ich würde dich gerne auf ein Date einladen. Ich akzeptiere deine Antwort, wie auch immer sie ausfallen wird, und werde dich weiterhin unterstützen.«

Rose sah ihn überrumpelt an, denn damit hatte sie nicht gerechnet. Sie fand es bewundernswert, wie Kai all seinen Mut zusammennahm und sie um eine Verabredung bat, aus Angst, eine Chance zu verpassen. Diese verletzliche Seite an ihm hatte sie noch nicht kennengelernt. Es machte ihn besonders, weniger abgeklärt.

»O nein, ich habe dich in die Ecke gedrängt und du überlegst, wie du am besten absagen kannst. Vergessen wir es einfach, indem wir so tun, als hätte ich nie gefragt«, durchbrach er nervös die Stille.

»Du hast mich kalt erwischt«, gab Rose zu. Sollte sie es wagen? Vielleicht musste sie sich ein Beispiel an ihm nehmen. Es gab kein richtiges Timing, nicht, wenn ihr Leben kopfstand. »Trotzdem nehme ich deine Einladung an. Woran hattest du gedacht?«

»Ein Abendessen morgen bei mir? Ich bin ein ziemlich guter Koch. Falls es dir nicht recht ist, zu mir nach Hause zu kommen, können wir gerne etwas essen gehen«, schlug er vor, während er sie aufmerksam musterte.

»Klingt gut. Soll ich etwas mitbringen?«, erwiderte Rose, wobei sie sich innerlich fragte, ob es ein Fehler war, ihre neue Bekanntschaft aufs Spiel zu setzen.

»Das ist nicht nötig«, meinte er mit strahlenden Augen. »Und erzähl Holly nichts davon, außer du willst, dass sie uns damit aufzieht. Ich bin daran gewöhnt, aber sie kann ziemlich nervtötend sein.«

»Danke für den Tipp. Ich werde ihn beherzigen«, entgegnete sie, um sich dann zu verabschieden und auszusteigen. Sie war gespannt, wie das Essen morgen laufen würde. Ob er wohl so gut kochte, wie er sagte? Und warum war es ihm erneut gelungen, die Gedanken an Lola einfach so wegzuwischen?

KAPITEL 16

Am Morgen lieh sie sich einen Mietwagen und fuhr nach Durham, um sich dort auf die Suche nach Lola zu begeben. Durham war ein geschichtsträchtiges Städtchen, das über prächtige Schlösser mit gepflegten Parkanlagen verfügte. Als sie durch die Stadt spazierte, vorbei an unzähligen Backsteinhäuschen, konnte sie sich diese gut als Kulisse für Filme vorstellen. Doch die Sehenswürdigkeiten nahm sie nur am Rande wahr, denn sie war angetrieben ihre Mutter zu finden, klapperte Museen, Ausstellungen und umliegende Cafés ab, in der Hoffnung eine Spur von ihr zu finden. Doch Fehlanzeige! Tief atmete sie ein, versuchte, die Enttäuschung zu zügeln, während sie sich gleichzeitig vornahm, in Peterlee die Suche weniger verbissen anzugehen. Irgendwann würde sie Lola finden, daran musste sie nur festhalten.

Nervös tigerte Rose nach ihrer Rückkehr nach Lovely Hills im Zimmer auf und ab, da ihr Date mit Kai immer näher kam, was sogar Lola vorerst aus ihren Gedanken verdrängte. Sie fühlte sich wie eine Teenager, denn sie hatte bereits einige Outfits anprobiert, nur um sich dann für die erste Kombination, ein cremefarbenes Strickkleid mit Zopfmuster und dazu passende Schuhe zu entscheiden. In einer halben Stunde hatten sie sich verabredet, langsam wurde es ernst. Sie tuschte ihre Wimpern, als ihr Handy vibrierte. Gestern hatte sie vor dem Schlafengehen ihre Freundinnen kurz auf den neuesten Stand gebracht und von ihrem Date erzählt.

Von einer Skala von eins bis zehn, wie aufgeregt bist du? – Lucie

Ich glaube, ich bin noch nicht bereit für ein Date. – Rose

Je länger du wartest, desto schwieriger ist es. Hast du dir mal den Datingpool angesehen? Kahlköpfige Männer mit Bierbauch, da ist ein rothaariges Schnuckelchen die bessere Wahl. Im schlimmsten Fall hast du eine Geschichte zu erzählen. – Lucie

Es ist seltsam, mich wieder zu verabreden. – Rose

Jeri und sie waren so lange zusammen gewesen, dass sie nicht mehr wusste, welche Regeln für ein Date galten oder wie es sich anfühlen würde mit jemand anderem intim zu sein. Nicht, dass sie dies für den heutigen Abend geplant hatte.

Du hast zehn Jahre lang mit einem Mann geschlafen. Glaub mir, frischer Wind wird dir guttun. Du hast gesagt, dass er Handwerker ist? Wer weiß, vielleicht kennt er sich im Bett aus ... – Lucie

Wider Willen musste Rose lachen, auch wenn sie nun unerwünschte Bilder allzu deutlich vor sich sah.

Danke, jetzt habe ich Kopfkino. – Rose

Stell ihn dir ohne Kleider vor, dann bist du nicht mehr nervös. Oder nein, besser nicht. Vertrau darauf, dass er dich verwöhnen wird. Nicht nur kulinarisch, sondern in jeder Hinsicht ... – Lucie

Ich muss los, danke für deine ... ähm ... Worte? – Rose

Vergiss nicht, mir zu schreiben, falls du nach Hause kommst. – Lucie

Rose legte das Handy in die Tasche, bevor sie das Inn verließ und sich auf den Weg zu Kai machte. Sie folgte der Wegbeschreibung, die er ihr vorab gesendet hatte. Wenig später hielt sie vor einem unauffälligen Häuschen mit roter Tür. *Mr. Redman* stand auf der Türklingel, die sie drückte.

»Rose, schön, dass du da bist«, begrüßte Kai sie und lud sie mit einer Handbewegung ins Haus ein.

»Danke für die Einladung«, erwiderte sie, überreichte ihm eine Flasche Rotwein, für die er sich bedankte, und trat ein.

Das Innere war geräumiger, als es von außen wirkte, was vermutlich an den offenen Räumen lag.

»Soll ich die Schuhe ausziehen?«, fragte sie, doch er winkte ab.

»Lust auf eine Hausführung?«, erkundigte er sich, während er sich mit der Hand durchs Haar fuhr. »Einiges ist noch unfertig, aber das wird schon.«

Rose nickte.

»Das ist der Essbereich mit Wohnzimmer«, begann er
seine Tour eine Tür weiter. Eine in die Jahre gekom-
mene Holzküche befand sich in einer Ecke, davor ein
ausladender gedeckter Tisch mit gemütlichen Stühlen
und, abgetrennt durch eine raffinierte Wohnwand, ein
dunkelgrünes Sofa sowie eine TV-Bank. An einer Wand
hing ein Schnappschuss von einer Familie am Meer.
»Ich bin unschlüssig wegen der Küche. Ich würde sie
gerne austauschen, aber es hängen viele Erinnerungen
daran.«

»Es ist ein Raum mit Charakter, das gefällt mir sehr
gut.« Ihre Schickimicki-Wohnung in Frankreich war
unpersönlich gestaltet, während sie sich hier sofort
wohlfühlte. »Ich würde nichts daran verändern.«

Er nahm es schweigend zur Kenntnis, um ihr dann
den Gästeraum, der mit altmodischen Holzmöbeln eingerichtet war, und sein Schlafzimmer zu zeigen. Sogleich fiel ihr ein überdimensioniertes Bett mit einer
grünen Decke auf, das sich gegenüber von einem großen Schrank befand. »Das sieht fast wie eine Spielwiese
aus«, rutschte es ihr heraus.

»Alles, was ich darauf antworte, klingt falsch«, sagte
Kai schelmisch. »Ich habe einfach gerne viel Platz beim
Schlafen.«

Oder bei anderen Schlafzimmeraktivitäten, dachte
sie und plötzlich fühlte sich der Raum zu nahe, zu intim
an und sie wandte sich an Kai. »Danke für die Führung.
Was hast du für uns gezaubert?« Hatte sie ihm überhaupt verraten, dass sie kein Fleisch aß? Sie konnte
sich nicht daran erinnern.

»Ich habe uns einen vegetarischen Shepherd's Pie zubereitet, du bist doch Vegetarierin oder etwa nicht?«,

fragte er nach, während sie zurück in die Küche gingen. »Und als Dessert gibt es einen Apfelcrumble.«

»Das klingt sehr lecker«, meinte Rose. »Kann ich dir bei etwas behilflich sein?«

Er winkte ab. »Setz dich einfach.«

Sie folgte seiner Anweisung. Im Hintergrund erklang gemütliche Musik, vermutlich hatte er sie soeben eingeschalten. Rose musste sich beherrschen nicht auf ihren Nägeln zu kauen, eine Angewohnheit, die sie vor Jahren bereits abgelegt hatte. Warum war sie so nervös? Sie kannte Kai. Wie der Abend ausging, hing von ihnen beiden ab. Augenblicklich entspannte sie sich.

»Voilà«, rief er, als er ihr einen Teller hinstellte. »Das sagt man doch so in Frankreich, oder etwa nicht?«

Rose nickte amüsiert. »Hast du das extra für heute Abend gelernt?«

»Nein, ich darf voller Stolz zugeben, dass ich dieses Wort bereits kannte, cherie. Damit ist es mit meinem Französisch auch schon vorbei.« Er zwinkerte ihr zu und setzte sich neben sie. »Ich habe mir sagen lassen, dass es schwierig ist die Sprache zu lernen.«

»Sie hat ihre Eigenheiten, sowohl in der Aussprache als auf Papier. Aber das passt zu uns Franzosen«, erwiderte sie amüsiert, um dann vom Shepherd's Pie zu kosten, was sich als eine Art Gemüseauflauf mit Karotten, Erbsen und Pilzen mit einer Schicht Kartoffelpüree herausstellte. Sie schmeckte Rotwein, Zwiebel und Kräuter.

»Bis auf deine Ungeduld, Sturheit sowie deine scharfe Zunge, wäre mir nichts aufgefallen«, entgegnete er leichthin, wobei er sie nicht aus den Augen ließ.

»Was soll ich sagen? Ich bin einfach perfekt«, hielt sie mit einem Hauch von Ironie dagegen. »Der Traum eines jeden Mannes.«

»Das kann ich bestätigen.« Kai ließ seinen Blick über ihren Körper wandern, um sie zu provozieren, das sah sie an seinem schelmischen Lachen. »Iss, bevor es kalt wird. Nichts wird gerne heißgemacht, nur um dann abkühlen zu müssen.«

Rose, die gerade einen Schluck Wasser getrunken hatte, verschluckte sich heftig, sodass die Flüssigkeit ihr sogar aus der Nase rann. Eins zu null für ihn, denn dieser Spruch kam unerwartet. Sie holte sich ein Taschentuch, um sich zu schnäuzen.

»Oh, ich vergaß, du bist ein zartes Pflänzchen«, feixte Kai, bevor er ihr eine Serviette reichte. »Alles in Ordnung?«

»Es geht schon.« Ihre Stimme war heiser. »Vielleicht ist es besser, wenn wir diese Witze auf nach dem Essen verschieben.« In dem Moment, wo sie es aussprach, verstand sie die mehrdeutige Bedeutung. Schnell trank sie einen großen Schluck vom Wein.

Kais Augen leuchteten auf. »Schade, ich wollte soeben sagen, dass deine Stimme verrucht klingt. Aber wir können dies gerne später *vertiefen*.«

Seine Worte reizten sie, etwas zu erwidern, denn insgeheim genoss sie den derben Schlagabtausch, auch wenn sie mit dem Feuer spielte. Doch bevor sie ihm das Essen beim Lachen auf den Tisch spukte, war es besser, das Gespräch in ungefährliche Bahnen zu lenken. »Die Aufnahme an der Wand stellt deine Eltern und dich dar?«

»Ja, es ist mein Lieblingsfoto von uns. Eine heile Welt, kurz bevor sie zusammengebrochen ist.« Kai warf einen wehmütigen Blick auf das Foto. »Es war ein unbeschwerter Spontantrip ans Meer.«

»Das sind immer die besten. Einmal ist meine Großmutter mit mir in die Stadt gefahren, hat mir Kleider und Eis gekauft. Wir hatten so viel Spaß dabei. Es war ein Tag wie jeder andere, aber mir ist er in Erinnerung geblieben«, stimmte ihm Rose zu, bevor ihr etwas einfiel. »Hast du mit deinem Vater zusammen das Haus bewohnt?« Sie hatte keine Hinweise darauf gefunden oder dessen Habseligkeiten waren weggeräumt worden.

»Nein, er lebte die letzten Jahre in einem Seniorenheim. Irgendwann war er gefangen in einer Zeit, als Mutter noch am Leben war. Dies wurde seine Realität, alles andere war wie ein Traum für ihn. Um ihm die nötige Betreuung zu ermöglichen, habe ich mich für eine geeignete Unterbringung entschieden. Es war schwierig, aber die richtige Entscheidung.« Kai hob einen Mundwinkel. »Ein Grund, warum ich nicht nach London bin, war unter anderem dieses Haus. Vater hatte sich hoch verschuldet und es fast verloren, was ich jedoch erst nach meinem Abschluss erfahren habe. Als die Schulden mit meiner Hilfe getilgt waren, änderte sich sein Geisteszustand, weshalb ich es mir nicht leisten konnte, wegzugehen. In keinerlei Hinsicht.«

Scham überrollte sie, denn in diesem Augenblick wurde ihr ihre privilegierte Herkunft schmerzhaft bewusst. Sie hatte nie Hunger leiden müssen oder Angst gehabt, ein Haus zu verlieren. Geld war immer da gewesen. Mamie hatte ihr gelehrt, damit umzugehen, was nicht bedeutete, dass sie sich keinen Luxus gegönnt hatten. Ein besseres Auto, ein neues Appartement oder eine Designerhandtasche hatte sie, ohne zu zögern, gekauft. Sie verkehrten mit den Reichen und Schönen, eine Scheinwelt, die nichts mit dem realen Leben gemein hatte. »Das klingt, als hättest du früh Verantwortung übernehmen müssen.«

»Ich musste erfinderisch werden und mein Hobby zum Zweitberuf machen. Das alles ist lange her«, erwiderte er leichthin.

»Scheint, als hättest du die bestmögliche Lösung für dich gefunden«, bemerkte sie, bevor sie das Thema wechselte und ihm eine Kurzfassung ihrer vergeblichen Suche in Durham gab.

»Ich finde es gut, dass du jeder Spur nachgehst. Du versuchst es, nur das zählt.« Seine Augen musterten sie. »Hast du schon genug gegessen?«

Rose sah auf ihren Teller, der halb voll war. »Es ist sehr lecker, aber mehr schaffe ich nicht.«

»Schmeckt dir mein Essen nicht oder bist du auf Diät?«, fragte er skeptisch nach.

»Das englische Essen ist reichhaltig, was meine Hüften erfreut, mich jedoch weniger. Es hat gut geschmeckt.« Leider hatte sie seit jeher auf ihre Linie achten müssen. Von Thoma hatte sie dies nicht geerbt, so hager, wie dieser war.

»Mir gefallen kurvige Frauen besser, da hat man wenigstens etwas zum Anpacken«, murmelte er, wobei er sie nicht ansah.

Bevor sie sich eine Antwort überlegen konnte, hob er den Blick und fügte hinzu: »Ich finde, dass du eine schöne Figur hast.«

Rose verkniff sich ein Lächeln. »Das ist lieb von dir. Doch ich muss Platz für den Nachtisch lassen, sonst ist der Koch beleidigt.«

»Das ist ein gutes Argument«, erwiderte er mit einem Augenzwinkern. »Noch Wein?«

»Gerne.«

Er schenkte ihr nach, um dann das Dessert zu holen. Rose bedankte sich und kostete. Das Crumble schmeckte nach Äpfeln, Zimt und Keksen. Sehr lecker.

»Und? Wie ist es?«

»Es ist eine süße *Versuchung*«, erwiderte Rose. Der Wein war ihr etwas zu Kopf gestiegen, was sie mutiger werden ließ.

»Ist das eine Herausforderung?«, konterte er, bevor er sich einen Löffel voll Dessert nahm.

»Wer weiß?« Ein Lächeln breitete sich auf ihren Lippen aus. Genussvoll aß sie weiter und schleckte anschließend ihren Löffel ab, während sie ihm tief in die Augen sah.

»Ist jetzt *später*?«, fragte er mit einem Räuspern. Sein Blick ruhte auf ihrem Mund.

Rose horchte in sich hinein, doch wenn sie ehrlich war, sehnte sie sich nach Nähe ... nein ... nach Kai! Sie wollte nicht mehr einsam in einem fremden Land sein.

Im schlimmsten Fall hast du eine Geschichte zu erzählen, hörte sie wieder Lucies Stimme.

Als würde Kai ihre Gedanken hören, strich er ihr sanft über die Wange. Er sah sie abwartend an, ließ ihr Zeit, zurückzuweichen, doch sie schmiegte sich an seine Hand. Sein Mund kam näher. In ihrem Bauch fing es zu kribbeln und bevor sie sich versah, lagen seine Lippen auf ihren. Der Duft nach Holz umfing sie, als hätte er zuvor damit gearbeitet. Sie erwiderte seinen Kuss, bis er an Intensität zunahm, sie fast nach Luft schnappen musste, weil sie nicht erwartet hatte, dass er so gut küssen konnte. Sie fuhr ihm durch die Haare, zog ihn näher an sich, was Kai ein Seufzen entlockte. Ohne seine Lippen von ihren zu nehmen, zog er ihren Stuhl zu sich. Seine Hände waren überall, strichen über ihr Schlüsselbein, weiter zu ihrer Seite bis hin zu den Hüften. Rose küsste ihn drängender, überraschte sich selbst, als sie sich von ihm löste, um sich rittlings auf ihn zu setzen. Ihre Mitte stand in Flammen, was zusammen mit dem Alkohol eine fatale Kombination war. Kai sah sie aus verhangenen Augen an, bevor er seine Lippen hart auf ihre presste, seine Zunge ihren Mund erkundete, während seine Hände ihre Schüchternheit verloren hatten. Er umfasste ihre Hüften, zog sie fest an sich und glitt weiter zu ihrem Hintern. Rose krallte ihre Finger in seine Haare, erwiderte seinen Kuss hungrig. Als sie sich an ihn schmiegte, was ihm ein lautes Stöhnen entlockte, spürte sie, wie sehr er sie wollte. Sein Glied war hart, bereit, sie zu nehmen. Sie fühlte, wie ihr Slip feucht wurde. Seine Hände strichen über ihren Körpern, umkreisten ihre Brüste, bis sie sich auf ihm wand. Kai schob ihr das Kleid hoch, fuhr über ihren Hintern, gleichzeitig hauchte er ihr Küsse auf den Hals. Ein lautes Seufzen durchfuhr sie, sie wünschte sich, dass er sie nicht länger quälte, sondern ihre Mitte fand. Um ihn zu necken, bewegte sie sich auf ihm.

»Mach so weiter, dann schaffen wir es nicht mehr ins Bett«, wisperte er an ihrem Ohr.

»Vielleicht will ich deine Beherrschung testen?«, entgegnete sie und biss ihm herausfordernd ins Ohrläppchen. Ihre Zurückhaltung war vollends verschwunden. In ihrem Inneren spürte sie Wärme, die sie fast verbrannte. Sie fühlte sich zu Kai hingezogen, wollte seine Haut auf ihrer, ihn in sich haben und alles um sich herum vergessen. Es war, als hätte jemand einen Schalter umgelegt, der sie verrucht, rebellisch und sexy machte. Fast wie die Rose von früher, die einen älteren Studenten verführt hatte.

»Ins Schlafzimmer, jetzt«, flüsterte er ihr zu, um ihr dann das Kleid auszuziehen.

Rose half ihm dabei, bis sie sich in Unterwäsche vor ihm befand.

»Deine Brüste, sie sind so voll«, murmelte Kai, hauchte Küsse darauf, öffnete den Verschluss des BHs und schob ihn nach oben, bis sich ihre Nippel offenbarten. Er liebkoste sie, nahm sie in den Mund und spielte mit ihren Brustwarzen. Seine Berührungen brachten sie fast zur Ektase, sie hatte nicht damit gerechnet, dass es sie so scharf machen würde. Sie klammerte sich an seinen Haaren fest, während er sich ihr ganz widmete und seine Hand zu ihrem Po fuhr.

»Wie war das mit dem Ortswechsel?«, hauchte Rose atemlos. An ihrer Mitte spürte sie seine Härte, sie schmiegte sich an ihn, bis sein Griff fester wurde.

»Vielleicht teste ich dich?«, entgegnete er mit verhangenem Blick. Bevor sie antworten konnte, fuhr er mit der Hand in ihr Höschen, berührte ihre nasse Spalte und glitt quälend langsam darüber, was sie schier um den Verstand brachte. Sie zog seinen Kopf an den Haaren zurück, presste ihren Mund auf seinen und bewegte sich auf seinen Fingern, immer schneller, bis er in sie eindrang und sie ihn willkommen hieß. Doch er spielte mit ihr, ließ sie nicht bestimmen, sondern folgte seinem eigenen Rhythmus. Als Strafe biss Rose ihm in die Lippen, sodass er laut aufstöhnte. Sie ritt seine Finger, kreiste ihr Becken, damit er den richtigen Punkt traf. Die Erlösung war nah, als er sie zurückhielt.

»O nein, so einfach mache ich es dir nicht«, flüsterte er atemlos an ihrem Ohr und zog seine Finger aus ihrer Mitte. »Ich will, dass du dich unter mir windest, mich anflehst, dich kommen zu lassen.«

Rose atmete tief ein, zwang ihre Hüften zur Ruhe, bevor sie über seine Härte fuhr. »Du willst spielen? Ich glaube, du ahnst nicht, auf wen du dich eingelassen hast!«

Sie befreite sein Glied, fühlte, wie erregt er war, umschloss es fest mit einer Hand und fuhr im abwechselnden Rhythmus darüber. Seine Finger bohrten sich in ihren Hintern, er drückte den Rücken in den Stuhl, während er sich ganz ihrem Spiel hingab. Sein Seufzen wurde lauter, sie wurde schneller, spürte, wie er sich verhärtete und –

»Stopp. Bett. Jetzt!«, bestimmte Kai, entzog sich ihr, bevor er sie über die Schulter warf und ins Schlafzimmer trug.

Rose klammerte sich an ihm fest, fuhr über seinen Rücken und schmiegte ihre Brüste aufreizend an ihn. Ein lautes Stöhnen entfuhr ihm, als er sie hinunter ließ und ihr half, sich ihrem Slip zu entledigen. Dann war Kai an der Reihe, der mit offener Hose vor ihr stand. Seine Kleidung fiel auf den Boden, bis er sich nackt vor ihr befand. Sein Oberkörper war muskulös, die Art von Muskeln, die man mit körperlicher Arbeit bekam. Seine Schultern waren breiter, als erwartet. Sein Glied streckte sich ihr erwartungsvoll entgegen. Sie ging auf die Knie, wollte seine Männlichkeit in den Mund nehmen, doch er zog sie hoch.

»Das sparen wir uns für ein anderes Mal auf, denn wenn du das machst, kann ich für nichts mehr garantieren«, flüsterte er mit rauer Stimme, bevor er seine Lippen auf ihre presste.

Rose erwiderte den Kuss leidenschaftlich, während sie rückwärts ging und sich aufs Bett fallen ließ. Er folgte ihr, sie spürte sein Gewicht auf ihr.

»Ich will dich«, hauchte er an ihrem Ohr.

»Worauf wartest du?«, entgegnete sie atemlos.

Kai öffnete den Nachttisch, zog ein Kondom heraus und streifte es sich über. Ungeduldig sah sie ihm zu. Er ließ seinen Blick über ihren Körper gleiten, bevor er quälend langsam in sie eindrang. In ihr zog sich alles zusammen, als sie ihn in sich spürte, sie reckte sich ihm entgegen, bereit, von ihren lustvollen Qualen erlöst zu werden. Bevor sie sich versah, hob er ihre Beine an und begann sich kraftvoll in ihr zu bewegen. Rose beugte den Rücken durch, klammerte sich an ihn, während er sie mit jedem Stoß näher zum Höhepunkt brachte. Sie spürte, wie sich ihre Fingernägel in ihn bohrten und sie ihre Spuren auf ihm hinterließ.

»Weiter«, hauchte sie. »Hör nicht auf«

»Ich könnte nicht, auch wenn ich es wollte«, erwiderte er, drehte sie zur Seite und nahm sie aus dem neuen Winkel. Der Orgasmus fühlte sich an wie eine Welle, die sie mitriss. Mit einem erstickten Stöhnen folgte er ihr. Schwer atmend sahen sie sich an. Ihre Mundwinkel hoben sich wie von selbst, als sie ihn betrachtete. Mr. Red, der Handwerker, wusste, was er tat. Er beugte sich vor und küsste sie sanft auf den Mund. Sein Blick war selbstgefällig, fast wie ein Kater, der eine Maus erledigt hatte.

»Ich bin gleich zurück«, sagte er, stand auf und verließ den Raum.

Rose ließ sich in das Kissen zurückfallen. Nie hätte sie gedacht, dass dieser Abend so enden würde. Ein Kuss hatte alles verändert. Es war, als würde sie ihn in einem neuen Licht sehen. Sie wollte ihn berühren, fühlen, wie es war, begehrt zu werden und ihn erneut erobern. Es war aufregend, sich gegenseitig zu erforschen, fast hatte sie dies in ihrer langjährigen Beziehung vergessen. Doch nun war alles wieder da, der Reiz eines Neubeginns stärker als zuvor. Das Schicksal hatte mit ihr gespielt, sie auf eine ungewisse Reise und in Kais Bett geschickt. War es ihr vorherbestimmt, sich auf die Suche nach Lola zu machen, wobei sie das Altbekannte hinter sich ließ, zurück zu sich fand und neue Wagnisse einging? War sie gefangen gewesen in einem Trott, der alles Leben aus ihr saugte? *O Mamie, wenn ich nur mit dir sprechen könnte, über den attraktiven Handwerker sowie der schier aussichtslosen Suche nach Lola.* Unwillkürlich musste sie lächeln beim Gedanken daran, dass ihre Großmutter in diesem Augenblick über sie wachte. Wie konnte Leid und Freude so nahe beieinander liegen? In einer Minute verzweifelte sie, in der nächsten küsste sie einen Engländer.

Kai kam zurück, schenkte ihr ein Lächeln und hob die Decke über sie beide.

»Was machst du?«, fragte sie.

»Was glaubst du wohl?«, erwiderte er, fuhr über ihre Brust und küsste sie auf den Mund. »Bereit für die zweite Runde?«

KAPITEL 17

Rose sah Lola hinter einem Schaufenster zum Greifen nahe, doch sobald sie das Geschäft betrat, war es wie ausgestorben. Ein drängendes Gefühl breitete sich in ihr aus, fast, als würde sie etwas Wichtiges übersehen. Aber ihr fiel nicht ein, was es sein könnte. Sie verließ das Geschäft, rannte durch die Stadt Berwick-upon-Tweed, um ständig nur einen kurzen Blick auf ihre Mutter zu erhaschen. Lola, die nicht gealtert war und aussah, wie auf den Bildern. Eine schlankere, zartere Version ihrer selbst. Rose beschleunigte ihre Schritte, doch gleichgültig, wie sehr sie sich bemühte, ihre Mutter holte sie nie ein. Ein Windhauch kam auf und sie sah sich um. Überall in der Stadt waren Flyer aufgehängt, auf denen stand: Finde mich, Rose. Warum suchst du mich nicht?

Ihr Atem ging schneller, als sie stehen blieb. Alles drehte sich um sie, Stimmen erklangen, riefen nach ihr und drängten sie, weiterzulaufen, aber sie konnte nicht mehr. Ihre Beine waren plötzlich zu schwach, um sie zu tragen.

Ihr wurde schummrig vor Augen, bevor sie hinfiel, wachte sie auf. Das Erste, was sie wahrnahm, war der ungewohnte, holzige Geruch, dann die schwere Bettdecke auf ihr. Ihr war warm, fast zu heiß. Sie befand sich am Ende der Matratze, eine halbe Drehung nach rechts und sie würde auf dem Boden landen. Rose blinzelte, während sie versuchte, sich zu orientieren. Sie sah auf die Decke, wo ein Arm lag. Jemand hielt sie – Kai. Nun fiel ihr alles wieder ein. Das gestrige Abendessen – war es überhaupt morgen? –, und der verhängnisvolle Kuss. Sie horchte tief in sich hinein, aber da war nur Freude. Freude darüber, dass Kai und sie zueinandergefunden hatten. Freude, weil sie sich auf gute Weise wund fühlte. Freude, da sie nicht allein aufwachte. Doch wonach sie vergebens suchte, war das Gefühl von Bereuen. Nein, sie war froh, dass sie ein neues Kapitel in ihrem Leben aufgeschlagen hatte. Ihrer Beziehung mit Jeri waren einige Seiten in einem Abschnitt ihres Lebens reserviert, aber mit einer Nacht war dieser in die Vergangenheit verbannt worden, wo er hingehörte, und ein neues Kapitel hatte begonnen. Kai war nicht ihr Trostpflaster, nein, vielmehr jener, der ihr half, auf ihre Narben zu blicken und mit Mut nach vorne zu schreiten. Es war Zeit, optimistisch in die Zukunft zu sehen, damit sie diese annehmen konnte, wie auch immer sich diese entwickeln würde.

»Guten Morgen«, ertönte eine verschlafene Stimme hinter ihr. »Wie lange bist du schon wach?«

Rose gab einen undefinierbaren Laut von sich, während sie sich umdrehte. »Fünf Sekunden?«

Kai sah sie aus kleinen Augen an, auf der Wange prangte eine Schlaffalte und seine Haare waren verwuschelt. Auf seiner Schulter erspähte sie einige Kratzer, die sie mit Genugtuung erfüllten. Sie streckte die Arme nach ihm aus, schmiegte sich eng an ihn und küsste ihn auf den Mund. Bereitwillig erwiderte er den Kuss, während seine Hand bereits in ihr Höschen fuhr, dass sie sich wieder angezogen hatte. Rose gab sich ihm hin, er drang in sie ein und gemeinsam kamen sie wenig später zum Höhepunkt.

»Daran könnte ich mich gewöhnen«, raunte er, als sie befriedigt nebeneinanderlagen und er sie sanft küsste. »Lust zu frühstücken?«

Anstelle einer Antwort zog sich Rose die Bettdecke über den Kopf. Nein, sie war nicht bereit sich dem wahren Leben zu stellen. Sie wollte in diesem Bett bleiben, das sich wie ein warmes Nest anfühlte, alles um sich vergessen und für immer hier liegen.

»Was machst du?«, fragte Kai amüsiert.

»Ich verstecke mich«, murmelte sie schläfrig.

»Vor mir? Keine Sorge, ich habe dich schon nackt gesehen und für gut befunden«, erklang seine fröhliche Stimme.

Rose senkte die Bettdecke ein Stück, um ihn misstrauisch zu mustern. »Ich hatte vergessen, dass du ein Morgenmensch bist.«

»Und ich erinnere mich nun an unser Gespräch, aber ich glaube, ich muss dich enttäuschen. Du liegst mit deiner Einschätzung falsch. Du bist eindeutig muffelig.« Kai streckte ihr die Zunge raus und schien die Fröhlichkeit schlechthin zu sein.

Rose beschloss, dass sie diesen Zug an ihm verabscheute, schon aus Prinzip. Niemand mochte gut gelaunte Menschen am Morgen.

»Ich bereite ein Sonntagsfrühstück zu, während du aufwachst. Deal?«, schlug er ihr gut gelaunt vor.

»Das klingt wunderbar«, entgegnete sie, bemüht um ein Lächeln. Er war lieb, aber sie war noch nicht richtig wach. Es war Sonntag. Sie liebte faule Tage im Bett mit einem Buch in der Hand und dem Handy auf Flugmodus. Das war ihre Definition von Frieden.

Kai küsste sie auf die Wange, bevor er den Raum verließ. Leise vor sich hinmurmelnd, stand Rose auf, sammelte ihre Kleidung ein und verschwand im Bad. Vielleicht würde eine heiße Dusche ihre Lebensgeister wecken. Als sie sich im Spiegel ansah, musste sie blinzeln. Sie sah aus wie Medusa. Ihre blonden Locken waren verknotet und hingen müde herab, unter ihren Augen lagen dunkle Schatten und auf ihrer Nase entdeckte sie einen kleinen Pickel. Versuchsweise beträufelte sie eine Strähne mit etwas Wasser, um ihre Locken aufzufrischen. Nun war sie eine nasse Medusa und ihre Haare fühlten sich definitiv so an, als würden sie sich jeden Moment in Schlangen verwandeln. Rose versuchte, eher schlecht als recht ihre Mähne zu einem Dutt zusammenzufassen. Das Furie-Empfinden verschwand und machte einen Wollknäuel-auf-dem-Kopf-Gefühl Platz. Zwar würde sie sich gerne die Haare waschen, aber diese brauchten eine spezielle Routine und ewig zum Trocknen. Sie schnappte sich das Handtuch, welches Kai vorsorglich für sie hingelegt hatte, und verschwand unter der Dusche. Das Wasser weckte ihre Lebensgeister, als sie nach dem Duschgel griff, ertaste sie eine Tube halb volles Shampoo. Anstatt einem für Männer typischen Produkt, wie ein tausend in eins Haarwaschmittel, war dieses in Rosatönen mit der Aufschrift *Seidene Haare, wie noch nie!* gehalten. Sie stellte es zurück, um nach der blauen Flüssigseife zu greifen. Warum hatte Kai Frauenshampoo in seinem Bad? Sie musste ihn danach fragen, nahm sie sich vor. Er schuldete ihr weder Rechenschaft noch eine Erklärung, aber neugierig war sie trotzdem. Wenig später verließ sie angezogen das Bad. Der Duft von Gebäck stieg ihr in die Nase. Sie trat in die Küche, wo sie Kai am Herd werkeln sah.

»Ist *es* wach?«, fragte er sogleich munter.

»*Es*? Ich definiere mich als sie, danke der Nachfrage«, entgegnete Rose leicht verwirrt, ihre Schlagfertigkeit erwachte erst nach dem ersten Kaffee zum Leben.

»Du hast mich vorhin angefaucht, wie ein in die Enge getriebenes Tier«, witzelte er. »Da hatte ich beinahe Mitleid mit dir.«

»Gut, dass du Frühstück gemacht hast, dann verzeihe ich dir das«, brummte sie gespielt genervt, wobei sie insgeheim über seine Worte schmunzeln musste. »Ich habe Frauenshampoo in der Dusche gefunden. Ist das ein Überbleibsel einer Verflossenen?«

Kais Wangen röteten sich. »Nein, das gehört mir. Dann fallen die Haare besser. Habe ich es nicht weggeräumt?«

Rose blinzelte, während sich auf ihren Lippen ein Lächeln ausbreitete. »Vergiss den Traum einer eigenen Detektei. Ein Friseursalon soll es sein. Mr. Redmans rote Haare, auf dem Flyer bist du mit einer Föhnfrisur abgebildet.«

»Du bist eindeutig wach, wenn du deine Klappe so weit aufreißen kannst«, erwiderte er gutmütig. »Setz dich, ich habe extra für dich einen Crêpe mit Früchten gemacht.«

»Hattest du denn alle Zutaten im Haus?«, fragte Rose erstaunt, die in ihren Schränken meist nicht viel hatte.

»Ich habe vorsorglich eingekauft in der Hoffnung, dass es nicht zu optimistisch von mir ist.« Mit einem

Augenzwinkern stellte er die Teller auf den Tisch. »Ich habe bestimmte Stimmungen von dir empfangen, weshalb ich nicht falschgelegen habe.«

»Wenn ich das gewusst hätte ...«, meinte Rose mit einem koketten Augenaufschlag. Kai wirkte so unschuldig, doch eine Nacht mit ihm hatte dies wieder revidiert, denn er war ein aufmerksamer Liebhaber gewesen, der schnell gelernt hatte, was ihr gefiel.

»Was dann? Hättest du Baguettes mitgebracht?«

Rose warf ihm einen strafenden Blick zu. »Hast du deinen Kaffee mit zu viel Zucker getrunken? Du bist heute übermütig.«

»Eigentlich hatte ich noch gar keinen. Wie darf ich dir deinen bringen?«, fragte er unschuldig nach.

»Schwarz, ohne nichts. Kann ich dir behilflich sein?« Rose stand unschlüssig im Raum.

»Du kannst gerne den Teller mit den Crêpes mitnehmen und dich setzen. Alles andere steht bereits«, meinte er, während er an der Filterkaffeemaschine hantierte.

Rose folgte seiner Anweisung und entdeckte erst jetzt den voll beladenen Tisch. Muffins, frisches Obst, Brot, verschiedene Aufstriche und Orangensaft, um nur einiges aufzuzählen, befanden sich darauf. War nun der richtige Augenblick gekommen, um ihm zu offenbaren, dass sie wenig frühstückte und den englischen Filterkaffee verabscheute?

»Du hast dir viel Mühe gegeben, das ist lieb von dir«, sagte sie stattdessen.

Kai zuckte mit den Achseln, schaltete das Radio ein und setzte sich mit zwei Kaffeebechern in der Hand zu ihr. Leise Musik erklang. Es fühlte sich heimelig an, wie sie dasaßen und miteinander frühstückten. Sie kostete von den Crêpes, die er sehr gut zubereitet hatte, was sie ihm auch sagte, und nahm von allem ein wenig.

»Ich wusste nicht, was dir schmeckt, konnte mir aber nicht vorstellen, dass dir das englische Frühstück zusagt«, gestand er.

Rose lächelte gerührt. »Da hast du mich richtig eingeschätzt.« Der deftigen ersten Mahlzeit konnte sie nichts abgewinnen. Es war jeden Tag eine Herausforderung für sie, im Inn den gebratenen Speck und die Würstchen zu riechen. Sie warf ihm einen Blick zu, den er warm erwiderte. Mit Kai gab es keinen komischen Morgen danach. »Gestern war sehr schön.«

»Nur gestern?«, hakte er sofort nach.

»Heute auch«, ergänzte sie. »Danke, dass du den Mut aufgebracht hast, mich zu fragen. Obwohl ich dir deine Schüchternheit nicht mehr abkaufe.«

»Ich habe nie gesagt, dass ich das bin, noch, dass ich wie ein Mönch gelebt habe. Ich hatte meine Affären, meine Barbegegnungen und One-Night-Stands, das alles fällt mir leicht. Aber eine Frau, die ich mag nach einem Date zu fragen, ist schwieriger. Vor allem, wenn sie scharfzüngig ist oder ich nicht weiß, ob sie geht oder bleibt.« Er sah sie vorsichtig an, ließ ihr Zeit, eine passende Antwort zu finden.

»Ich habe nicht darüber nachgedacht, was ich tun werde«, vertraute sie ihm an. »Es ist schwierig, denn ich habe den Großteil meiner Kraft in die Suche nach meiner Mutter gesteckt, ohne sie zu finden. Ich glaube, es ist besser, wenn ich davon etwas Abstand nehme, es ruhiger, weniger verbissen, angehe. Aber, ob ich diese Distanz fern von England erreiche oder ich ständig an sie denken werde, kann ich dir nicht sagen. Wenn ich ehrlich bin, dann gibt es nichts, was mich nach Frankreich zieht.«

»Warum bleibst du nicht in Lovely Hills, bis du gehen willst?« Kai sah sie abwartend an, während er sich ein Muffin nahm.

»So einfach ist das nicht.« Ihre Gedanken kreisten und sie trank einen großen Schluck vom Kaffee. Abscheulich. Sie wusste nicht, was sich die Engländer dabei dachten. Allgemein verstand sie die englische Essenskultur nicht. Sie war deftig und überall war Butter drinnen.

»Warum nicht?« Sein Blick bohrte sich in sie, als sie mit sich rang, auf der Suche nach einer Antwort.

»Mir fällt nichts ein«, gestand sie ihm verwundert.

»Wir machen es uns oftmals zu schwierig, haben Angst davor Entscheidungen zu treffen, als würden diese uns für immer binden. Manchmal muss man für den Augenblick wählen, was sich richtig anfühlt, denn man kann sich immer wieder neu ausrichten.«

In Roses Magen breitete sich ein warmes Gefühl aus. »Ich würde dich jetzt gerne küssen.«

»Warum tust du es nicht?«, fragte er herausfordernd.

Anstelle einer Antwort beugte sie sich vor, um sanft ihren Mund auf seinen zu drücken. Konnte dies die Lösung sein? Einfach abwarten und in den Tag hineinleben, in der Hoffnung, dass sich alles fügen würde? Sie konnte jederzeit zurück nach Frankreich, die Frage war nur, ob sie das wollte.

KAPITEL 18

Einige Stunden später betrat Rose den Empfangsbereich des Inns. Ein Lächeln lag auf ihren Lippen, ihre Gedanken drehten sich um Kai. Zum Abschied hatte er ihr das Versprechen abgenommen, dass sie sich morgen Abend wieder sehen würden. Rose hatte zugestimmt. Wie hätte sie Nein sagen können, wenn sein Mund verlockend auf ihrem lag? Es war viel passiert in den letzten Tagen. Die erfolglose Suche nach Lola und das Abendessen mit Kai hatten sie auf eine Achterbahnfahrt der Gefühle geschickt, wo Tiefs und Hochs nahe beieinander lagen. Sie brauchte Zeit, um alles zu verarbeiten.

»Miss De Benoit?«, erklang die Stimme der Rezeptionistin. »Ist alles in Ordnung?«

Überrascht hob Rose den Kopf. »Ja, danke der Nachfrage.«

»Sie sind gestern Abend nicht nach Hause gekommen, da haben wir uns Sorgen gemacht«, entgegnete die Empfangsdame freundlich. »Da ich Sie wohlbehalten sehe, halte ich Sie nicht länger auf und wünsche einen schönen Tag.«

Rose bemühte sich um ein höfliches Lächeln, bevor sie in ihr Zimmer ging. Die Dame hatte es vermutlich lieb gemeint, als sie mit ihr sprach, doch für Rose fühlte es sich falsch an. Wenn sie länger im Inn bleiben würde, war sie sich sicher, dass bald ganz Lovely Hills über ihr Kommen und Gehen Bescheid wissen würde. Material für die Gossip-Gruppe wollte sie ihnen ungern liefern, dafür liebte sie ihre Privatsphäre zu sehr. Nein, sie würde der Rezeptionistin mitteilen, dass sie morgen auschecken würde. Rose klappte ihren Laptop auf, um sich auf die Suche nach einem Cottage zu machen. Gerade, als sie ein interessantes Objekt fand, hielt sie inne. Wann hatte sie beschlossen zu bleiben? Doch zu gehen fühlte sich falsch an. Vielleicht war es wirklich so einfach, wie Kai gesagt hatte.

Manchmal muss man für den Augenblick wählen, was sich richtig anfühlt, denn man kann sich immer wieder neu ausrichten.

Mit einem Lächeln auf den Lippen buchte sie ein Cottage für einige Wochen, was ihr genügend Zeit verschaffen würde, mehr über Lola zu erfahren und Kai näher kennenzulernen. Sie mochte ihn, stellte sie fest, nicht nur, weil er gut im Bett war, sondern weil er sie unterstützte und nicht drängte. Zudem brachte er sie zum Lachen mit seinen blöden Sprüchen. Mit ihm zusammen zu sein fühlte sich an, wie Sonnenschein auf ihrer Haut, was ihrem Aufenthalt die Schwere nahm. Ohne Holly und ihn hätte sie längst ihre Zelte abgebrochen, um nach Frankreich zurück zu gehen. Wie konnten ihr zwei Fremde in wenigen Tagen so ans Herz wachsen? Das Leben war seltsam, sobald man seine Komfortzone verließ. Ihr Handy vibrierte, als eine Nachricht einging.

Hi, hast du Lust, morgen mit mir Kaffeetrinken zu gehen? – Holly

Rose seufzte. Die Neugierde musste ihre neue Freundin fast umbringen. Schnell checkte sie ihre E-Mails und sah, dass ihre Buchung für das Häuschen bestätigt war und sie früher einchecken konnte.

Leider habe ich bereits Pläne, aber wie wäre es mit einem Mittagessen? – Rose

Gerne! – Holly

Sie kannte sie gut genug, um zu wissen, dass sie sich mehr Auskunft erhofft hatte, doch Rose war noch nicht bereit über Kai und sich zu sprechen, dafür war es zu frisch. Müdigkeit überrollte sie wie eine Welle, weshalb sie unter die Bettdecke kroch und ihre Augen schloss.

*****

Ruhe erfüllte sie am nächsten Morgen, als sie die Tür zum Cottage aufschloss. Das Innere war urig mit dunklen Böden und Steinmauern. Es gab eine kleine Küche, ein Wohnzimmer mit einem dunkelgrauen Sofa, einen Schreibtisch sowie Holzofen, ein Schlafzimmer in hellen Tönen und ein türkisfarbenes Bad. Gestern hatte sie beschlossen, dass sie einige Stunden am Tag arbeiten würde, um sich von Lola abzulenken. Thoma hatte nichts dagegen gehabt, als sie ihm per Nachricht über ihren Entschluss, länger in England zu bleiben, informierte. Auch in Frankreich war sie manchmal im Homeoffice tätig. Ihre Arbeit konnte sie überall erledigen, insofern sie ihren Computer hatte. Lucie stand zu ihrer Verfügung, falls sie etwas aus dem Archiv benötigen würde. Das hatte sie ihr per Mail mitgeteilt. Leider waren noch nicht alle Akten digitalisiert worden. Als sie gerade ihren Koffer hinein schob, klingelte ihr Telefon.

»Salut«, nahm Rose leicht gestresst den Anruf entgegen.

»Hallo, meine Engländerin! Wie läuft es mit dem Handwerker?«, fragte Lucie vergnügt. »Leider komme ich jetzt erst dazu, dich anzurufen. Dein Vater wird es dir nicht gesagt haben, aber es herrscht Chaos im Büro. Es ist gut, dass du wieder arbeitest.«

»Ich freue mich, wieder einen regelmäßigeren Tagesablauf zu haben, so seltsam das klingt«, entgegnete Rose, während sie die erste Frage ignorierte, um ihre Freundin zu necken.

Lucie räusperte sich. »Wegen der Arbeit rufe ich dich nicht an. Gibt es Updates zu deinen Postboten, die du mit mir teilen willst? Vergiss nicht, ich bin eine Single-Frau in Frankreich, die aufgrund ihrer Modeleidenschaft pleite ist, und keinen Mann findet, der zu ihr passt.«

»Appellierst du an mein Mitgefühl, damit ich mehr von meinem Leben preisgebe?«, fragte Rose lachend, während sie den Koffer ins Schlafzimmer trug.

»Warum? Funktioniert es?«, sagte sie theatralisch. »Habe ich erwähnt, dass es ohne dich sehr schlimm in Frankreich ist?«

»Na gut«, gab Rose klein bei. »Wir haben miteinander gegessen und eines führte zum anderen.«

»Schreibe nie einen Roman oder wenn du den Drang zum Schreiben verspürst, nur ein Sachbuch«, meinte

Lucie trocken. »Da fehlen eindeutig einige Details, um es interessanter zu machen.«

»Oh, nein! Die bekommst du von mir nicht. Ich habe dir eindeutig zu viel verraten«, wehrte sich Rose.

»Du bist eine Spielverderberin, aber es freut mich, dass du auf deine Kosten gekommen bist«, entgegnete Lucie. Ihr Grinsen sah Rose fast vor sich. »Themawechsel: Wie läuft es mit der Suche nach Lola?«

»Keine Fortschritte. Die Spur hat sich im Sand verlaufen, aber wie sollte es anders sein? Ich weiß nicht, was ich mir dabei gedacht habe. Vielleicht, dass ich meine Mutter auf magische Weise finde?« Rose zuckte mit den Achseln, um dann mit dem Einräumen ihrer Kleider in den Schrank zu beginnen.

»Ich bin sicher, dass sich alles fügen wird, wenn du Geduld hast und in England bleibst. Etwas sagt mir, dass du deine Entscheidung nicht bereuen wirst«, bestärkte ihre Freundin sie. »Die Arbeit ruft, leider. Ich würde lieber mit dir weiterquatschen.«

Sie verabschiedeten sich, als Roses Handy erneut vibrierte. Holly hatte das Mittagessen verschoben, da sie schlecht geschlafen hatte, lud sie jedoch für morgen zum Abendessen zu sich ein, wobei sie hinzufügte, dass Kai bereits zugesagt hatte. Rose beugte sich ihrem Schicksal. Vermutlich würde Holly selbst im Kreißsaal noch Pläne schmieden, wie sie sich in das Leben der Stadtbewohner einmischen konnte. Bei der Vorstellung lachte sie und dachte daran, dass sie Kai davon erzählen musste. Der Gedanke an ihn brachte etwas in ihr zum Kribbeln, das mit ihnen war zwar noch frisch, aber vielversprechend. Bevor sie sich in Tagträumen verlor, schob sie diese zur Seite und widmete sich wieder ihrer Kleidung. Erneut trudelte eine Nachricht auf ihrem Handy ein.

Ich habe vergessen, dass ich heute bereits zugesagt habe, einem Freund zu helfen. Du hast mich ganz durcheinandergebracht, im guten Sinn natürlich. Hoffentlich bist du mir nicht böse. Sehen wir uns morgen Abend bei Holly? – Kai

Sie schrieb ihm, dass er sich keinen Kopf machen solle und sie sich auf das Essen freue. Ihre Pläne hatten sich in Luft aufgelöst, weshalb sie beschloss, einkaufen zu gehen und es sich nachher bei einem guten Buch am Kaminfeuer bequem zu machen. Auch wenn sie Kai gerne gesehen hätte, würde sie den ruhigen Abend genießen.

***

Einen Tag später klopfte sie an Hollys Tür, an der ein Tannenkranz mit Schleifchen hing. Kai hatte ihr mitgeteilt, dass er sich verspäten würde, sie aber vorgehen solle. Rose hatte erst heute bemerkt, dass der Dezember Einzug gehalten hatte. Es war kalt, sie fror in ihrem Mantel, obwohl sie ein rotes Kaschmirkleid trug. Die Tage waren für sie wie im Rausch verflogen. Bald nahte Weihnachten, das sie bisher immer mit Mamie und Thoma verbracht hatte. Doch sie wusste nicht, ob ihr Vater und sie gemeinsam feiern würden. Sie musste mit ihm darüber sprechen, aber sie schob es ständig hinaus.

Am Nachmittag hatte sie die Suche nach Lola auf Peterlee, einer der Koordinaten auf den Postkarten, ausgedehnt. Das Ergebnis, war wie erwartet: Eine kleine, englische Stadt, in der sie nichts zu ihrer Mutter zu führen schien. Ihre Erwartungshaltung war klein gewesen, trotzdem spürte sie eine leichte Enttäuschung. Hoffnung konnte verräterisch sein, denn diese ließ die Tür zu ihrem Herz stets einen Spaltbreit offen.

»Schön, dass du da bist. Komm herein«, begrüßte Holly sie erfreut, als sich die Tür öffnete und Rose aus ihren Gedanken riss. Ihre Freundin war in ein smaragdgrünes Kleid gekleidet, was ihre Augen zum Strahlen brachte.

»Danke für die Einladung. Ein kleines Geschenk für euch«, erwiderte die Angesprochene, um ihr dann Wein sowie eine Schachtel Pralinen in die Hände zu drücken.

»Vielen Dank, das wäre nicht nötig gewesen. Kai müsste jeden Moment kommen«, zwitscherte Holly, während Rose eintrat und ihren Mantel an der Garderobe aufhängte. »Darf ich dir meinen Ehegatten Archibald, genannt Archie, vorstellen?«

Ein dünner Mann mit Glatze, grünen Augen und blondem Bart lächelte sie an, wobei er eine Zahnlücke offenbarte. Passend zum Outfit seiner Frau trug er eine gleichfarbige Krawatte. Archie war fast gleich groß, wie sie, bemerkte Rose, als sie ihm die Hand gab. Sein Handschlag war erstaunlich fest und sie entdeckte ein Grübchen auf seiner linken Wange.

»Es freut mich dich kennenzulernen«, sagte er gutmütig. »Meine Frau spricht ständig von der netten Französin, mit der sie sich angefreundet hat. Weißt du, dass sie dich mit Kai verkuppeln will? Nur als kleine Vorwarnung, falls du es noch nicht bemerkt haben solltest.«

Es fiel Rose schwer ein Pokerface zu bewahren, vor allem, weil ihre Versuche von Erfolg gekrönt waren, was ihre Freundin jedoch noch nicht wusste. Das mit Kai und ihr fühlte sich noch zu frisch an, um es mit ihrer Freundin zu teilen. Es war anders, wenn sie mit Lucie darüber sprach, denn Holly würde sofort eine große Sache daraus machen. Dafür war sie noch nicht bereit.

»Archie, was redest du da? Hör nicht auf ihn«, funkte Holly dazwischen und ging Richtung Esszimmer.

»Danke für den Hinweis«, flüsterte Rose an ihn gewandt, als sie der Schwangeren folgten.

»Sie sucht sich immer ein neues Projekt, was sie mir zwar nicht verrät, aber ich erkenne die Anzeichen«, wisperte er verschwörerisch.

»Was tuschelt ihr da hinter meinem Rücken?«, beschwerte sich Holly, um sich dann umständlich umzudrehen.

»Ich habe nur davon erzählt, dass du gerne Menschen adoptierst und sie wie Familienmitglieder behandelst«, beteuerte er unschuldig und hauchte ihr einen Kuss auf die Wange.

Misstrauisch sah Holly ihn an.

»Und ich habe daraufhin gesagt, dass wir gleich auf einer Wellenlänge waren«, sprang Rose ihm zur Hilfe.

»Ihr verbündet euch gegen mich. Na gut, bewahrt euer kleines Geheimnis«, murmelte die Schwangere argwöhnisch.

»Das sieht wundervoll aus!«, lenkte Rose vom Thema ab, als sie den liebevoll dekorierten Esszimmertisch sah. Die roten Servietten waren zu Sternen gefaltet, es gab einen weihnachtlichen Tischläufer und sogar Kerzen. Es sah wie aus einer Weihnachtsedition von *Schöner Wohnen* aus.

Sofort hellte sich Hollys Miene auf. »Freut mich, dass es dir gefällt. Ich komme gleich.« Sie huschte in die Küche, sodass Rose mit Archie zurückblieb.

»Ich glaube, ich mag dich«, bemerkte er mit einem Augenzwinkern.

»Freut mich, dass ich für *gut* befunden wurde.« Ihre Mundwinkel verzogen sich zu einem Lächeln. »Holly hat mir erzählt, dass du beruflich viel weg von Lovely Hills bist.«

»Ja, ich arbeite in einem Büro eines IT-Unternehmens. Früher bin ich jeden Tag gependelt, doch die Arbeit hat sich verdreifacht, weshalb der Betrieb mir eine Einzimmerwohnung in der Nähe besorgt hat. Der CEO fällt krankheitsbedingt für einige Monate aus, da bin ich eingesprungen. Das zusätzliche Geld können wir gut gebrauchen. Zwei Tage die Woche arbeite ich von zu Hause aus. Sobald das Kind da ist, werde ich weniger vor Ort und mehr daheim bei meiner Familie sein.« Er zuckte mit den Achseln. Das hörte sich vernünftig an. Überhaupt schien Archie besonnen zu sein, was ihn ihr gleich sympathischer machte. Ein Ausgleich zu Holly, obwohl beide gerne redeten.

Ein lautes Poltern erklang aus Richtung Küche und Rose sah sich erschrocken um. Sie vernahm ein Fluchen, das verdächtig nach Holly klang.

»Sollen wir ihr helfen?«, erkundigte sie sich besorgt.

»Oh, nein. Die Küche ist ihr Revier. Diesen Fehler mache ich nicht zweimal. Sie wird rufen, wenn sie mich braucht«, erwiderte Archie, während er sich gegen die Wand lehnte.

»Was hast du angestellt?«, hakte Rose amüsiert nach.

Archie sah sich mit Schalk in den Augen um, bevor er flüsterte: »Ich habe die Ofentür geöffnet, als sie gebacken hat.«

»Lass mich raten; der Kuchen ist zusammengestürzt?«

Er nickte zerknirscht. »Seitdem bin ich verbannt, wenn sie am Werkeln ist. Ich kann es ihr nicht verübeln. Auf der Arbeit, da kommandiere ich, aber das endet, sobald ich über die Türschwelle in diesem Haus gehe, denn hier regiert Holly. Solange ich meine To-dos erledige, ist alles gut und ich habe Zeit, meinem Hobby nachzugehen.«

Rose prustete los. »Sie schreibt dir Listen?«

»Psst! Das bleibt unter uns.« Gutmütig zwinkerte er ihr zu. »Holly ist eine tolle Frau, solange sie glücklich ist, bin ich es auch. Außerdem hat sie es mit mir nicht immer leicht. Ich kann pragmatisch sein oder bin mit dem Kopf in den Wolken. Zwei linke Hände habe ich auch und die Haare sind mir schon lange ausgefallen.«

»Du hast vorhin ein Hobby erwähnt?«, fragte sie amüsiert über seine Ironie nach.

»Ich schreibe gerne Poetry-Slam. Kai, der übrigens unser Mann für alles ist, und Holly bedrängen mich, diese zu veröffentlichen, aber ich bin mir unsicher. Vielleicht werde ich es eines Tages tun. Meine Frau kann sehr überzeugend sein, deshalb haben wir auch geheiratet.« Bevor Rose darauf reagieren konnte, sprach er weiter. »Holly hat mir erzählt, dass du deine Mutter suchst, die eine Künstlerin ist. Kai hat die Fotos

der Postkarten an mich gesendet. Ich habe mich umgehört und diese herumgezeigt, aber niemand scheint
eine Lola zu kennen oder eine Künstlerin mit diesem
Namen in Verbindung zu bringen.«

»Danke für den Versuch«, entgegnete Rose überrumpelt, da sie nicht gewusst hatte, dass er die Bilder an
mehrere Personen weitergeleitet hatte.

»Ihr habt meinen Namen erwähnt?«, erklang Kais
Stimme hinter ihr. »Die Haustür war nur angelehnt, da
habe ich mir erlaubt einfach hereinzukommen und sie
hinter mir zu schließen.«

Rose, die ihn nicht gehört hatte, erschrak und drehte
sich um. Seine roten Haare waren mit Gel gebändigt,
was ihm gut stand, aber sie vermisste den ungezähm-
ten Look.

»Ich habe ein *Händchen* dafür deinen Puls in die
Höhe zu bringen«, merkte er an. O, ja, das hatte er. Die
Zweideutigkeit in seinen Worten war beabsichtigt, das
sah sie ihm an. Wenn sie daran dachte, was er im Bett
alles mit ihr angestellt hatte, wurde sie rot. Sie bemerkte einen Blickwechsel zwischen Kai und Archie,
der sie misstrauisch werden ließ. Zwar schwiegen sie,
aber es war eindeutig um sie gegangen.

»Was war das?«

Unschuldig sahen sich die beiden an. »Was war *was*?«,
fragten sie unisono.

Rose verschränkte die Arme vor der Brust, während
sie ihr strengstes Anwaltsgesicht aufsetzte.

»Ja, es war ein typischer Männerblick, der so viel heißen soll wie: Sie ist heiß. Läuft da was?«, gab Kai mit
schelmischem Lächeln zu.

»So schnell knickst du ein? Mann, du musst noch viel lernen«, meinte Archie mit einem gespielt enttäuschten Gesicht.

»Ich kann nicht lügen, das weißt du doch. Deswegen wurde ich beim Spicken in der Schule immer erwischt, während du Glück hattest oder dich herausreden konntest«, wich Kai aus. Sie ahnte, dass ihre gemeinsame Nacht nicht lange ihr Geheimnis bleiben würde, dafür mischten sich die Bewohner von Lovely Hills viel zu gerne in das Privatleben ihrer Mitmenschen ein.

»Wer war der Liebling der Lehrer?«, konterte Archie.

Amüsiert folgte Rose dem Schlagabtausch zwischen den zwei Freunden. Sie fühlte sich pudelwohl, als wäre sie schon lange Teil der Gruppe. Hin und wieder bemerkte sie, wie Kai sie ansah. In seinen Augen lag das Versprechen, dass sie die heutige Nacht nicht alleine verbringen würde.

»Zurück zum Thema Lola. Meine Bekannte aus der Kunstszene hat mich kontaktiert«, begann Kai, was sie schlagartig aus dem imaginären Bett wieder in die Realität zurückholte. Gab es Hinweise oder eine Spur, die sie endlich zu ihrer Mutter führen würden?

Kapitel 19

»Erzähl schon, was hast du erfahren?«, fragte Rose. Ihr Herz schlug schneller und ihre Handflächen wurden feucht.

Kai zog eine Grimasse, was ihr alles verriet. »Sie wird nicht aufgeben und die Bilder weiterhin vorzeigen.«

Ihre Laune sackte ab. Am liebsten wäre sie nach Hause gegangen, doch sie wollte sich nicht von einem weiteren Rückschlag beherrschen lassen. Sie war bei Holly zu Gast, die sich viel Mühe gegeben hatte. War es so schlimm, wenn sie eine Familie mit einer anderen eintauschen würde?

»Kai, was hast du angestellt? Sie sieht so traurig aus, dass ich sie am liebsten drücken würde«, bemerkte Archie, während er sich über die Glatze fuhr. »Rose, wir finden deine Mutter. Es ist nur eine Frage der Zeit, soweit ich weiß, suchst du noch nicht lange.«

»Ihr habt recht. Es ist lieb von euch, wie ihr mich unterstützt. Ich bin naiv, weil ich mir Hoffnung mache«, offenbarte Rose mit einem traurigen Lächeln. Doch das Mitgefühl in den Augen der Anderen hob ihre Laune.

»Du bist nicht blauäugig, nur weil du hoffst, deine Mutter zu finden«, erklang Hollys Stimme hinter ihr. »Ich kann mir gar nicht vorstellen, wie es sein muss, das eigene Kind zurückzulassen. Wir tragen die Botschaft nach außen, irgendwann wird sie Lola zu Ohren kommen. So groß ist die Insel nicht.«

»Danke Holly«, sagte Rose, gerührt über ihre Worte, und wandte sich ihr zu.

Ein Flüstern ließ sie jedoch wieder zu den Männern blicken. Diese starrten mit zuckenden Mundwinkeln zu Boden, um sie nicht anzusehen.

»Es tut uns leid, aber *die Botschaft nach außen* tragen, klingt nach Sekte«, erklärte Archie, um dann wieder loszuprusten.

»Stell dir vor, wie viele Anhänger diese Gemeinschaft hätte, wenn Holly das Oberhaupt wäre. Niemand könnte sich ihr entziehen«, führte Kai aus, wobei er ihr einen entschuldigenden Blick zuwarf.

Wider Willen musste Rose schmunzelnd. Sie fragte sich nicht zum ersten Mal, wie es die Bewohner von Lovely Hills schafften, eine Leichtigkeit in ihr Leben zu bringen. Die dunkle Wolke über ihr war verschwunden.

»Ihr Kindsköpfe solltet euch was schämen«, brummte Holly, die sie tadelnd anstarrte. »Holt das Essen, da könnt ihr wenigstens nichts falsch machen.«

Die Männer schienen froh darüber zu sein, sich einen Moment sammeln zu können, denn sie eilten in die Küche.

»Ich entschuldige mich für die beiden. Als Taktgefühl verteilt wurde, haben sie nicht aufgepasst. Männer, ich sage es dir! Dank ihnen bin ich jedoch bestens auf ein Kind vorbereitet. Standpauken habe ich zur Genüge gehalten, wenn sie etwas Dummes angestellt hatten, was oft genug vorgekommen ist. Einmal haben sie sich zusammen ein Motorrad gekauft. Eine absolute Schrottkiste war das, aber sie waren felsenfest davon überzeugt, es wieder in seinen Ursprungszustand zurückversetzen zu können, um es für viel Geld weiterzuverkaufen. Bei der Vorverkaufs-Probefahrt haben sie den Auspuff verloren, die Maschine hat gebockt und Kai hat sich fast den Arm gebrochen«, erzählte Holly mit einem Kopfschütteln, um sich dann umständlich zu setzen.

Rose ließ sich ihr gegenüber nieder, doch bevor sie etwas erwidern konnten, betraten die Männer wieder das Esszimmer. Kai hielt einen dampfenden Topf in den Händen, während Archie einen Brotkorb trug. Es roch nach würzigem Stew.

»Hoffentlich hast du dir nicht zu viel Mühe gegeben«, sagte Rose stattdessen mit einem Anflug von schlechtem Gewissen, immerhin war Holly hochschwanger.

Holly winkte ab. »Papperlapapp. Der Eintopf nach dem Rezept meiner Großmutter ist schnell zubereitet und vor allem vegetarisch. Er schmeckt beinahe so gut wie im Inn.«

»Ich bin sicher, dass er besser ist«, erwiderte Rose, um sich einen Teller vollschöpfen zu lassen. Sie schluckte, denn die Portion reichte, um einen gestandenen Mann sattzubekommen.

»Willst du tauschen?«, fragte Kai sogleich, der sich neben sie gesetzt hatte, und bot ihr seine leere Schale an. Ein warmes Gefühl durchströmte sie, weil er so aufmerksam war. Sie nickte und erhielt daraufhin ein Viertel der vorherigen Menge.

Rose nahm einen Löffel vom Gericht. Das Gemüse war bissfest und der Eintopf gut gewürzt. Sie wusste, dass diese Art von Essen sie immer an England erinnern würde. »Sehr lecker.«

Die Schwangere senkte verlegen den Blick auf den Tisch, bevor sie weiter aß. Scheinbar konnte diese mit Komplimenten nicht gut umgehen, was irgendwie niedlich war, weil es für sie nicht zu Hollys quirliger Art passte.

»Stille am Tisch bedeutet, dass es allen schmeckt«, verkündete Archie mit einem Lächeln. »Mir ist vorhin etwas eingefallen. Holly, bist du noch mit dieser Susan befreundet, die den Jungen mit Autismus hat?«

Seine Frau nickte, da sie den Mund voll hatte.

»Soweit ich mich erinnere, liebt er Kunst über alles und sie ist viel mit ihm auf regionale Ausstellungen gegangen. Vielleicht erinnern sie sich an eines der Bilder?« Archie schöpfte sich eine weitere Portion heraus, während Rose an ihrer bereits zu kämpfen hatte.

»Es ist einen Versuch wert. Ich werde ihr nach dem Essen schreiben«, bemerkte Holly nachdenklich. »Doch versprich dir nicht zu viel davon.«

»Ich bin über jeden Hinweis froh«, entgegnete Rose, die es sich verbot, erneut Hoffnung zu schöpfen. Sie spürte sanft eine Berührung auf ihrem Knie, fast so, als wollte er ihr Trost spenden. Unauffällig sah sie Kai kurz an, bevor sie weitersprach. »Wie habt ihr euch eigentlich alle kennengelernt?«

»Kai und ich waren in der gleichen Klasse, zum Schaden der Lehrer. Wir waren die Klassenclowns und sind wie Brüder aufgewachsen. Holly ist zwei Jahre jünger, aber wir haben alle die Schule in Lovely Hills besucht. Die Stadt ist klein, da kennt sich jeder.« Archie nahm sich ein Stück vom Brot.

»Wie haben Holly und du zueinandergefunden?«, fragte Rose weiter.

»Also, Holly ist mir wie ein Hündchen überall nachgelaufen ...«, begann Archie, um dann zusammenzuzucken, als hätte ihn jemand getreten. Rose verkniff sich ein Lachen, als er fortfuhr. »Wir saßen zufällig nebeneinander im Bus und haben angefangen uns zu unterhalten. Die Fahrt verging wie im Flug, als wir ausstiegen, spritzte uns ein Auto nass. Sie tat mir leid, wie sie so empört dastand, da habe ich sie auf eine heiße Schokolade eingeladen.«

»Seitdem ist er mich nicht mehr losgeworden«, ergänzte Holly fröhlich. Er warf ihr einen Blick zu, den Rose als *Bist du mit dieser Version der Geschichte zufrieden?* interpretierte.

Der Abend verging wie im Flug. Es wurde gelacht und herumgeblödelt, bis Roses Mundwinkel schmerzten und selbst als Hollys Freundin ihr bei der Suche nach Lola nicht weiterhelfen konnte, vermieste ihr dies nicht die gute Laune. Sie hakte es ab, während sie Archies miesen Witze oder den ausschweifenden Geschichten der Schwangeren zuhörte. Hin und wieder warf ihr Kai einen Blick zu, als könnte er es nicht mehr erwarten, mit ihr allein zu sein. Sie speicherte all die vielen kleinen Momente in ihrem Herzen ab, um in schlechten Tagen von ihnen zu zehren. Irgendwann blinzelte Holly immer öfter müde, was für Rose ein Zeichen darstellte, dass sich der Abend dem Ende neigte.

»Ihr müsst nicht gehen. Bleibt noch ...« Ein Gähnen unterbrach die Worte der Schwangeren.

»Danke für die Einladung und ich wünsche euch eine gute Nacht«, erwiderte Rose. Sie umarmte Holly sowie Archie zum Abschied, bevor sie gemeinsam mit Kai das Haus verließ.

Obwohl der Himmel wolkenverhangen war, entdeckte sie einige Sterne. Es war kalt, sodass ihr Atem kleine Wölkchen bildete. Durfte sie sich wünschen, dass ihr Glück andauerte und sie sogar ihre Mutter finden würde? Ihr Leben hatte sich um 180 Grad gedreht, aber sie war gespannt, wie sich alles wie bei einem Puzzle fügen würde.

»Bist du auch müde?«, fragte Kai.

Rose biss sich auf die Lippen. »Nein, und du?«

Er schüttelte den Kopf, nahm ihre Hand und zog sie weg von der Einfahrt, bis er sie unbeobachtet küssen konnte. Sein Mund schmiegte sich an ihren, seine Arme umfassten sie und es fühlte sich wie Heimkommen an. Dieser Moment, dieses Gefühl musste sie sich für schlechtere Tage bewahren, sie verschloss es tief in sich, wo sie es finden würde. Sein holziger Geruch umschmeichelte sie, weshalb sie sich fester an ihn schmiegte.

»Das wollte ich schon den ganzen Abend tun«, wisperte er an ihrem Ohr.

»Ich auch«, gestand Rose, um ihn dann einen weiteren langen Kuss zu geben. Eine Gänsehaut überzog ihren Körper und ihre Mitte fing an zu kribbeln.

Wenn sie so darüber nachdachte, wie vertraut es sich mit ihm anfühlte, obwohl sie sich erst seit so kurzer Zeit kannten, war es seltsam. Aber nicht immer konnte man alles erklären. Kai hatte sich ihrer angenommen, war zuverlässig und hielt sein Wort. Er schaffte es, tief in ihr etwas zu berühren, ihr Hoffnung zu geben, um auf das Morgen zu hoffen. In seinen Augen sah sie unzählige Möglichkeit, die sie alle aus ihrer Komfortzone lockten und an Wunder glauben ließ. Seine Nähe machte sie süchtig, etwas, was sie lange nicht mehr empfunden hatte.

»Gehen wir zu mir?«, fragte er mit heiserer Stimme.

Rose nickte. Er zog sie weiter, von Laterne zu Laterne, bis sie atemlos waren.

»Wo ist dein Auto?«

»Wir laufen, damit uns nicht kalt wird«, antwortete er lachend. »Es steht zu Hause.«

Wider Willen grinste sie, als sie Hand in Hand weiterliefen, abwechselnd in Schatten und Licht getaucht. Sie fühlte sich frei und unbeschwert, etwas, das sie lange nicht mehr empfunden hatte. »Du bist albern!«

»Das weiß ich«, erwiderte er, um abrupt stehen zu bleiben und ihr einen Kuss zu schenken. In diesem Moment öffnete der Himmel seine Schleusen und überschüttete sie mit seinen Tränen. Sie unterdrückte einen Aufschrei, um nicht die ganze Nachbarschaft zu wecken, stattdessen drückte sie ihre Lippen für einen Augenblick fester auf Kais. »Los, weiter! Sonst erkälten wir uns.«

Plötzlich stand ihre Welt kopf, denn er hatte sie sich über die Schulter geworfen und begann zu laufen. Ein Lachen perlte aus ihr heraus. Sie mochte diese verspielte Seite an ihm. »Lass mich los, sonst zerrst du dir noch was.«

»Das ist die Aufwärmübung vor dem eigentlichen Training«, erwiderte er lachend, bevor er sie wieder herunterließ. Sie waren vor seiner Eingangstür angelangt. Das Licht der Laterne fiel auf sein Gesicht und offenbarte seinen hungrigen Blick. Kai öffnete die Tür. Gemeinsam traten sie ein, die helle Deckenlampe ließ sie blinzeln. Mit einer geschmeidigen Bewegung zog er sie an sich, fuhr über ihre Oberschenkel und –

»Kai, warte«, unterbrach Rose ihn. So leicht ihre Gedanken vorhin gewesen waren, sie schuldete ihm die Wahrheit, bevor das, was auch immer zwischen ihnen war, ernster wurde. »Ich muss dir etwas sagen.«

Verwirrt blinzelte er und ließ sie los. »Jetzt? In Ordnung.«

»Mein Nachname ist nicht Vinet, sondern De Benoit«, offenbarte sie ihm. »Ersteres ist der Mädchennamen meiner Mutter, den ich hier angenommen haben. Meine Familie verkehrt in bestimmten Kreisen, da wollte ich keine Aufmerksamkeit auf mich lenken.«

Er runzelte die Stirn. »Was bedeutet das? Seid ihr Verbrecher oder gar bei der Mafia?«

»Nein, das habe ich damit nicht gemeint.« Obwohl er nicht so falschlag, wenn man die Gründungsgeschichte von Großvaters Kanzlei betrachtete. »Sagen wir einfach, man kennt meine Familie in Frankreich.«

»Oh, ihr habt Geld?«, fragte er geradeheraus.

Rose schnaubte. »Ja, so könnte man es auch nennen.«

»Macht das glücklich?« Seine Stimme klang ernst, als er dies aussprach und ihre Hand nahm.

Sie schüttelte den Kopf. »Ich würde alles dafür geben, wenn meine Großmutter noch am Leben wäre oder ich Lola finden würde.« Vielleicht hätten Thoma und sie ohne ihr Vermögen eine andere Verbindung zueinander. »Du warst ehrlich zu mir, da wollte ich die Karten auf den Tisch legen.«

»Vermisst du das privilegierte Leben, das du in Frankreich sicher führst?«, hakte er nach.

»Ich wohne in einer seelenlosen Wohnung, meine Arbeit erfüllt mich nicht und ich passe dort nicht mehr hin«, meinte sie gedankenverloren. »Ich habe in den letzten Tagen mehr gelacht als sonst in Monaten.«

»Dann ist das alles, was ich für den Moment wissen muss.« Ein Lächeln breitete sich auf seinen Lippen aus. »Hast du noch etwas auf dem Herzen?«

Anstelle einer Antwort küsste sie ihn, wobei sie versuchte, all ihre Gefühle da hineinzulegen und sich nur zu bereitwillig ins Schlafzimmer entführen ließ.

KAPITEL 20

Die Wochen vergingen wie im Rausch. Sie arbeitete, wie mit ihrem Vater abgesprochen, vom Cottage aus. Die Kaffeepausen verbrachte sie mit Holly, die sich wider Erwarten Nachfragen verkniff, ob Kai und sie sich nähergekommen waren, dafür aber vor allem ihr Kind sowie die nahende Geburt im Kopf hatte. Rose sah Kai an den Abenden und Wochenenden, wobei sie mehr Zeit im Bett als unterwegs verbrachten. Manchmal besuchten sie die Städte, die aus Lolas Koordinaten hervorgegangen waren, wobei sie sich hauptsächlich auf Berwick-upon-Tweed konzentrierten in der Hoffnung, auf Lola zu treffen. Auch wenn sich diese nie bewahrheitete, beruhigte es ihr Gewissen, dass sie weiterhin nach ihr Ausschau hielt. Sie lernte, zu akzeptieren, dass sie ihre Mutter erst finden würde, wenn die Zeit dafür reif war. Hin und wieder besuchte sie Kai auf der Poststelle, um mit ihm einen Kaffee zu trinken. Jedes Mal auf dem Rückweg verharrte sie ein wenig länger vor dem leerstehenden Geschäft, während ihre Gedanken den Schritt ins Ungewisse wagten. Doch sie zögerte, denn sie wusste nicht, ob ihre Zukunft in Lovely Hills lag, weshalb sie ihren Traum stets wieder wegschob. Und schließlich, bevor sie sich versah, nahte Weihnachten.

»Wo wirst du die Feiertage verbringen?«, fragte Holly, die von ihrem Tee trank. »Fährst du nach Frankreich oder bleibst du hier? Falls du Lust hast, bist du herzlich bei unserem Weihnachtsfest willkommen. Wir laden immer alle ein, die nicht wissen, wohin sie sollen, nicht allein sein oder einen Abend in netter Gesellschaft verbringen wollen. Kleine Info am Rande, Kai ist unser Stammgast.« Auf diesen Seitenhieb hatte Rose gewartet, doch ihr Lächeln war durch den Gedanken an die kommenden Feiertage getrübt.

»Vielen Dank für die Einladung. Leider weiß ich noch nicht, wie mein Plan aussieht.« Das erste Weihnachten ohne Mamie. Allein dies fühlte sich wie ein Stich ins Herz an. Es war Zeit das Telefonat mit ihrem Vater, das sie so lange hinausgeschoben hatte, anzugehen. Die reine Überlegung nach Frankreich zu fliegen, um in einem leeren Haus zu feiern, stieß sie ab. Mamie und sie hatten ihre Tradition gehabt, ein gemeinsames Brunchen mit anschließendem Shoppingtag. Am Weihnachtstag selbst gab es ein kleines Mahl, aber sie hatten stundenlang zusammengesessen und Geschichten über vergangene Tage erzählt. Manchmal hatte auch Jeri am Essen teilgenommen, wenn er die Festtage nicht mit seinen Eltern verbracht hatte. Ihr Vater hingegen hatte sich in seiner Arbeit vergraben, sodass sie oft ohne ihn gespeist hatten. Mamie hatte ihr einmal anvertraut, dass Lola dieses Fest liebte, weshalb ihn vieles daran an sie erinnern musste. »Es ist eine schöne Tradition, die ihr da habt.«

»Es war eigentlich die Idee von Archie«, begann Holly, während Rose gedanklich in Frankreich am Grab ihrer Großmutter war. Sie hatte es nach deren Tod erst einmal besucht und schnell gemerkt, dass sie in einem

Stein keinen Trost finden würde. Als Holly sich verabschiedet hatte, zückte Rose mit schwerem Herzen ihr Telefon, um die Nummer ihres Vaters zu wählen.

»Salut?«, nahm er nach wenigen Sekunden den Anruf entgegen. Im Hintergrund hörte sie Stimmgemurmel und Motorgeräusche. »Ist alles in Ordnung?«

Rose zögerte, bevor sie antwortete. »Ja, ich wollte nur wissen, wie es dir geht.«

»Dann ist ja gut. Gibt es ansonsten einen Grund für diesen Anlass? Ich habe nicht viel Zeit, da ich gleich in den Flieger steige.« Thoma klang angespannt, was bei ihm der Normalzustand war.

»Wie sehen deine Pläne für Weihnachten aus? Es ist das erste Jahr ohne Mamie«, fiel Rose mit der Tür ins Haus, um ihn nicht lange aufzuhalten.

»Oh, ich habe nicht gedacht, dass du so schnell wieder nach Frankreich zurückkommst, deshalb habe ich einer Geschäftsreise zugestimmt.« Er klang schuldbewusst, doch dies minderte seine Worte nicht.

»Du bist außer Landes?« Ihre Hoffnung, dass sie gemeinsam feiern würden, mochte sie auch so klein gewesen sein, verpuffte. Insgeheim hatte sie sich gewünscht, sich ihrem Vater wieder nähern zu können.

»Eine wichtige Fusion für unsere Firma«, entgegnete er, um dann kurz mit einer anderen Person zu sprechen. »Ist das alles?« Er behandelte sie wie einen unangemeldeten Geschäftsanruf. In ihr begann es zu brodeln.

»Rose?«

»Nein, das ist nicht alles«, antwortete sie aufgebracht. »Thoma, du bist mein Vater, aber nie für mich da. Es scheint fast so, als hätte das Geld deine Seele geraubt und alles andere ist dir wichtiger, als Zeit mit deiner Tochter zu verbringen. Du solltest gut darüber nachdenken, wie du deine Prioritäten setzt, denn du gehst durchs Leben, als hättest du keine Familie, aber das entspricht nicht der Wahrheit.« Ihre Stimme brach, obwohl sie es nicht wollte. Sie räusperte sich, mühsam um Fassung bemüht. »Mamie hat sich um mich gekümmert, war da, als du es hättest sein sollen. Doch du warst es nicht. Dieses Weihnachten ist nur ein Beispiel unter vielen. Deshalb werde ich in England bleiben und den Abend mit meinen neuen Freunden verbringen, denn es gibt niemanden, der in Frankreich auf mich wartet«, sprudelte es aus ihr heraus, während der Schmerz in ihr pochte. Klar, Lucie war eine treue Freundin, doch sie würde die Feiertage wie immer mit ihrer Familie verbringen. »Und meine Mutter habe ich noch nicht gefunden, danke der Nachfrage.«

»Ich habe keine Zeit –«

»Die hast du nie«, unterbrach ihn Rose aufgebracht. All die aufgestauten Gefühle, die sie jahrelang hinuntergeschluckt hatte, brachen aus ihr heraus. Tränen kullerten über ihre Wange, die sie wütend wegwischte. »Schönen Flug.«

»Du musst verstehen –«, setzte er an.

»Nein, das muss und werde ich nicht.« Sie schnaubte. »Zwischen uns liegt ein Graben, den du geschaffen hast, indem du abwesend warst. Es liegt an dir, diesen zu überwinden. Du weißt, wo du mich findest. Gib Acht, dass du nicht wirst, wie dein Vater.« Mamie hatte ihr oft erzählt, wie Thoma unter der strengen Hand des De Benoit Oberhaupts gelitten hatte.

»Wenn es dir wichtig ist, sage ich alles ab«, entgegnete er mit zögerlicher Stimme. »Ich hoffe, dass du deine Mutter bald aufspürst.«

Mit einem Mal war Rose unendlich müde, so als ob all die Emotionen sie aufgerieben hätten. »Es ist alles gut, wie es ist. Wir sehen uns im nächsten Jahr. Pass auf dich auf.«

»In Ordnung. Ich muss gehen.« Seine Stimme klang geschäftsmäßig. Wenig später war das Gespräch beendet und Rose spürte eine tiefe Resignation in sich. Die Beziehung zu ihrem Vater war kompliziert, sie durfte nicht erwarten, dass diese sich über Nacht ändern würde. Auch wenn sie es sich insgeheim wünschte.

Ein Klingeln an der Haustür riss sie aus ihren Gedanken. Sie öffnete die Tür und Kais Rotschopf erschien vor ihr. Er brachte den Duft von Eintopf mit. Verdammt, sie hatte die Zeit vergessen, aber der Tisch würde gleich gedeckt sein.

»Hi, hast du alles erledigen können?«

»Ja, ich habe alle meine Termine abgehakt. Mein Führerschein ist nun offiziell verlängert.« Er trat näher und gab ihr einen Kuss. »Ich könnte mich daran gewöhnen, öfter mit dir mittagzuessen.«

»Das klingt wunderbar.« Sie schmiegte sich an ihn, bevor sie aufstand und das Besteck holte.

Kai stellte die Behälter auf den Tisch und sie begannen zu essen. Der Eintopf war noch warm, aber sie hatte keinen Hunger, weshalb sie im Teller herumstocherte.

»Alles in Ordnung? Normalerweise verschlingst du den Stew immer«, bemerkte Kai stirnrunzelnd.

Sie sah in seine grünen Augen, die sie aufmerksam musterten und erzählte von Hollys Einladung. »Wirst du da sein?«

»Für mich ist es einer der schönsten Abende des Jahres. Ein gemütliches Beisammensein von unterschiedlichen Leuten, mit denen man oft weniger Kontakt hat. Jeder bringt etwas zum Essen mit, sodass es genug für alle gibt. Es würde mich freuen, wenn wir gemeinsam hingehen«, schlug er vor. »Außer du fliegst nach Hause?«

»Dort wartet niemand auf mich.« Sie schilderte ihm kurz das Gespräch mit ihrem Vater, während Resignation sich in ihr breit machte. »Ich muss es noch verdauen, aber werde es hoffentlich bald abgehakt haben.«

Sanft legte er ihr eine Hand auf den Arm. Seine Berührung ließ einen Teil des Schmerzes verblassen. »Du bist eine starke Frau, die sich trotz privilegierter Familie vielen Widrigkeiten stellen muss und mit beiden Beinen fest auf dem Boden steht.«

Rose wurde ob des unerwarteten Kompliments rot und in ihrem Bauch kribbelte es. »Jede Familie hat ihre Leichen im Keller. Ich begleite dich gerne auf die Feier.«

»Kleine Vorwarnung, die Gossip Gruppe von Lovely Hills wird heiß laufen und alle werden sich fragen, ob du meine Freundin bist.« Abwartend sah er sie an. »Bisher sind es nur Vermutungen, außer jemand hat in unseren Schlafzimmern eine Kamera aufgestellt.«

»Das muss ich mir gut überlegen«, erwiderte sie leichthin, während ihr Herz jubilierte. Es war zu früh, um alles in Worte zu fassen, was sie für ihn zu empfinden begann, aber die Richtung gefiel ihr gut.

»Das musst du tatsächlich. Falls für dich die Beziehung nicht exklusiv sein sollte, ist dies auch in Ordnung.« Sie hörte die Unsicherheit in seiner Stimme.

»Gehe ich damit irgendwelche Verpflichtungen ein?«, fragte sie scheinheilig, wobei sie sich ein Lächeln nicht verkneifen konnte.

»O, ja«, entgegnete er wieder selbstsicherer. »Küsse, Sex und alles, was dazwischenliegt. Natürlich bin ich auch ein guter Fang sowie ein gern gesehenes Mitglied dieser Gemeinschaft, weshalb die Begleitung zu gesellschaftlichen Verpflichtungen eine weitere Voraussetzung ist.«

Die dunkle Thoma-Wolke über ihr verschwand, ließ nur das Gefühl von Müdigkeit zurück, und die Sonne schien wieder in ihrem Innersten. »Ich glaube, dass sind sehr gute Konditionen.«

»Kannst du damit leben?«, fragte er gespielt ernst.

Rose stand auf, um sich auf seinen Schoss zu setzen. »Falls nicht, kann ich immer neu verhandeln.« Sanft küsste sie ihn. »Aber ich glaube nicht, dass ich das muss.« So schnell wurde Mr.Red zu Mr. Boyfriend und so, wie er sie ansah, war er in Stimmung ihre neue Verbindung gebührend zu feiern.

Kapitel 21

Die Tage reihten sich nahtlos aneinander, ohne, dass etwas Aufregendes geschah. Hin und wieder breitete sie die Postkarten ihrer Mutter vor sich aus, in der Hoffnung etwas übersehen zu haben. Zwar entdeckte sie stets neue Details, doch nichts, was ihr weiterhelfen konnte. Auch die gelegentlichen Ausflüge zu den Koordinaten brachten sie nicht weiter. Sie gab diese nicht auf, setzte ihr Augenmerk jedoch mehr auf ihr Leben mit Kai.

In Lovely Hills ging alles seinen gewohnten, ruhigen Gang. Das aktuellste Gesprächsthema war die Weihnachtsfeier bei Holly, die an diesem Abend stattfinden würde. Rose hatte ihre Haare frisch gewaschen, sodass die Locken schön fielen, und sich ein silbernes Kleid gekauft, das ihre Kurven umschmeichelte. Kai, der bei der Anprobe dabei gewesen war, hatte seine Augen nicht von ihr lassen können.

»Brauchst du noch lange?«, rief Kai, der bis jetzt geduldig auf sie gewartet hatte, und riss sie aus ihrer Erinnerung.

»Ich komme«, antwortete sie, sprühte sich Parfüm auf ihre Handgelenke, bevor sie das Zimmer verließ.

»Wow, du siehst toll aus«, rief Mr. Boyfriend, als er sie erblickte.

Geschmeichelt lächelte sie ihn an, während sie einen kurzen Blick in den Garderobenspiegel warf. Der helle

Lidschatten betonte ihre grauen Augen, das Rouge
machte sie frischer und der rosarote Lippenstift ihre
Lippen sinnlicher. Ihre Haare ließen ihr Gesicht weich
wirken, sodass sie fast wie eine Porzellanpuppe wirkte,
wenn ihre Nase nicht so spitz gewesen wäre.

»Ich wusste gar nicht, dass du *so* aussehen kannst«,
bewunderte er sie.

Rose lachte herzlich, denn seit sie in England wohnte,
hatte sie selten bis nie Make-up getragen. »Das ist der
Zauber einer Frau. Wir können uns von einer Raupe in
einen Schmetterling verwandeln, dafür braucht es nur
einige Farben.« Sie schmiegte sich an Kai, um ihn zu
küssen, doch er wich zurück und deutete auf ihre Lippen. »Keine Sorge, der ist kussfest.«

»Eine Frau, die mitdenkt, ist ganz nach meinem Geschmack. Immerhin haben wir heute unseren großen
Auftritt als Paar. Ich habe Archie gebeten, ein Foto von
Hollys Gesicht zu machen, wenn sie uns zusammen
sieht. Ich nenne das: alte Rechnungen begleichen.« Kai
nahm sanft ihre Hand.

»Ich vermute, Holly ahnt etwas«, sprach Rose ihre Gedanken aus. »Oder hat Archie ihr nichts erzählt?«

»Er war mir noch einen Gefallen schuldig«, meinte er
fröhlich, während sie ins Auto einstiegen und losfuhren. »Wie geht es dir?«

Die Angesprochene zuckte mit den Schultern, denn
ihre Gefühle waren ein einziges Kuddelmuddel. Die
letzten Tage hatte sie damit zugebracht, Thomas Worte
zu verdauen und sich mit dem ersten Weihnachtsfest
ohne Mamie abzufinden. »Ich bin froh, dass wir heute
eingeladen sind, denn es wird sicher ein schöner
Abend, gleichzeitig freue ich mich, wenn er vorbei ist.

Ich weiß nicht, ob das Sinn ergibt. Irgendwie hatte ich gehofft, dass ich Lola bis Jahresende finden würde, aber es sieht nicht danach aus. Ich habe dich an meiner Seite, weshalb alles nur halb so schlimm ist. Ist bei dir alles gut?«

»Ich verstehe dich, denn ich fühle ähnlich, deshalb bin ich hin- und hergerissen. Irgendwann, vielleicht wenn ich eine eigene Familie habe, werde ich mich wieder darauf freuen, anstatt Melancholie und Sehnsucht zu empfinden. Warum konzentrieren wir uns nicht auf den Augenblick, sowie die Gewissheit, dass wir dieses Fest gemeinsam überstehen und morgen ein neuer Tag anbricht?« Kai nahm ihre Hand, bevor er den Wagen in der Einfahrt parkte.

»Manchmal kommt es mir vor, als hätte Mamie dich geschickt, weil sie wusste, dass ich das alles allein nicht durchstehe«, offenbarte Rose, wobei sie ihn liebevoll ansah.

Anstelle einer Antwort küsste Kai sie auf die Stirn, was mehr ausdrückte, als Worte es vermochten. Gemeinsam stiegen sie aus, tauschten einen Blick, bevor sie auf die Klingel drückten.

»Auf in den Kampf«, murmelte Kai, was sie zum Lachen brachte und die Schatten, die auf ihrem Herzen lagen, vertrieben.

»Herzlich willkommen bei …«, rief Holly, als sie die Tür öffnete und einen Blick auf ihre ineinander verschlungenen Finger warf. »Ich wusste es! Es war nur eine Frage der Zeit, bis ihr euch offenbart. Ihr habt mir gerade das perfekte Weihnachtsgeschenk gemacht. Oh, wie ich es liebe, wenn ich recht behalte. Kommt herein, meine Turteltäubchen.«

Kai seufzte, sein Gesichtsausdruck zeugte von aufrichtiger Enttäuschung. Vermutlich hatte er sich auf sein Foto gefreut. »Ich war hier, darf ich wieder gehen?«

»Red keinen Unsinn«, plapperte Holly los, während sie beide umarmte und dann zusammen mit ihnen ins Haus ging. »Du weißt, dass das bei meinem Fest nicht möglich ist.«

Mit einem Lächeln auf den Lippen trat Rose ein, wobei sie sich ein *Ich habe es dir gesagt* verkniff, denn Hollys Antennen hatte sie lange schon auf dem Radar gehabt, davon war sie überzeugt.

»Woher wusstest du es?«, fragte Kai nach, als er die Jacke aufhängte.

»Bitte, ich bin eine Meisterin im Verkuppeln. Da kommt es auf die korrekte Methode an. Euch beide musste ich nur ein wenig in die richtige Richtung schupsen und dann keinen Druck mehr ausüben, damit ihr nicht rebelliert. Ich habe in euch den gleichen Sturkopf erkannt, der sich zu nichts zwingen lässt. Ich weiß es seit dem Abendessen bei uns. Auch wenn mein Ehemann sich redlich bemüht hat, euer Geheimnis zu wahren. Achtung Spoiler: Er ist nicht gut darin, Dinge vor mir zu verheimlichen.«

»Hi«, erklang Archies zerknirschte Stimme hinter ihnen. »Es tut mir leid, ich habe mein Bestes gegeben. Aber manchmal denke ich, dass meine Frau telekinetische Fähigkeiten hat.«

»Es ist in Ordnung«, bemerkte Kai mit einem schiefen Lächeln. »Frohe Weihnachten.« Die Männer verschwanden im Esszimmer, sodass Rose und Holly zurückblieben.

»Du wusstest, dass ich es weiß, oder?«, hakte die Schwangere nach.

Rose nickte amüsiert. »Ich habe ihn vorgewarnt, aber er hatte den perfekten Plan, da wollte ich ihm die Freude nicht daran nehmen.«

»Männer! Sie sind manchmal so einfach gestrickt« meinte Holly kopfschüttelnd. »Bist du glücklich mit ihm? Behandelt er dich gut oder muss ich ein Machtwort sprechen?«

»Kai ist ein Schatz. Ich hätte nie geglaubt, dass ich mich in England verliebe ...« Abrupt brach sie ab, als ihr bewusst wurde, was sie gesagt hatte. Ihre Wangen wurden rot. O nein, das ging alles viel zu schnell. Aber es war die Wahrheit, obwohl es fern jeglicher Logik war. Doch das Herz hörte nicht auf die Vernunft.

»So erwischt hat es dich also, da bin ich froh. Vielleicht bedeutet dies, dass du länger in England bleibst. Es wäre schade, wenn du gehen würdest, denn du bist mir eine gute Freundin geworden.« Holly sah sie nachsichtig an.

»Wir haben gebackene Kartoffeln mitgebracht«, wechselte Rose plötzlich das Thema, da sie ihr Geständnis nicht vertiefen wollte. Bereits jetzt entwickelte sich der Abend anders als erwartet. War es an der Zeit, Kai ihre Gefühle zu offenbaren oder sollte sie auf die Ratio pochen und abwarten?

Das Weihnachtsfest bei Holly war geprägt von Lachen und vielem Essen. Alles war weihnachtlich dekoriert. Das Esszimmer war bis auf den letzten Platz gefüllt, sodass es ständig lauter und lustiger wurde. Es war ein bunt gemischter Haufen aus Leuten verschiedener Altersklassen und der Tisch war reich gedeckt.

Obwohl es ein wunderschöner Abend war, sehnte sich Rose irgendwann nach Ruhe. Leichte Kopfschmerzen setzten ein, die für sie ein Zeichen waren, sich langsam zurückzuziehen. Holly hingegen blühte auf, war mit Archie an ihrer Seite die perfekte Gastgeberin, die für alle liebe Worte übrig hatte. Kai unterhielt mit seinen Witzen den ganzen Raum, weshalb Rose ihm zuliebe länger blieb. Doch als das Dessert gegessen war, der Wein ihr allmählich zu Kopf stieg und sie merkte, dass ihre soziale Batterie aufgebraucht war, wandte sie sich an Kai. »Ich werde langsam aufbrechen. Falls du bleiben möchtest, gehe ich zu Fuß oder rufe ein Taxi.«

Kai musterte sie, doch was er in ihrem Blick las, schien ihm zu genügen. »Ist es in Ordnung, wenn wir in einer Viertelstunde starten? Dann brechen wir nicht abrupt auf. Holly ist da ein wenig empfindlich.«

Rose nickte, da ihr dies recht war. Es hatte viel Zeit gebraucht, bis sie begriffen hatte, dass sie nicht wie alle anderen war. Ein Abend unter Fremden brachte sie schnell an ihre Belastungsgrenzen, auch wenn sie einige der Anwesenden bereits kannte.

»Ihr geht schon, wie schade!«, rief Holly wenig später enttäuscht.

»Verzeih mir, aber es hat mir sehr gut gefallen«, entschuldigte sich Rose und umarmte sie.

»Ist etwas vorgefallen?«, flüsterte Holly an ihrem Ohr.

»Nein, sei unbesorgt. Genieß den Abend und überanstrenge dich nicht«, erwiderte Rose, drückte ihre Hand, bevor sie sich bei allen verabschiedete.

Als sie die Haustür hinter sich schlossen und Stille sie umfing, atmete sie tief durch. Sofort fiel die Angespanntheit von ihr ab.

»Geht es dir nicht gut?«, erkundigte sich Kai besorgt.

Rose nickte beruhigend, während sie nach der korrekten Übersetzung suchte. Ihr Englisch war gut, doch dafür fehlten ihr die Worte. »Ich bin ambivertiert oder auch ein introvertierter extrovertierter Mensch. In einer großen Gruppe wird es mir manchmal zu viel, da setzt mein Fluchtinstinkt ein. Bei weniger Menschen, die ich alle gut kenne, passiert mir das nicht. Man könnte es so ausdrücken, dass meine innere Batterie leer wird und ich sie wieder aufladen muss.«

»Das ist ein Widerspruch«, bemerkte Kai mit einem schiefen Lächeln. »Passt aber irgendwie zu dir. Fahren wir nach Hause.« Er hielt ihr seine Hand hin, die sie gerne ergriff. Kurz herrschte Schweigen, als sie ins Auto einstiegen und losfuhren.

»Was wäre passiert, wenn wir nicht gegangen wären?«, fragte Kai. »Ich kenne solch einen Zustand nicht, deshalb interessiert es mich.«

»Nach außen hin gar nichts. Ich wäre immer stiller geworden, dafür hätte ich am nächsten Tag das Bedürfnis gehabt, mich irgendwo zu verkriechen und andere Menschen zu meiden, bis meine Batterien wieder voll sind. Du kannst es auch als sozialen Kater bezeichnen«, versuchte sie, ihre Gefühle in Worte zu fassen. Es war schwierig, etwas zu erklären, das untrennbar mit ihr verbunden war.

»Soll ich dich nach Hause bringen und allein lassen?« Auf Kais Stirn zeichnete sich im fahlen Licht der Laterne eine Falte ab und sie sah förmlich, wie es dahinter arbeitete.

»Bei dir wird meine Batterie nicht leer, sondern lädt sich sogar auf. Du gehörst mittlerweile zu meiner Komfortzone«, gestand ihm Rose, was einem Liebesgeständnis nahekam. Ihr lagen weitere Worte auf der Zunge, doch sie entschied sich dagegen, da sie diese nicht unüberlegt aussprechen wollte.

Laut lachte Kai los. »Ich glaube, das ist das größte Kompliment, das mir eine Frau jemals gemacht hat. Aber es freut mich, dass du so empfindest.«

Rose stimmte in sein Lachen ein. »Du hast gefragt, das ist die Antwort.«

Mittlerweile waren sie bei ihrem Cottage angelangt, doch Kai machte keine Anstalt auszusteigen. Stattdessen suchte er etwas auf dem Rücksitz. »Gefunden! Ich habe eine Kleinigkeit für dich.«

Sie hatte ihm eine neue Krawatte für den Abend geschenkt, ohne darüber lange nachzudenken. »Du musst mir nichts schenken.«

»Das wird dir gefallen, vertrau mir«, erwiderte er sanft und schaltete die Innenbeleuchtung im Auto ein. Er drückte ihr ein Papiersäckchen in die Hand. Es war schwerer als erwartet. Neugierig griff sie hinein, spürte ein unerwartetes Material und zog es hervor. Es war ein kleines Rechteck aus Holz, in der Größe seiner Handfläche, indem etwas eingeschnitzt war.

»Was ist das?«, fragt sie verwirrt, da sie sich keinen Reim drauf machen konnte.

»Du hältst es falsch«, belehrte er sie belustig und drehte es um. »Es ist ein Visitenkartenhalter, auf beiden Seiten habe ich kleine Bücher in einem Regal geschnitzt. Es ist dein erstes Geschenk zur Eröffnung deiner Buchhandlung, falls du dich dazu entschließt. Ich sehe doch, wie du sehnsuchtsvoll in das leere Schaufenster neben der Poststelle blickst. Ich habe bereits einen Namensvorschlag *Lola's Letters*, da sie dich zu mir nach England geführt hat.«

Sprachlos sah Rose ihn an, denn das war das schönste Geschenk, das sie jemals erhalten hatte. Schmetterlinge flatterten in ihrem Magen, wollten hinaus in die Welt und ihm endlich ihre Gefühle offenbaren.

»Ich weiß, du bist vermutlich andere Präsente gewohnt, doch die kann ich dir nicht bieten. Deshalb habe ich gehofft, dass ich dir damit eine Freude machen kann«, stammelte er, da sie schwieg.

»Ich liebe dich«, sprach sie die drei Worte endlich aus, die sie längst in ihrem Herzen trug. »Du hättest mir keine größere Freude machen können. Ich danke dir.«

»Ich liebe dich auch«, offenbarte auch Kai seine Gefühle, während sich ein strahlendes Lächeln auf seinem Gesicht ausbreitete. »Ich habe mich nicht getraut es auszusprechen, obwohl ich es schon seit einigen Tagen sagen wollte.«

Rose küsste ihn sanft, wobei sie all ihre Liebe rein packte. Es fühlte sich an, wie an einer Stelle in einem Liebesroman, wo sich alles langsam fügte. Musste sie Angst haben, dass diese Liebe vergänglich war? Doch war es mit dem Glück nicht genauso, wie mit einem Schmetterling, der schön anzusehen war, jedoch nicht mit Kraft festgehalten werden konnte?

»Wir nehmen jeden Tag, wie er kommt«, flüsterte Kai, als ob er ihre Gedanken gelesen hatte, und lehnte seine Stirn an ihre. »Die Zukunft formt sich im Heute, die Parameter für morgen sind unvorhersehbar.«

Vielleicht hatte Kai recht und sie sah die Dinge wieder einmal komplizierter, als sie es waren. Sie durfte nicht darauf warten, bis sich alles fügen würde, denn den perfekten Zeitraum gab es nie. War es an der Zeit, auf ihr Herz zu hören, anstatt auf ihren Verstand, wie man es ihr beigebracht hatte? »Danke, dafür, dass du so wunderbar bist.« Liebevoll umfasste sie sein Gesicht. »Ich werde es wagen und eröffne eine Buchhandlung in Lovely Hills!«

»Was? Das hast du jetzt einfach so entschieden?«, hakte Kai verwundert nach. »Seit wann bist du so spontan, oder ist das eine Seite an dir, die ich nicht kenne?«

Rose überlegte. »Jedes Mal, wenn ich am leeren Schaufenster vorbeigehe, verwehre ich mir meinen Traum, doch du gibst mir Mut nach den Sternen zu greifen und aus meinem Leben auszubrechen. Möglicherweise ist es ein Fehler, doch einer, denn ich machen will, um herauszufinden, ob ich es schaffen kann.«

»Ich habe ein Monster erschaffen«, murmelte Kai vor sich hin, aber sie sah sein Lächeln. »Wer bist du und was hast du mit meiner Freundin gemacht?«

Sie erwiderte: »Vielleicht kann ich in England, abseits von meiner Familie, eine neue Version meiner Selbst werden. Eine, die unüberlegte Entscheidungen trifft, ohne Angst vor den Konsequenzen zu haben.« Als sie es laut aussprach, regte sich ein Funken Verständnis für ihren Vater in ihr. Was, wenn er sich mit Lola frei gefühlt hatte, aber in seinem Elternhaus zurück in seine alten Muster gefallen war? In einer Welt, in der der Kopf über das Herz siegte und seine Flügel gestutzt wurden.

»Dann ziehst du es durch? Deine eigene Buchhandlung?«, erkundigte sich Kai und zog die Stirn in Falten.

Rose nickte, von ihrer eigenen Courage überwältigt. »Ja, es gibt kein Zurück, nur den Schritt nach vorn.«

»Du bist unglaublich«, flüsterte Kai, bevor er sie leidenschaftlich auf den Mund küsste. »Lass uns in die Wohnung gehen, dann zeige ich dir, wie stolz ich auf dich bin.«

Mit einem Lachen ließ sich Rose mitziehen, schon bald vertrieb Kais Mund auf ihrem jegliche anderen Gedanken.

KAPITEL 22

Am nächsten Tag erwachte sie in Kais Armen, ihr war viel zu warm. Manchmal glaubte sie an einem Kachelofen gekuschelt zu schlafen. Sie rückte ab, merkte jedoch schnell, dass sie nicht mehr dösen konnte. Ein Blick aufs Handy verriet ihr, dass es halb neun morgens war. Zudem leuchteten einige unbeantwortete Nachrichten auf. Lucie, Judith und sogar ihr Vater hatten ihr frohe Weihnachten gewünscht. Aus einem Impuls heraus stand sie auf, ging in die Küche, um Thomas Nummer zu wählen.

»Salut?«, erklang sogleich seine Stimme, die ihr zögerlich vorkam.

»Ich wollte dir auch ein frohes Fest wünschen«, sagte Rose vorsichtig, wobei sie sich wie ein kleines Mädchen fühlte, das etwas angestellt hatte.

»Lieb, dass du anrufst«, erwiderte Thoma, dann herrschte Schweigen in der Leitung.

Rose atmete tief ein, während sie sich innerlich fragte, warum es mit ihrem Vater so schwierig sein musste. Was hatte sie sich von diesem Gespräch erwartet? Möglicherweise sollte sie den ersten Schritt machen.

»Ich«, begannen beide gleichzeitig.

»Du zuerst«, meinte Rose mit einem Lachen.

»Du hattest recht. Es war falsch von mir die Geschäftsreise an Weihnachten zu planen. Ich habe nicht daran gedacht, nur den freien Termin gesehen. Deine Großmutter hat sich stets um diese Dinge gekümmert und sie in meinen Kalender eintragen lassen. Aber wir sind eine Familie, zuerst hätte ich an dich denken müssen«, gestand Thoma kleinlaut.

Überrumpelt blinzelte sie, denn ihr Vater war nicht für seine Einsicht bekannt, und setzte sich auf einen Sessel. »Ich habe mich im Ton vergriffen, das war unnötig. Aber es ist schön, dies von dir zu hören.«

»Gestern stand ich auf dem Flughafen, umgeben von Fremden und habe mich nach Hause gewünscht. Da habe ich verstanden, wie falsch ich lag. Hattest du wenigstens ein schönes Fest?«, erkundigte er sich.

»Eine Freundin hat uns zu einem Abendessen eingeladen. Alles war gut, aber es hat sich falsch angefühlt ohne Mamie ... und dich.« Endlich konnte sie ihre Gefühle von gestern in Worte fassen, die sie nicht zu greifen bekommen hatte.

»Uns? Gibt es jemand Neues in deinem Leben?«, fragte ihr Vater vorsichtig. »Ich habe immer gedacht, dass du und Jeri eines Tages heiraten würdet, aber so kann man sich täuschen.«

»Das Leben verändert sich, während man Pläne schmiedet. Er heißt Kai, vielleicht lernst du ihn eines Tages kennen oder hast du vielleicht Lust, mich in England einmal zu besuchen?« Ihr Herz klopfte wild. In diesem Moment verstand sie, wie wichtig ihr die Nähe zu ihrem Vater war, vor allem jetzt, wo Mamie vom Himmel auf sie herabsah.

»Rose, ich würde sehr gerne zu dir kommen, aber mein Terminkalender ist voll.« Da war sie wieder, seine CEO-Stimme, die sie nicht leiden konnte.

»Oh, ich verstehe«, entgegnete sie, bemüht, ihre Enttäuschung zu verstecken. »Ich wollte dir außerdem von meinem Entschluss erzählen.« Sie berichtete ihm vom leerstehenden Geschäft und ihrem Traum.

»Schick die Unterlagen an unseren Immobilienberater, dann wird er sie prüfen lassen«, erwiderte Thoma förmlich.

»Ich habe sie noch nicht. Zudem bezweifle ich, dass es zum Verkauf steht.« Sie wickelte sich eine Locke um einen Finger und wappnete sich für die nächsten Worte.

»Dann würdest du es pachten? Das ist nicht langfristig gedacht und eine schlechte Investition.«

»Darum geht es nicht. Falls das Geld nicht reicht, verkaufe ich meine Wohnung in Frankreich«, erklärte ihm Rose, wobei sie eine Grimasse zog.

»Das würde ich nicht machen, dafür ist sie eine viel zu gute Anlage. Erstelle einen Businessplan, dann sehen wir, ob du dir eine Finanzierung leisten kannst.« Sein Tonfall war zwar nüchtern, als würde er es einem Mandanten erklären, aber vielleicht war es seine Art Liebe zu zeigen, hatte das so von ihrem Großvater gelernt. Thoma hatte das Vermächtnis seines Vaters geschultert, hart gearbeitet und ein Imperium aufgebaut. Wenn er ihr seine Zeit nicht geben konnte, dann war Geld der Ersatz dafür. Ihr kam es vor, als würde die Distanz zu Frankreich sowie ihre neuen Freunde sie vieles in einem anderen Licht sehen lassen.

»Ich möchte es auf meine Weise versuchen, falls ich Hilfe benötige, werde ich mich an dich wenden. Vielen Dank für deine Ratschläge«, meinte Rose freundlich.

»Dann soll es so sein. Ich wünsche dir viel Erfolg«, verabschiedete sich Thoma.

Mit gemischten Gefühlen sah sie auf ihr Handy. Das Gespräch war anders als erwartet abgelaufen. Sie wusste nicht, was sie davon halten sollte, aber immerhin hatten Thoma und sie ihre Sturheit überwunden und so offen, wie seit Jahren nicht mehr, miteinander gesprochen. Ein kleiner Schritt nach vorn war besser, als einer nach hinten. Sie klammerte sich fest an diesen Gedanken, bevor sie begann, das Frühstück vorzubereiten.

***

Silvester kam, ohne dass sich etwas Besonderes ereignete. Kai und Rose verbrachten den Jahreswechsel bei gutem Essen zu Hause und lehnten diverse Einladungen ab. Als es Mitternacht schlug, wünschte sie sich von ganzem Herzen ihre Mutter bald zu finden und das Glück in ihrem Leben zu bewahren. Das neue Jahr begann mit heftigen Regenfällen, die sie nicht aus dem Haus lockten, obwohl Kai sich alle Mühe gab. Einige Tage danach besserte sich das Wetter wieder, sodass sie erste Erkundungen einholte und den Ladenraum besichtigte. Wenig später verließ sie diesen mit einem glücklichen Lächeln sowie einer mündlichen Zusage. Als sie Kai davon erzählte, dauerte es nicht lange, bis er ihr einen Plan zur Einrichtung ihres Ladens präsentierte. Die nächsten Wochen waren geprägt von intensiven Vorbereitungen und bürokratischen Hürden, welche nur von Hollys Niederkunft unterbrochen wurden. Die Geburt war schwierig gewesen, sie hatte viel Blut verloren und brauchte länger, um sich zu erholen.

»Das ist unser Mädchen, Millie«, stellte Holly stolz ihren Nachwuchs vor, als sie sie im Krankenhaus besuchten. Unter ihren Augen lagen dunkle Schatten, sie war bleich und man merkte ihr die Erschöpfung an, da sie wortkarger als sonst war. Der Säugling schlief selig, was Rose nicht wunderte, immerhin war er umgeben von Menschen, die ihn liebten. Sanft strich sie ihr über die Fingerchen und atmete den Neugeborenenduft tief ein. Ob Lola sie wohl auch so angesehen hatte, wie ihre Freundin die kleine Millie? Holly gähnte, weshalb sie sich verabschiedeten, um sie ruhen zu lassen.

»Meine Frau wird demnächst entlassen«, verkündete Archie beim Verabschieden vor der Zimmertür. »Leider muss ich nächste Woche für zwei Tage in die Stadt. Ich kann es nicht mehr herauszögern, will sie aber nicht allein lassen, da sie einen Kaiserschnitt hatte und nichts Schweres tragen soll. Darf ich euch um Hilfe bitten?«

»Alles, was du brauchst, Dad«, erwiderte Kai sofort.

»Ich arbeite im Homeoffice, das kann ich auch bei euch machen. Sag ihr, dass ich gerne Gesellschaft habe, dann hat sie sicher nichts dagegen«, schlug Rose vor.

Während die Männer die Details vereinbarten, dachte sie, dass es im Grunde seltsam war. Eine Frau, die sich einem schweren Eingriff, denn das war ein Kaiserschnitt, unterzog, musste innerhalb kürzester Zeit funktionieren und sogar auf ein anderes Leben achtgeben. Die Männer gingen bald wieder zurück zur Arbeit, ohne Unterbrechung vom Alltag. Klar, sie waren Väter geworden, doch die Care-Arbeit leistete die Frau. Wo es früher ein ganzes Dorf gegeben hatte, das sie unterstützte, waren viele auf sich allein gestellt, wobei sie sich nicht vorstellen konnte, dass es in Lovely Hills einen Mangel an Babysittern geben würde. Zudem war Archie aufmerksam, sie wusste, er würde sich rührend um Holly und Millie kümmern. Sie nahm sich vor, den frischgebackenen Eltern jede Unterstützung anzubieten, die sie entbehren konnte sowie in der Buchhandlung eine Kinderecke vorzusehen, damit Holly sie besuchen konnte.

»Du bist so still«, meinte Kai auf dem Rückweg. »War es falsch unsere Hilfe bereitzustellen?«

Rose schüttelte den Kopf. »Nein, ich habe nur daran gedacht, wie schnell eine Frau nach der Geburt wieder funktionieren muss. Dies ist keine Kritik an Archie, nur an die Gesellschaft. Ich bin froh, wenn ich für sie da sein kann.«

»Auf diese Weise habe ich es nie betrachtete«, entgegnete Kai nachdenklich. »Ich gebe dir recht, umso besser, wenn sie nicht allein ist.«

Rose griff nach seiner Hand und drückte sie fest, froh, ihn an ihrer Seite zu haben. »Ich hoffe, dass mein Projekt bald das Licht der Welt erblickt.«

Die Vorbereitungen für die Eröffnung der Buchhandlung liefen auf Hochtouren. Sie hatte den Vertrag offiziell unterschrieben und die Einrichtung nach Kais Vorgaben in Auftrag gegeben. Sogar mit ihrer Freundin Chloé hatte sie Rücksprache gehalten, da diese in einer Bibliothek arbeitete und viele Events organisierte. Bücher waren deren Heiligtum, obwohl sie ihr einmal verraten hatte, dass sie eine Schwäche für Groschenromane hatte. Chloés Eltern verkehrten in ähnlichen Kreisen wie ihre, weshalb sie sich bei einer Veranstaltung über den Weg gelaufen waren.

»Du musst ein breites Publikum ansprechen«, hatte Chloé ihr geraten. »Damit für jeden etwas dabei ist. Unterstützt die lokalen Autoren, jene, die weniger Sichtbarkeit haben und lade sie ein, bei dir Lesungen abzuhalten. Sie werden froh sein und die Bewohner kommen von allein. Dafür benötigst du jedoch einen geeigneten Platz. Ich würde dies in der Planung vorsehen. Vielleicht kannst du verstellbare Regale einbauen? Schau auf jeden Fall, dass du eine gute Akustik hast. Es gibt nichts Schlimmeres, als wenn ein Autor bei einer Lesung nicht verstanden wird.«

»Vielen Dank. Du klingst ... anders«, hatte Rose vorsichtig gesagt. Chloé war für ihre Zurückhaltung sowie ihr Pokerface bekannt.

»Meine Liebe, so wie du musste ich meine Komfortzone verlassen und mich in einer Kleinstadt zurechtfinden. Doch für dieses Gespräch finden wir ein anderes Mal die Zeit. Jetzt geht es um dich und dein Projekt. Du kannst mich jederzeit anrufen«, hatte sich Chloé freundlich verabschiedet.

Rose hatte die Ideen ihrer Bekannten in das Konzept aufgenommen und einiges umgestellt. Beim Gedanken an ihr Telefonat musste sie schmunzeln. Was sich alles in kürzester Zeit ändern konnte.

»Du wirst Erfolg haben«, bestärkte Kai sie. »Ganz Lovely Hills freut sich darauf. Es ist, neben der kleinen Millie, das Stadtgespräch.«

»Ich hoffe, du behältst recht«, entgegnete Rose. »Es gib noch so viel zu organisieren ...«

»Du schaffst das, daran habe ich keinen Zweifel. Immerhin hast du es als Französin geschafft, dass dich Engländer mögen«, zog er sie auf.

»Konzentriere dich auf die Straße, Mr. Redman«, entgegnete sie gespielt streng, doch auf ihren Lippen lag
ein Lächeln.

KAPITEL 23

Der Frühling nahte, als sie das erste Mal den vollständig eingerichteten Buchladen betrat. Die Vögel zwitscherten, das Gras wurde langsam grün und die Blumen streckten ihre Köpfe aus der Erde. Sogar die Sonne schien, als wollte sie gemeinsam mit ihr frohlocken. Kai war ihr in den letzten Wochen eine große Hilfe gewesen und hatte sie bei ihrem Vorhaben unterstützt, nicht uneigennützig, wie sie schmunzelnd dachte, denn es bedeutete, dass sie hierbleiben würde. Sein Humor zauberte eine Leichtigkeit in ihr Leben, die sie vorher vermisst hatte. Auch wenn sie am frühen Morgen nichts damit anfangen konnte. Sie waren dabei, sich kennenzulernen, die Macken des anderen, wie die Boxershorts, die auf dem Boden anstelle im Wäschekorb lagen, zu akzeptieren und sich an den schönen Momenten zu erfreuen. Um den Kopf frei zu bekommen hatte sie Spaziergänge mit Holly und ihrer Tochter unternommen. In den Nächten, in denen die frisch gebackenen Eltern wenig Schlaf bekamen, war sie mit der pausbäckigen Millie im Kinderwagen allein spazieren gegangen. Ihr gefiel das einfache Leben, hatte sie festgestellt und gleichzeitig bemerkt, dass sie wenig Zeit hatte, um sich der Suche nach ihrer Mutter zu widmen, sich jedoch mit dem Gedanken getröstet, dass sich dies wieder ändern würde.

Holly war es, die ihr spontan eine Arbeitskraft vermittelte. »Meine Freundin Beverly hat vor sechs Monaten einen Jungen bekommen. Sie möchte wieder arbeiten gehen, kann bei ihrer Stelle jedoch nur in Vollzeit zurückkehren. Am liebsten würde sie in Lovely Hills bleiben. Brauchst du jemanden, der dir hilft oder willst du zuerst sehen, wie es läuft? Ich kann dir keine bessere Angestellte empfehlen, denn sie verschlingt Bücher zum Frühstück und ist als Bloggerin tätig. Ihre Verbindungen sind Gold wert.«

Rose zögerte nicht lange, da sie auf Unterstützung angewiesen war, und organisierte ein Kennenlerngespräch. Die zurückhaltende Beverly mit dem mausbraunen Bob sowie ihrer ruhigen Art war ihr sogleich sympathisch, weshalb Rose beschloss, sie einzustellen. Da sie das Geschäft vorerst nur vormittags oder abends für Events öffnen würde, war eine Teilzeitkraft das Richtige für *Lola's Letters*.

»Es freut mich, dass du dich für mich entschieden hast«, begann Beverly, als Rose sie vor zwei Wochen durch die Buchhandlung führte. »Ich hätte einige Ideen, bist du daran interessiert?«

Rose nickte, um dann von einem Informationsfluss mitgerissen zu werden. Drei Dinge war sie sich nach einer Stunde gewiss: Holly hatte erneut recht behalten, Beverly war von einem Engel zu ihr gesandt worden und sie würde deren Arbeitszeit aufstocken, damit sie sich von zu Hause aus um den neuen Social-Media-Kanal des Ladens kümmern konnte.

Seitdem hat sich allerlei getan, dachte Rose, als sie sich mit einem Lächeln umblickte. Helles Holz dominierte den Raum. Es gab eine Plauderecke mit pastellfarbenen Tischgrüppchen, wo sie Filterkaffee sowie Petit Fours anbieten würde, daneben befand sich eine kleine Kinderecke mit einigen Spielsachen und Kinderbüchern. Die Regale waren in einem bunten Mix aus Büchern verschiedenster, beliebter Genres gefüllt und mit passenden Empfehlungen von Bloggern versehen, sodass es sie lockte eines davon zu beginnen. Neben der Registrierkasse befand sich eine Auswahl an lokalen Autoren, einige Postkarten und Dekoartikel. An den Wänden hingen Bilder von Künstlern der Umgebung. Insgeheim hatte sie gehofft, beim Kauf der Karten etwas über Lola herauszufinden, aber die Spuren waren wieder im Sande verlaufen. Das Schaufenster war liebevoll dekoriert, machte Lust auf den Frühling und darauf, den Laden zu betreten. Zudem hatte sie sich einen Teil des Raums abtrennen lassen, damit sie ein kleines Büro mit Fenstern hatte. Ihren Plan, das Geschäft mit echten Pflanzen auszustatten, hatte sie bald auf Eis gelegt, da sie keinen grünen Daumen besaß. Ihre pflegeleichte Testpflanze war innerhalb kürzester Zeit eingegangen. Bereits in zwei Tagen würde sie die Buchhandlung eröffnen. Der Zuspruch in Lovely Hills war groß, sie hatte überall in der Umgebung Werbung in den Zeitungen inseriert, weshalb sie mit einigen Besuchern rechnete. Zudem wusste sie nicht, wie viele Follower Beverly mit ihren Social-Media-Kanälen erreichen würde. Sie konnte es kaum erwarten die Türen für das Publikum zu öffnen. Ihr Telefon klingelte, was sie aus ihren Überlegungen riss.

»Bist du aufgeregt?«, fragte Lucie anstelle einer Begrüßung. »Ich würde so gerne vor Ort sein.« Eine Arbeitskollegin war krankheitsbedingt für längere Zeit ausgefallen, weshalb ihre Freundin nicht nach England reisen konnte.

»Salut, ich bin gespannt, wie es läuft«, erwiderte Rose.

»Du machst das sicher toll. Wenn du eines von deinem Vater geerbt hast, dann ist es der Geschäftssinn. Obwohl ich nicht verstehe, warum du weiterhin für ihn arbeitest«, meinte ihre Freundin ungläubig.

Es war einer der Gründe für das Büro in der Buchhandlung gewesen, damit sie vor Ort ihre Tätigkeit fortsetzen konnte. »Es ist vernünftig. Wenn ich Erfolg habe, kann ich mich immer noch anders entscheiden. Außerdem will ich die Verbindung zu Thoma nicht kappen.« Immerhin war es ein Familienbetrieb, der mit Schweiß, Tränen und Blut aufgebaut worden war. »In Lovely Hills leben einfache Menschen. Nur Kai kennt die Wahrheit. Ich will nicht, dass sie anders mit mir umgehen, weil meine Familie ...«

»Vermögend ist? Auf diese Weise habe ich es noch nie betrachtet. Einen Grund mehr, warum ich deinen rothaarigen Handwerker kennenlernen will. Immerhin hat er dich so akzeptiert, wie du bist.« Sie hörte das Lächeln in Lucies Stimme.

»Das ist das Erste, neben meinem Studium, was ich allein schaffen möchte. In England kennen die wenigsten die Familie De Benoit, was mir Freiheit verschafft«, führte Rose aus. »Ich freue mich auf den Neuanfang.«

»Du wirst das wunderbar hinbekommen. Ich glaube fest an dich«, bestärkte Lucie sie. »Sag mal, hat dein Rotschopf vielleicht einen ungebundenen Mann für mich?

So langsam gehen mir in Frankreich die Kerle aus und da es bei dir geklappt hat, warum dann nicht bei mir?«

Rose kicherte. »Soll ich jetzt eine Single-Börse eröffnen?«

»Das ist eine Marktlücke. Lord sucht Lady, ganz romantisch, wie in alten Zeiten«, fantasierte Lucie. »Versuche es. Entweder klappt es oder es ist ein Gag, so oder so werden die Leute darüber reden.«

Kurz überlegte Rose, eine kleine Pinnwand zu besorgen und darauf etwas zu pinseln. Das durfte nicht so schwer sein. Sicher würde ihr Holly helfen. »Soll ich Provision bei erfolgreichen Vermittlungen verlangen?«, fügte sie spaßhalber hinzu.

»Was? So schnell habe ich dich überredet? Die neue Rose gefällt mir. Wenn es klappt, kannst du sogar Speed-Datings organisieren, für alle, die die Schnauze voll von Online-Kennenlernportalen haben.« Lucie schnaubte. »Dem letzten Mann, den ich getroffen habe, fehlten zwei Fingerkuppen. Nicht, dass dies für mich ein Problem gewesen wäre, aber im Gesicht trug er einen überdimensionierten Schnurrbart, sodass ich mich ständig fragte, wie er damit essen konnte. Leider hat sich meine Befürchtung diesbezüglich bestätigt und ich war plötzlich nicht mehr hungrig.«

»Warum schreibst du kein Buch darüber? Ich würde es lesen.« Rose kicherte, da sie wusste, dass ihre Freundin die Begegnung mit Humor nahm.

»Das könnte ich und du verkaufst es in deinem Laden, bis es ein Bestseller wird. Leider ist mein Englisch nicht so gut, ansonsten wäre das unser Masterplan.« Nach diesen Worten verabschiedete sich Lucie. Mit einem Lächeln legte Rose das Telefon beiseite, um sich auf der Suche nach einer Pinnwand zu machen.

***

Die Zeit verging wie im Fluge, da noch allerhand Kleinigkeiten zu erledigen waren. Bevor sie sich versah, war es der Abend vor der Eröffnung. Kai und sie saßen in Hollys Wohnzimmer, das seit der Geburt von Millie eine chaotische Verwandlung durchgemacht und sich seitdem nicht davon erholt hatte. Rose verkniff sich ein Lächeln, da es ihr nichts ausmachte.

»Endlich schläft sie«, verkündete Holly, die mit zerzausten Locken sowie einem Spuckfleck auf ihrem T-Shirt eintrat.

Kai räusperte sich und deutete auf den Klecks.

»Das war mein letztes sauberes Hemd«, murmelte sie, um sich dann erschöpft auf einen Sessel fallen zu lassen.

»Verstärkung ist unterwegs«, rief Archie, der dunkle Ringe unter den Augen hatte und mit drei Flaschen Ale eintrat.

»Na, bravo. Was habe ich davon?«, beschwerte sich Holly erschöpft.

»Dein Malzbier kommt gleich«, beschwichtigte er seine Frau.

»Schmeckt das?«, erkundigte sich Rose belustigt.

Holly schüttelte den Kopf. »Man gewöhnt sich daran.«

»Oh, Mann, ihr schaut ganz schön fertig aus. Ist es euch lieber, wenn wir gehen?«, fragte Kai vorsichtig. Rose, die soeben das Gleiche gedacht hatte, nickte. Die

Einladung auf einen Drink war vom Ehepaar ausgesprochen worden, weshalb sie diese gerne angenommen hatten, ansonsten wären sie abends nicht vorbeigekommen.

»Auch wenn ich jetzt dringend unter die Dusche müsste, aber nein, auf keinen Fall! Ich will über Erwachsenenzeugs und nicht über Windeln reden«, entgegnete Holly.

Eine Idee reifte in Rose. Sie blickte Kai an, der einen nachdenklichen Gesichtsausdruck hatte. »Warum gönnst du dir nicht eine Dusche, Holly, und machst dich kurz frisch?«

»Wir helfen euch in der Zwischenzeit zusammenzuräumen oder bei allem, was anfällt. Nur, falls ihr das Angebot annehmen möchtet«, ergänzte Kai. »Wir sind eine Familie, da hilft man sich.«

Das Ehepaar sah sich an. »Nein, ihr seid unsere Gäste«, erwiderte Holly, wobei Rose einen Hauch Sehnsucht in ihrem Blick zu erkennen glaubte.

»Geh, falls was mit Millie ist, sind wir zur Stelle. Ich bin froh über die Ablenkung«, ermutigte Rose sie.

Bevor Holly etwas erwidern konnte, reichte Kai ihr die Hand, um ihr beim Aufstehen zu helfen. »Los, lass dir behilflich sein. Ansonsten sind wir es immer, die deine Hilfe benötigen.«

Sie nickte erleichtert und verließ den Raum.

»Ihr seid die Besten«, meinte Archie erschöpft. »Ich habe jedoch ein schlechtes Gewissen, weil wir keine guten Gastgeber sind.«

Rose winkte ab, dann erkundigte sie sich: »Weißt du, wie man Wäsche wäscht?«

Als er bejahte, fuhr sie fort. »Magst du eine Maschine anmachen, damit ihr für morgen etwas Frisches zum Anziehen habt?«

»Das ist eine gute Idee«, murmelte Archie müde, bevor er aus dem Raum trottete.

Kai zwinkerte ihr zu, um ihr dann einen zärtlichen Kuss zu geben. »Wir sind ein gutes Team.«

Sie stimmte ihm zu. »Lass uns aufräumen, damit wir danach gemütlich etwas trinken können.«

Im Eiltempo kümmerte Rose sich um das Wohnzimmer, faltete Decken, verstaute Spielzeug in der dafür vorgesehen Truhe und goss die Blumen, während Kai in der Küche aufräumte. Kurz öffnete sie ein Fenster, um zu lüften. Ein lautes Donnern erklang und sie hörte, wie es zu regnen begann. Das angekündigte Unwetter war in Lovely Hills angekommen.

Als alles an seinem Platz war, ließen sie sich mit einem Ale in der Hand auf die Couch fallen.

»Wie kommt es eigentlich, dass du so bodenständig bist, obwohl ihr vermögend seid?«, fragte Kai, bevor er vom Bier trank.

»Darüber habe ich nie nachgedacht. Vielleicht, weil wir zwar ein Hausmädchen hatten, aber Mamie viel selbst gemacht hat. Ich glaube, es hat sie geerdet und mir dadurch gezeigt, dass vieles nicht selbstverständlich ist«, entgegnete Rose nachdenklich, während sie liebevoll an ihre herzensgute Großmutter dachte.

»Vermisst du dein altes Leben manchmal?«, wollte Kai wissen.

Sie schüttelte den Kopf. »Nein, denn darin kamst du nicht vor. Es war leer, nun ist es so voll.«

»Oh, ihr habt sogar aufgeräumt. Es ist mir total peinlich, das hättet ihr nicht machen müssen. Eigentlich hatte ich es eingeplant, bevor ihr gekommen seid, doch dann ist Millie nicht eingeschlafen ...«, erklang Hollys Stimme.

Rose sah auf. Die Haare der Freundin waren noch feucht, sie trug ein anderes T-Shirt, das ihr etwas zu weit war, vermutlich gehörte es Archie, aber sie sah erfrischt aus.

»Wie ich vorhin gesagt habe, wir sind eine Familie. Da muss nichts perfekt sein«, unterbrach Kai ihren Redefluss. »Dein Malzbier steht auf dem Tisch und Archie kommt sicher gleich. Setz dich zu uns.«

»Danke.« Holly schien nur zu gern der Aufforderung zu folgen, denn mit einem leichten Lächeln ließ sie sich auf einen Stuhl fallen. »Morgen ist Eröffnungstag von *Lola's Letters*. Ich bin so nervös als wäre es meine Buchhandlung.«

»Na ja, darin steckt ein großer Teil von dir. Kai und du habt mir so viel geholfen, ohne euch hätte ich das nie geschafft. Hoffentlich läuft alles rund.« Rose schnitt eine Grimasse.

Mr. Boyfriend griff nach ihrer Hand, um sie sanft zu drücken.

»In den letzten Monaten ist viel passiert«, sinnierte Holly, bevor sie einen großen Schluck von ihrem Getränk nahm und das Gesicht verzog. »Nie hätte ich gedacht, dass wir so gute Freundinnen werden, als ich dich angesprochen habe.«

»Ich war überfordert, als ich in Lovely Hills angekommen bin, aber dank dir habe ich mich sofort wohlgefühlt. Und ganz nebenbei hast du uns verkuppelt«, erwiderte Rose und schmiegte sich an Kai. »Falls die Pinnwand *Lord sucht Lady* Erfolg hat, darfst du das ausbauen.«

Hollys Augen leuchteten auf. »Ich hätte schon einige Ideen …«

Das Lachen stieg wie Seifenblasen in Rose auf, erfüllte den Raum mit Geborgenheit und Glück.

»Oh, nein. Ein Projekt nach dem anderen. Zurzeit hat Millie Vorrang«, bremste Archie sie gutmütig, der in diesem Moment eintrat. Er küsste seine Frau auf die Wange, bevor er sich mit einem Ale zu ihnen setzte. »Stoßen wir an? Auf Freunde, die Familie werden und erfolgreiche Neuanfänge?«

Die Flaschen klirrten, als sie aneinanderprallten. Rose war sich sicher, dass sie diesen Moment für immer in ihrem Herzen bewahren würde.

KAPITEL 24

Am nächsten Morgen stand Rose früh auf, frühstückte und holte beim Bäcker die bestellten Muffins für die Eröffnung. Selbst die Nachricht, dass Judith nicht kommen konnte, weil die Kinder erkrankt waren, dämpfte ihre gute Laune nicht. Mit einem Summen machte sie sich auf den Weg zur Buchhandlung, genoss das fröhliche Konzert der Vögel und wollte die Tür aufsperren.

»Verdammt«, rief sie lauthals, wobei sie beinahe das Gebäck fallen ließ. Der Schlüssel war abgebrochen, der Schlüsselbart steckte im Schließzylinder fest. Fassungslos starrte sie auf das Metallstück in ihrer Hand. Das durfte nicht wahr sein! Es gab keine Hintertür, durch die sie eintreten konnte. Es war kurz nach sieben Uhr morgens, die Eröffnung war für zehn Uhr angesetzt. Würde sie es rechtzeitig schaffen? Sie atmete tief durch, bevor sie Kais Nummer wählte.

»Hi?«, meldete er sich, wobei er verschlafen klang. Er hatte sich den Tag freigenommen, jedoch noch im Bett gelegen, als sie mit seinem Wagen weggefahren war.

»Es gibt ein Problem«, begann Rose anstelle einer Antwort und schilderte ihm, was vorgefallen war.

»Shit, das tut mir leid. Hol mich ab, dann schaue ich mir das an, doch erwarte dir nicht zu viel, denn ich bin kein Schlosser«, erwiderte Kai. Sie hörte Hintergrundgeräusche, vermutlich zog er sich an.

»Bis gleich«, antwortete Rose, legte auf und befolgte seine Anweisungen.

Zwanzig Minuten später, da sie einen Zwischenstopp eingelegt hatten, damit Kai seine Werkzeugkiste holen konnte, standen sie erneut vor der verschlossenen Tür. Ihr Freund suchte nach einer Zange, kniete sich hin und versuchte, das abgebrochene Stück wieder herauszuziehen. »Eigentlich hatte ich mir einen anderen Anlass vorgestellt, um vor dir auf die Knie zu gehen.« Rose entfuhr ein schnaubendes Lachen, für das sie von Kai einen schelmischen Blick erhielt. »Gute Neuigkeit, ich habe deine Laune aufgeheitert. Die schlechte ist, dass wir einen Schlüsseldienst rufen müssen, damit wir das Schloss nicht beschädigen. Ruf den Vermieter an, vielleicht kann uns der weiterhelfen.«

Kurz vergrub Rose nervös ihr Gesicht in den Händen, bevor sie einige Anrufe tätigte. Der Hauseigentümer würde den Notfallschlüsseldienst kontaktieren. Beverly drückte ihr die Daumen, würde später als geplant kommen und in der Zwischenzeit einen Beitrag für die sozialen Medien vorbereiten.

»Im schlimmsten Fall bringe ich eine große Kanne Kaffee mit, du hältst eine Ansprache über deine Visionen, die etwas länger dauert, wir versorgen alle mit Muffins und knipsen Fotos. Vielleicht schneidest du sogar symbolisch ein Band durch? Lass dich nicht unterkriegen, wir schaffen das!«, motivierte Beverly sie.

Ein wenig leichter ums Herz legte Rose auf. »Und jetzt?«

»Wir stellen die Muffins ins Auto und gehen einen Kaffee trinken«, antwortete Kai ruhig. »Das ist besser, als hier auf der Stelle zu treten.«

Rose trottete mit ihm zum Postcafé. »Mon dieu, warum muss das ausgerechnet heute passieren?«

»Sieh es positiv, du hast stets eine spannende Eröffnungsgeschichte zu erzählen«, entgegnete er, bestellte einen Kaffee sowie einen Tee und setzte sich in eine Ecke. »Immerhin regnet es nicht.«

In diesem Moment sah Rose aus dem Fenster. Einige Tropfen fielen vom Himmel. Leise fluchte sie auf Französisch. Heute ging alles schief.

»Jemand gießt vermutlich seine Balkonpflanzen«, merkte Kai an, der ihrem Blick gefolgt war.

»Das glaube ich nicht ...«, setzte Rose an, als der Scheinregen wieder aufhörte.

Ihr Freund verkniff sich ein Lächeln, als er seinen Kaffee trank. »Alles wird gut, du musst darauf vertrauen oder das Ganze mit Humor nehmen. Du hast keinen Einfluss auf den weiteren Verlauf der Dinge. Je eher du dies anerkennst, dem Schicksal seinen Lauf lässt, desto besser.«

Rose zog eine Grimasse, erwiderte nichts, da sie wusste, dass er es nur gut meinte. Zudem tendierte sie dazu, die Angelegenheiten etwas zu verbissen zu sehen. Diese Erkenntnis hielt sie nicht davon ab, ungeduldig auf das Handy zu gucken, in der Hoffnung einen Anruf vom Hausbesitzer zu erhalten. Die Minuten vergingen in Zeitlupe, aber gleichzeitig zu schnell.

»Hast du dir schon überlegt, was du in der Ansprache sagen willst?«, erkundigte sich Kai.

Es war ein kläglicher Versuch, sie abzulenken, den sie sogleich durchschaute. Aber es war lieb von ihm, dass er es probiert hatte. »Ja, ich habe mir gestern etwas zu-sammengeschrieben. Tut mir leid, dass ich so nervös bin, ich will nicht versagen.«

Liebevoll sah er sie an. »Das wirst du nicht. Hör auf dich unter Druck zu setzen. Ich bin hier, gemeinsam mit dir. Wir stellen uns allem, was kommt. Atme ein und aus, dann lass los.«

Sie schloss die Augen, um seinen Empfehlungen zu folgen. Ihre Panik sank, sobald seine Worte zu ihr durchdringen konnten. Es gab so viele Menschen in Lovely Hills, die hinter ihr standen. Dies war kein Wettbewerb, den es zu gewinnen galt. Niemand wollte, dass sie scheiterte. »Danke, dass du für mich da bist.«

»Du wirst mich nicht mehr los«, meinte er schelmisch grinsend und küsste sie auf den Mund.

In diesem Moment klingelte ihr Telefon. Rose erschrak, sodass sie die Teetasse umstieß. Wasser ergoss sich über den Tisch, auf ihren Schoß, sie sprang zurück, wobei sie den Stuhl umwarf. War Hollys Tollpatschigkeit ansteckend oder war sie heute einfach fahrig? Zum Glück war das Getränk lauwarm gewesen.

»Ich mache das«, murmelte Kai und tupfte mit einer Serviette den Tisch trocken. »Nimmst du nicht ab?«

Irritiert sah sie auf das Handy. Thomas Name leuchtete auf.

»Salut?«, begrüßte sie ihn verwundert.

»Ich kann leider nicht zur Eröffnung kommen«, begann ihr Vater. Sie hatte ihn vor einem Monat eingeladen. Ein Stich der Enttäuschung durchzuckte sie, obwohl sie damit gerechnet hatte. »Aber ich habe einen Umweg nach Lovely Hills unternommen und stehe vor deiner Buchhandlung. Ich habe mir gedacht, dass du sicher schon dort bist. Leider habe ich mich getäuscht.«

»Was, du bist hier?«, unterbrach Rose ihn überrumpelt.

»Ja, ich habe eine Stunde Zeit, bevor ich wieder losfahren muss«, erklärte er. Das Klopfzeichen, welches einen weiteren Anruf ankündigte, ertönte in der Leitung. Der Hausbesitzer rief sie an.

»Warte auf mich, ich komme gleich«, würgte sie ihn ab, während Aufregung in ihr hochstieg. Vater hatte den weiten Weg für sie auf sich genommen.

Schnell nahm sie den anderen Anruf entgegen.

»Der Notfallservice ist auf dem Weg. Es dürfte nicht lange dauern«, kündigte der Vermieter an. »Melden Sie sich, falls es Probleme gibt. Ansonsten wünsche ich viel Erfolg!«

Rose beendete den Anruf, durch ihren Kopf schwirrten hunderttausend Gedanken. Sie blinzelte, versuchte, sich zu sammeln, bevor sie Kai ansah. »Wir müssen los. Der Handwerker müsste gleich kommen und mein Vater ist da.«

Er warf ihr einen überraschten Blick zu, äußerte sich jedoch nicht dazu. Schnell zahlten sie und machten sich auf den Weg zur Buchhandlung. Was würde Thoma sagen? Würde er stolz auf sie sein oder auf sie herabsehen? Sie wünschte sich Mamie herbei, die wüsste, wie sie die Wogen zwischen ihnen glätten konnte. Auf der anderen Seite war sie erwachsen, da würde sie dies händeln können. Sie versuchte, es mit Optimismus zu sehen, denn sie freute sich, dass er gekommen war. Als sie ankamen, bot sich vor dem Laden ein lustiges Bild. Thoma, der geschniegelt in seinem Anzug sowie den glänzenden Lackschuhen verloren dastand, daneben der bärtige Handwerker in einem Overall, der ihn um einen Kopf überragte.

»Salut, gibt es ein Problem? Der Herr hat mich gefragt, ob ich Bescheid weiß, aber ich konnte ihm leider nicht weiterhelfen«, sprach Thoma auf Französisch. Wie immer schaffte er in wenigen Worten, alles auszudrücken.

Rose sah Kai bittend an, der sie verwirrt anstarrte. Natürlich, er hatte nichts verstanden. Schnell stellte sie die beiden einander vor, begrüßte den Handwerker, bevor sie in englischer Sprache schilderte, was vorgefallen war.

»Soll ich ihm alles zeigen?«, fragte Kai an Rose gewandt, nicht ohne ihren Vater einen neugierigen Blick zuzuwerfen.

Sie nickte dankbar. Die beiden entfernten sich und ließen sie mit Thoma allein zurück.

»Das ist also dein Kai?«, fragte er sie neugierig. »Ich hatte ihn mir anders vorgestellt, weniger bodenständig. Er hat einen festen Händedruck, das hatte ich nicht erwartet. Ist er gut zu dir? Bist du glücklich?«

Anstelle einer Antwort trat Rose auf ihn zu, überwand die Distanz zwischen ihnen und umarmte ihn. Zuerst war Thoma steif, dann schlang er seine Arme ebenfalls um sie. »Danke, dass du gekommen bist. Du weißt nicht, wie viel mir das bedeutet. Und ja, ich bin sehr glücklich. Wenn Mamie uns sehen könnte, wäre sie sehr stolz auf uns«, flüsterte sie.

Als sie sich von ihm löste, bemerkte sie Tränen in seinen Augen. Die harte Fassade war gebröckelt und offenbarte einen einsamen Mann, der seine Gefühle tief in sich vergraben hatte. »Ich habe es dir nie gesagt, aber ich bin stolz auf dich, darauf, dass du deinen eigenen Weg gehst und dir etwas aufbauen willst. Du erinnerst mich in vielerlei Hinsicht an deine Mutter, so sehr, dass es manchmal schmerzt, dich anzusehen. Ich habe sie geliebt, wie noch keine Frau zuvor. Seit deinem Anruf vor Weihnachten habe ich oft nachgedacht und überlegt, was Mamie mir raten würde. Nie würde sie wollen, dass du das Gefühl hast allein zu sein. Ich habe eingesehen, dass ich viel falsch gemacht habe. Ich hoffe, dass wir nochmals neu beginnen können.«

Sanft legte sie eine Hand auf seinen Arm. »Merkst du es nicht, wir sind längst in einem neuen Kapitel angelangt. Wir lassen die Vergangenheit ruhen und konzentrieren uns auf die Zukunft, denn alles andere ist bereits geschrieben, weshalb man es nicht mehr verändern kann.«

»Du bist wahrlich die Tochter von Lola, ihr so unglaublich ähnlich. Es tut mir leid, dass ich dich nicht bei der Suche nach deiner Mutter unterstützt habe. Vielleicht hatte ich Angst, dass sie dich mir wegnimmt, wenn du sie findest. Albern, wie der menschliche Geist tickt. Findest du nicht? Dabei habe ich vergessen, dass du eine erwachsene Frau mit eigenem Kopf bist. Sag, hast du sie gefunden?«, brach es hoffnungsvoll aus Thoma hervor.

Roses Herz schwoll an, von all den Gefühlen, die sie empfang. Wie hatte sie nur so falschliegen können?

Warum hatte sie nicht früher hinter seine Fassade geblickt? Sie, die sich rühmte, andere Menschen lesen zu
können und die in Verhandlungen die richtigen
Knöpfe bei ihnen zu drücken wusste. Anstelle einer
Antwort schüttelte sie den Kopf und fühlte die Enttäuschung, die über sein Gesicht huschte, am eigenen Leib.
    »Rose?«, vernahm sie die zögerliche Stimme von Kai
hinter sich. »Raste bitte nicht aus, aber es gibt eine weitere ... ähm ... Komplikation.«
    Dieser Tag würde sie ins Grab bringen.

KAPITEL 25

»Was ist los?«, fragte Rose entsetzt und drehte sich um.

»Du hast keinen Strom.« Die Worte verließen widerwillig seine Lippen. Fassungslos starrte sie ihn an, bevor ein lautes Lachen aus ihr herausbrach.

»Habe ich Rose kaputtgemacht?«, fragte Kai an ihren Vater gewandt. Die Männer sahen sie verwirrt an.

»Das gibt es doch nicht«, sagte Rose, während sie weiter kicherte. »Heute geht alles schief. Aber besser wir kommen in ein dunkles Geschäft als gar nicht hinein, oder etwa nicht?«

»Ich kann es nicht einschätzen«, entgegnete Thoma mit französischem Akzent. »Gibt es niemanden, der dir helfen kann?«

»Mir ist nicht mehr zu helfen«, erwiderte sie und hielt sich den Bauch vor Lachen.

Ein lautes Telefonklingeln erklang. Ihr Vater nahm den Anruf mit einem entschuldigenden Lächeln entgegen. »Das ist mein Fahrer. Ich muss los, damit ich pünktlich zu meinem nächsten Termin wieder in Frankreich bin, aber ich kann dich jetzt doch nicht allein lassen.«

»Rose, ich kümmere mich darum«, besänftigte Kai sie. »Mr. De Benoit, es hat mich gefreut, sie kennenzulernen.«

»Thoma, bitte«, erwiderte er. »Die Freude war ganz meinerseits.«

Um sich zu beruhigen, atmete Rose tief ein, während Kai davon ging. »Danke, dass du gekommen bist. Aber geh, bevor du zu spät kommst. Ich weiß, wie sehr du Unpünktlichkeit hasst.«

»Sicher?«, fragte er zweifelnd.

Sie umarmte ihn zum Abschied. »Wir hören uns bald.«

Mit einem letzten Blick über seine Schulter, indem sehr viel Unausgesprochenes lag, verließ er sie. Kurz sah sie ihm nach und ging dann in den Laden. Bevor sie nach Kai rufen konnte, gingen die Lichter flackernd an.

»Aufgrund des Unwetters ist vermutlich die Sicherung rausgeflogen«, berichtete ihr Freund triumphierend, der ihre Schritte gehört haben musste und im Türrahmen erschien.

»Mon dieu«, murmelte sie erleichtert und küsste Kai dankbar auf den Mund. Eine Last fiel von ihren Schultern. Als sie ins Büro trottete, um kurz durchzuatmen, erhaschte sie einen Blick auf sich im Wandspiegel. Ihre Haare waren zerzaust, auf ihrem Kleid prangte ein getrockneter Wasserfleck. Die daneben hängende Uhr zeigte halb zehn an. Notdürftig ordnete sie ihre Locken, aber das Kleidungsstück musste gewaschen werden. Sie hatte nicht daran gedacht, etwas anderes einzupacken, nun reichte die Zeit nicht mehr, um nach Hause zu fahren. Wo blieb überhaupt Beverly? Sie hätte schon vor einer halben Stunde hier sein sollen. Anstatt nervös zu werden, zählte sie bis zehn. Irgendwie würde sie diesen Tag überstehen und ihre Teilzeitkraft sicher gleich kommen.

»Wie fühlst du dich?«, erkundigte Kai sich mit einem liebevollen Lächeln.

»Siehst du, wie ich aussehe?«, meinte sie eher zu sich als zu ihm.

Verschmitzt sah er sie an. »Wunderschön, wie immer? Mach dir keine Sorgen, ich habe alles im Griff.«

»Was meinst du ...?«, begann Rose verwirrt.

Wie aufs Stichwort erklang Beverlys Stimme hinter ihm. »Hat jemand nach einem frischen Kleid verlangt?«

Die Eröffnung des Buchladens war trotz der Startschwierigkeiten ein voller Erfolg. Holly, Kai und Archie standen in der ersten Reihe, als sie das rote Band durchschnitt, das jemand kurzfristig besorgt hatte. Beverly knipste fleißig Fotos, um dieses besondere Erlebnis festzuhalten, wie sie es ausdrückte. Über den Tag verteilt schauten viele Neugierige vorbei, die den Laden für gut befanden.

»Diese Reihe kann ich nur empfehlen«, vernahm sie die Stimme ihrer Angestellten. »Das einzige Problem ist, sie macht süchtig.«

»Oh, wenn das so ist, dann brauche ich wohl alle Bände«, erwiderte eine Dame mit Kurzhaarschnitt.

Rose verkniff sich ein Lächeln, als Beverly diese vier Bücher verkaufte und dankte in Gedanken Holly für die Vermittlung. Holly versorgte die Hereinkommenden mit Kaffee und Muffins und war höchst erfolgreich in ihrem Verkaufsgespräch. Archie passte in der Zwischenzeit auf die kleine Millie auf.

»Haben Sie die Ecke mit den lokalen Autoren gesehen? Ich finde dies ja eine perfekte Zusammenarbeit. Schließlich müssen wir die Schriftsteller und den Einzelhandel vor Ort doch unterstützen, oder?«, zwitscherte ihre Freundin.

Bevor die jungen Kundinnen wussten, wie ihnen geschah, hatten sie je ein Einzelband gekauft. Holly zwinkerte Rose zu, um sich dann neue *Opfer* zu suchen. Mit einem Grinsen rückte Rose einige Bücher zurecht, wobei sie Gespräche der Kunden unauffällig belauschte.

»Hast du die *Lord sucht Lady*-Pinnwand gesehen? Sehr amüsant. Vielleicht sollte ich ein Gesuch für meinen Sohn aufhängen«, äußerte sich eine ältere Dame kichernd beim Vorbeigehen.

»Du kannst es ja mal versuchen, man weiß nie, wer diese Anzeige sieht«, meinte ihre Freundin.

In einer Ecke entdeckte sie eine Box, vor der sich einige Kärtchen mit der Aufschrift *Ankaufswünsche* befanden. Davon hatte sie gar nichts mitbekommen, aber vermutlich war es eine Idee von ihren neuen Freundinnen gewesen. Neugierig hob sie den Deckel an und las eines. *Kleine Auswahl an E-Readern*, stand darauf. Ein guter Einfall, befand Rose, denn jene, die E-Books lasen, würden selten ein Taschenbuch kaufen, aber immerhin würden sie sich bei ihr willkommen fühlen. Zusätzlich könnte sie Gutscheine für einige Plattformen verkaufen. Sie huschte schnell in ihr Büro, um sich das zu notieren. Der Strom an Kunden riss den ganzen Tag nicht ab. Sie erntete vereinzelt musternde Blicke, die sie zuerst nicht zuordnen konnte.

»Sie sind neugierig auf die Französin, die in England eine Buchhandlung eröffnet. Kannst du ihnen das verdenken? Außerdem passiert in den Kleinstädten wenig, weshalb die Eröffnung einem riesengroßen Event nahekommt. Sehen und gesehen werden, lautet die Devise«, klärte Kai sie auf.

Von da an bemühte sich Rose besonders freundlich zu ihnen zu sein. Im Laufe des Nachmittages verabschiedeten sich Holly und Archie, da Millie quengelte.

»Ich habe so viel Positives über den Laden gehört«, erzählte ihr die Engländerin, bevor sie die Französin ein letztes Mal umarmte. »*Lola's Letters* wird ein Hit!«

»Danke für eure Hilfe«, sagte Rose aus ganzem Herzen.

Archie winkte mit Millies Patschehändchen, um dann mit seiner Familie den Laden zu verlassen.

Irgendwann ebbte der Strom an Kunden langsam ab. Beverly verließ kurz den Laden, um einen Anruf zu tätigen. Rose hatte nichts dagegen. Zudem fühlte sich die Ruhe, die sie umgab, wohltuend an. Es war ein langer Tag gewesen, in einer Stunde würden sie den Laden schließen, bevor sie ihn morgen mit den regulären Vormittagsöffnungszeiten aufsperrte. Sie warf einen Blick in die Übersicht der verkauften Bücher, wobei sie wieder Holly und Beverlys überzeugende Worte hörte. Ein Bimmeln ließ sie hochsehen. Eine ältere Dame hatte den Raum betreten. In ihren weißblonden Haaren befanden sich graue Strähnen, ihr Gesicht war ungeschminkt und von Fältchen durchzogen. Ihr Gang erinnerte an ein verschüchtertes Mäuschen, auch wenn er aufrecht war. Sie strahlte eine unaufdringliche Schönheit aus, die sie mit dem Alter nicht verloren hatte. Ihre Kleidung war hellgrau und unauffällig. Ein Detail, das sie nicht zu greifen bekam, irritierte sie.

»Herzlich willkommen, falls Sie Hilfe benötigen, zögern Sie nicht zu fragen«, begrüßte Rose sie.

Die Frau sah sich neugierig um. »Ein sehr schöner Buchladen.« Ihre Stimme hatte einen leichten Akzent, der ihr vertraut vorkam.

»Vielen Dank«, erwiderte Rose geschmeichelt, bevor sie sich wieder ihrer Arbeit zuwandte, wobei sie die Dame im Auge behielt.

»Stimmt es, dass die Besitzerin eine Französin ist?«, erkundigte sich diese.

Rose nickte, um ein Pokerface bemüht, da sie die Frau nicht einschätzen konnte.

»Ich habe die Werbung in einer Zeitung gesehen«, redete die Kundin weiter, ihr Blick war auf die Bücher gerichtet. »Sind Sie Rose De Benoit?«

»Ja, die bin ich«, erwiderte sie leicht irritiert, da sie irgendetwas an der Kundin stutzig machte, und wünschte sich insgeheim, dass Beverly aus ihrer Pause zurückkam.

Die ältere Frau zögerte, bevor sie Rose ansah. »Ich bin Lola. Lola Vinet, deine Mutter.«

KAPITEL 26

Lola Vinet
6. März 1999

Ziellos irrte sie umher. Die Nacht hatte sie sich auf dem Busbahnhof um die Ohren geschlagen. Unaufhörlich kullerten Tränen über ihre Wangen, die ihre feine Kleidung benetzte. Oscar hatte sie rausgeworfen, als sei sie ein räudiger Hund, der Zecken ins Heim brachte. Wenn sie doch nur hätte mit Thoma sprechen können, aber er war außer Haus, was ihr Schwiegervater wusste. Sie hatte sich nicht getraut, ihm einen Brief zu hinterlassen, aus Angst, dass dies für Oscar schon ein Grund war, seine Drohung in die Tat umzusetzen. Lola hatte nichts mitgenommen, bis auf ihre Kleidung sowie einige Malutensilien. Ihr Herz war in tausend Teile zerbrochen, als sie Rose zurücklassen musste. Doch welches Leben sollte sie ihr bieten? Sie war mittellos, ohne Abschluss oder einer Zukunftsperspektive. Anne würde gut auf ihre Enkelin achtgeben, dessen war sie sich sicher. Aber das Kind brauchte seine Mutter. Ihre Kehle fühlte sich geschwollen an, ihr Magen krampfte, sie war kurz davor sich zu übergeben und kämpfte mühsam dagegen an. Der Schock hielt sie fest in seinen Krallen und dämpfte ihre Gefühle. Nie hätte sie gedacht, dass es einmal so weit kommen würde. Alle hatten sie gewarnt, dass die De Benoits skrupellos wären und Thoma sie eines Tages verlassen würde, weil sie nicht in seine Kreise passte. Wenigstens hatten sie mit ihrer Einschätzung unrecht behalten, auch wenn Oscar sie verraten hatte. Welches Monster trennte wahre Liebe? Sie war sich sicher, dass er eines ihrer Gespräche mitangehört hatte, indem sie Thoma gebeten hatte, aufs Land zu ziehen. Wenn er doch nur auf sie gehört hätte ... Lola wischte sich übers Gesicht. Was sollte sie nun machen? Beinahe bereute sie es, das Geld von Oscar nicht angenommen zu haben, denn dies würde ihr den Neustart erleichtern, aber sie war nicht käuflich. Stolz hat seinen Preis, dachte sie bitter, während Galle in ihr aufstieg. Mühsam atmete sie tief durch in der Hoffnung, so einen kühlen Kopf bewahren zu können. Sie ging mit ihrem Koffer weiter, wobei sie verstohlen nach ihrer Brieftasche griff. Dort befanden sich mehr Geldscheine als gewöhnlich, denn Thoma hatte ihr am Vortag Geld für eine professionelle Staffelei gegeben. Zudem stießen ihre Finger auf ihr Telefonbüchlein, das sie stets bei sich trug. Ihre erste Bekannte in Paris, von der sie seit Jahren nichts mehr gehört hatte, fiel ihr ein. Vielleicht konnte sie ihr Unterschlupf gewähren. Lola suchte nach einem Münztelefon und wählte ihre Nummer. Hoffentlich hatte sie diese nicht gewechselt. Zum Glück war das Schicksal auf ihrer Seite, denn ihre Freundin nahm den Anruf entgegen und bot ihr an, auf ihrer Couch zu schlafen. In den folgenden Wochen übernachtete Lola auf diversen Sofas, innerlich fühlte sie sich mehr tot als lebendig, aber wenigstens hatte sie ein Dach über dem Kopf. Sie verkaufte ihre gute Kleidung, versuchte sich wieder als Straßenkünstlerin und tat beinahe alles, um an Geld zu gelangen, wobei sie um das nackte Überleben kämpfte. Die finsteren Straßen von Paris am Abend mied sie. Ihr Ziel war es, genug Banknoten zu sammeln, um sich mithilfe eines Anwalts das Sorgerecht für Rose zu sichern. Dieser Gedanke trieb sie an, auch wenn sie sich innerlich ausgehöhlt und erschöpft fühlte. Sie besuchte Kunstkurse, um einen begehrten Platz als Kunstlehrerin zu ergattern, alles nur, um ihrer Tochter ein besseres Leben bieten zu können. Die Monate vergingen, in denen sie nur Verlust und Trauer spürte. Diese wurden irgendwann von Wut abgelöst, langsam eroberte sie sich in ihr Dasein zurück, legte erste Ersparnisse an und traf sich mit einem Anwalt, um die nächsten Schritte zu besprechen. Doch dann erzählte ihr Vater bei einem ihrer Anrufe, dass er schwer erkrankt war, das Haus verkauft hatte und in eine kleinere Wohnung gezogen war. Sie hatte ihn nicht um Hilfe gebeten, weil er nur eine geringe Rente bezog. Lola nahm all ihr Erspartes, um zu ihm nach England zu reisen, wo er in einem Vorort von London wohnte. Sein Zustand war schlechter als gedacht. Er benötigte Pflege sowie teure experimentelle Medikamente, die er sich mit seiner Pension allein nicht leisten konnte. Durch Zufall fand sie eine Anstellung als Erzieherin, die gering bezahlt wurde, sich jedoch in der Nähe ihres Vaters befand, und die ihr den Zugang zur Kunstlehrerin ebnete. Am Tag beschäftigte Lola eine Pflegerin, die sich um ihren Vater kümmerte, während sie die Nächte abdeckte. Erneut kämpfte sie damit, den Kopf über Wasser zu halten. Todmüde fiel sie ins Bett, nur um dann wenig später vom Husten ihres Vaters wieder geweckt zu werden. Verzweiflung breitete sich in ihr aus, die von ihrer Erschöpfung genährt wurde, anstatt zu agieren, reagierte sie. Das Geld reichte gerade so, um über die Runden zu kommen. Jeden Tag dachte sie an Thoma und ihr kleines Mädchen, nur der Gedanke daran, dass es nicht anders ging und die Zuversicht, sie irgendwann wiederzusehen, brachte sie dazu, weiterzumachen. An Roses Geburtstag malte sie ihr eine Postkarte und schickte sie ohne Rücksendeadresse ab, in der Hoffnung, dass diese ihre Tochter erreichen und eines Tages zu ihr führen würde. Sie war vorsichtig, aus Angst, dass deren Großvater noch am Leben war. Einige Jahre kämpften sie um das nackte Überleben, schuftete am Tag, pflegte ihren Vater und lernte in den Stunden, die übrig blieben, um als Lehrerin arbeiten zu können. Ihr Dad liebte es, ihr beim Malen zuzusehen, es entspannte ihn, weshalb sie manchmal in seiner Gegenwart an Bildern arbeitete, die sie später versuchte zu verkaufen. Es war eine schwere, entbehrungsreiche Zeit, den Gedanken an Rose empfand sie wie eine offene Wunde. Oft haderte sie mit ihrem Schicksal, fühlte, wie sie Wellen der Hoffnungslosigkeit überrollten und ertappte sich dabei, wie sie sich ein ums andere Mal wünschte, das Geld oder zumindest den Schmuck genommen zu haben. Dann hätte sie den Anwalt bezahlen und kämpfen können. Es wurde immer unwahrscheinlicher, dass ihr Liebling jemals bei ihr aufwachsen würde. Denn selbst wenn sie das Geld hätte, was konnte sie ihrer Tochter im Vergleich zu den De Benoits bieten? Zudem war zu viel Zeit vergangen, seit sie gegangen war. Sie traute sich nicht Anne oder Thoma zu kontaktieren, da Oscars Spione überall sein konnten. Es kam ihr nie in den Sinn, dass seine Drohung mit seinem Tod erlöschen würden, dafür hatte sie zu viel

Angst vor seinen Verbindungen zur Unterwelt. Als ihr Vater verstarb und ihr nur Schulden hinterließ, riss ihr dies beinahe den Boden unter den Füßen weg. Am finstersten Tag ihres Lebens beschloss sie, weiterzumachen, die Dunkelheit willkommen zu heißen, im Vertrauen, dass das Licht zurückkehren würde. Ihre Schülerinnen, die sie in Kunst unterrichtete, bestärkten sie und gaben ihr Mut. Sie entschied sich, in den Norden Englands zu ziehen, um einen Neuanfang zu wagen, auch wenn sie dieser immense Kraft kostete. Dort sandte sie Rose die erste Karte mit den Koordinaten in der Hoffnung, dass ihr Kind sie eines Tages aufspüren konnte. Sie führte ein unstetes Leben, zog von einer Stadt in die nächste, wechselte die Schulen fast jährlich. Es war ihre Art der Bestrafung, keine Ruhe zu finden. Ihre Tochter informierte sie mithilfe der Postkarten über ihre neuen Wohnorte. Nur einmal kehrte sie nach Frankreich zurück, schaffte es bis ans Tor des De-Benoit-Anwesens, um sich dann mit gebrochenem Herzen abzuwenden. Es waren Jahrzehnte vergangen, Rose mittlerweile erwachsen und Thoma ... Sie mochte gar nicht daran denken, was sie – nein, Oscar –, ihm angetan hatte. Die Jahre hatten ihre Wunden nicht geheilt, sondern nur verschorft. So manche Nacht weinte sie sich in den Schlaf. Doch dann freundete sie sich mit einer anderen Künstlerin an, die sie im Sommer mit in ihr Haus nach Spanien nahm. Dort, vor der wilden Beständigkeit des Meeres, ließ sie ihren Kummer zu, verstand die Entscheidungen, die sie treffen musste, die Jahre in Armut und Anonymität, immer in der Angst, dass ihr Leben aufs Neue bedroht werden würde. Ihre Kreativität kehrte zurück, sie malte Dutzende Bilder,

die ihre Freundin für sie zu Ausstellungen brachte. In
all den Jahren, die seitdem vergangen waren, hatte die
Liebe sie nie mehr berührt, sie war eine Beobachterin
des Glücks geworden, das anderen Menschen gewährt
wurde. Sie begann sich im Schatten wohlzufühlen, ak-
zeptierte die Schuldgefühle, die Scham und den Verlust
als Teil ihrer selbst, während sie von ganzem Herzen
hoffte, eines Tages wieder mit ihrer Tochter vereint zu
sein.

KAPITEL 27

Es fühlte sich an, als würde sich das Universum einmal um sich selbst drehen, um dann abrupt stehen zu bleiben. Ihre Gefühle fuhren Achterbahn, sie klammerte sich an den Tresen, Sterne tanzten ihr vor den Augen und sie musste sich zwingen, einzuatmen. »Maman?«

»Ich …«, begann Lola, doch in diesem Moment traten drei Frauen ein, sodass sie abbrach.

»Kannst du auf mich warten?«, fragte Rose, die es nicht glauben konnte, dass ihre Mutter sich in ihrem Laden befand. Sie hatte letzthin weniger an sie gedacht, da sie mit organisatorischen Dingen beschäftigt gewesen war. Und nun stand sie vor ihr, als sei sie nie weggewesen, ein Geist aus der Vergangenheit, der sie heimsuchte. Zuerst Thoma, der sie mit seinem Besuch überraschte, dann Lola! Doch sie wollte das Gespräch mit ihr nicht zwischen Tür und Angel führen, sondern sich Zeit nehmen.

»Meine Damen, schön, dass sie uns mit einem Besuch beehren«, erklang Beverlys freundliche Stimme, die in diesen Augenblick wieder in den Laden trat.

Die Worte passten perfekt auf ihre Mutter, weshalb Rose wegsah. Ihr Blick streifte Lolas, die leise lächelte. Die Ladenbesitzerin atmete tief durch, augenblicklich fühlte sich alles ein wenig leichter an. Die Puzzleteile fügten sich ineinander, Kai hatte recht behalten.

»Was für eine nette Begrüßung! Wir freuen uns in den Regalen zu stöbern«, erwiderte eine der Besucherinnen.

»Natürlich, viel Spaß«, rief Beverly und trat an die Ladentheke. Sie sah Mutter und Tochter nachdenklich an, bevor sie mit gesenkter Stimme an Rose gewandt sagte: »Ich bin hier, falls du eine Pause brauchst. Ich kann auch gerne abschließen. Es macht mir nichts aus. Morgen können wir dann gemeinsam die Abrechnung machen.«

Rose blinzelte, normalerweise hätte sie das Angebot ausgeschlagen, aber heute war ein außergewöhnlicher Tag. »Da wäre ich dir sehr dankbar.«

Die Angestellte nickte. »Dann wünsche ich der Chefin einen schönen Feierabend.«

»Dich schickt der Himmel«, flüsterte Rose und nahm sich vor, ihr einen Bonus auszuzahlen.

Sanft legte Beverly ihr eine Hand auf den Arm. »Wir sind ein Team.«

»Gehen wir?«, fragte Rose ihre Mutter.

Diese nickte, die Ladenbesitzerin verabschiedete sich von ihrer Angestellten, um dann gemeinsam mit Lola die Buchhandlung zu verlassen. Sie entschied sich, mit ihr zum Cottage zu spazieren, das eine halbe Stunde Fußmarsch entfernt war.

»Du bist hier, in Lovely Hills«, sagte Rose ungläubig. Sie suchte nach Ähnlichkeiten in den Gesichtszügen, fand ein Grübchen und die Form der Augenbrauen.

»Und du in England«, erwiderte Lola kopfschüttelnd. »Ich habe mir diesen Augenblick so oft ausgemalt, doch nun weiß ich nicht, wie ich anfangen soll.«

»Woher wusstest du, dass ich hier bin? Ich habe dich monatelang gesucht«, meinte Rose, froh, dass sie nebeneinander gingen und sie ihre Gedanken ordnen konnte.

»Ich mag das englische Klima im Winter nicht, weshalb ich diese Zeit stets bei Freunden in Spanien verbringe. Ich bin vor einigen Tagen zurückgekommen. Auf meinem Anrufbeantworter war eine Nachricht vom Meldeamt, dass du mich suchst, doch leider haben sie deine Telefonnummer verlegt. Eine Bekannte hat mich gestern kontaktiert und gesagt, dass meine Bilder herumgezeigt wurden und jemand versucht hat, mich ausfindig zu machen. Sie weiß, wie zurückgezogen ich lebe, weshalb sie meinen Namen nicht preisgegeben hat. Leider hatte sie meine Handynummer nicht, da ich diese nur an engste Vertraute weitergebe. Sie war es, die mich auf die Eröffnung von *Lola's Letters* hingewiesen hat. Ich habe aus ganzem Herzen gehofft, dass es kein Zufall ist. Und dann sah ich dich. Die gleiche Denkerfalte wie Thoma auf der Stirn, seine Augen und meine Haare. Ich wusste, dass du es bist. Das Schicksal hat mich zu dir geführt.«

Rose fühlte, wie etwas Nasses über ihre Wangen rann. Ihre Gefühle waren ein einziges Kuddelmuddel, denen sie sich zurzeit nicht stellen konnte. Sie musste einen klaren Kopf bewahren, damit sie alles, was Lola sagte, verstand.

»Warum hast du dich jetzt auf die Suche nach mir gemacht?«, erkundigte Lola sich vorsichtig, während sie mit einer Locke ihres Haares spielte.

Die Geste erinnerte sie so schmerzhaft an sich selbst, dass es wehtat. Für einen Augenblick ließ sie den

Schmerz zu, bevor sie begann: »Mamie ist tot.« Sie berichtete Lola, was diese ihr auf dem Sterbebett gebeichtet und welche Konsequenzen dies hatte.

»Nun wird mir einiges klar«, murmelte ihre Mutter, wobei sie kurz aufschluchzte. »Es tut mir leid, aber das ist sehr schwierig für mich. Mein Beileid wegen Anne, sie war eine wundervolle Frau und ich bin mir sicher, dass sie sich an meiner Stelle gut um dich gekümmert hat.«

»Warum hast du das gemacht?«, fragte Rose, während sie sich über die Wangen wischte.

»Was meinst du?«

»Warum bist du gegangen? Ich wusste, dass du es musstest, aber warum hast du nicht um uns gekämpft?«

»Ich werde etwas ausholen, damit du verstehst, was damals geschehen ist.« Kurz ordnete Lola ihre Gedanken. »Als ich deinen Vater kennenlernte, war ich sehr jung, gerade mal 19 Jahre alt. Wir trafen uns auf der Ausstellung eines aufstrebenden Künstlers. Ich hatte zu diesem Zeitpunkt die Zusage einer renommierten Kunstuniversität in Paris erhalten und konnte es kaum erwarten, dort zu studieren. Thoma fiel mir sogleich auf. Er war elegant gekleidet, sein Gesichtsausdruck war ernst, doch seine Augen musterten interessiert die Kunstwerke. Ich suchte nach einem Vorwand, um mit ihm ins Gespräch zu kommen, und plötzlich diskutierten wir stundenlang. Da offenbarte er, dass er mich bereits auf der Straße gesehen hatte, wie ich Porträts anfertigte. Wir verabredeten uns einige Male und wurden ein Paar. Zwar wusste ich, dass er ein De Benoit war, aber nicht, was das für mich bedeuten würde. Ich war so verliebt, dass ich nur Augen für Thoma hatte. Bevor ich mich versah, wurde ich schwanger, weshalb ich das Stipendium ablehnen musste. Dein Vater hielt um meine Hand an, als ich ihm davon erzählte, und versprach mir für uns zu sorgen. Wir heirateten im kleinen Kreise. Die Schwangerschaft schritt voran, er beendete sein Studium und es war Zeit, dass er mit mir an seiner Seite nach Hause zurückkehrte. Die Freude deiner Großeltern über die unerwartete Verbindung fiel bescheiden aus, wobei Anne herzlich und dein Großvater kühl war. Damit unsere Ehe rechtskräftig war, unterschrieben wir einige Dokumente auf dem Amt, wobei ich blind vor Liebe auch den Ehevertrag unterschrieb. Wir zogen in das De Benoit-Anwesen und ich verbrachte meine Tage mit malen. Bald lernte ich, was es hieß, die Frau eines De Benoit zu sein: unzählige Veranstaltungen, Bälle und politische Treffen. Ich, die nicht in diese Welt hineingeboren worden war, fand mich in einem Haifischbecken wieder, in der jeder nur darauf wartete, dass der andere einen Fehler machte, um ihn zu seinem Vorteil zu nutzen.

Deine Geburt war ein freudiges Ereignis und ich wunderte mich, dass wir ein so perfektes Kind geschaffen hatten. Du brachtest frischen Wind ins Haus, das von nun an von Lachen und Fröhlichkeit erfüllt wurde. Ich blieb zu Hause bei dir, während Thoma die Firma leitete. Ich versuchte, mich in wohltätigen Stiftungen zu engagieren, merkte aber bald, dass diese vor allem als Vorwand dienten, um das eigene Image aufzupolieren und sich niemand für die Menschen dahinter interessierte. So zog ich mich immer mehr aus der Öffentlichkeit zurück. Thoma kam immer später nach Hause oder war auf Reisen – nicht, dass ich ihm einen Vorwurf machte. Ich verbrachte viel Zeit allein mit Anne in einem großen, abgelegenen Haus, in dem jeder Schritt widerhallte. Einsamkeit begleitete mich. Irgendwann legte ich den Pinsel beiseite, nachdem ich stundenlang die Staffelei anstarrte, ohne einen Strich zu malen. Mit meinen Freunden brach der Kontakt ab – unsere Welten waren zu unterschiedlich. Um unserer Familien willen versuchte ich alles, um glücklich zu sein. Die Jahre vergingen, ich fügte mich, bekniete jedoch Thoma, ein einfacheres Leben in einem kleinen Haus auf dem Land zu führen. Doch dann bekam dein Großvater Wind davon und zerstörte unser Glück. Der Ehevertrag, den ich blindlings unterschrieben hatte, legte sich wie ein Strick um meinen Hals. Mir blieb keine andere Möglichkeit als zu gehen, aber diesen Part kennst du bereits.«

»Warum bist du nicht dagegen vorgegangen?«, flüsterte Rose unter Tränen, die sich in Erinnerung rief, dass früher die Männer die Macht besaßen.

Lola atmete zitternd aus. »Ich hatte das Geld deines Großvaters abgelehnt und keinen Schmuck mitgenommen, um nicht als Diebin verhaftet zu werden. Ich arbeitete hart, sparte mein Einkommen, denn ich war bereit für uns zu kämpfen, aber das Schicksal hatte andere Pläne: Mein Vater erkrankte schwer, bedurfte ständiger Pflege und teurer Medikamente. Ich hatte kein Geld mehr, um einen Anwalt zu zahlen.«

»Lebt er noch, dein Vater?«, fragte Rose, die sich nicht an ihn erinnerte. Grandpa zu sagen, würde sich falsch anfühlen.

»Nein«, antwortete Lola und Tränen rannen ihr über die Wange. »Er ist vor etlichen Jahren gestorben.«

»Warum bist du dann nicht zurückgekommen? Großvater ist bald nach deinem Weggehen verstorben.«

»Ich wollte es«, entgegnete Lola, blieb stehen und griff nach der Hand ihrer Tochter. »Ich stand bereits vor dem Tor des Anwesens. Doch ich fand den Mut nicht, zu viel Zeit war vergangen. Was, wenn du mir nicht hättest verzeihen können, dass ich gegangen war, oder schlimmer noch, sich Oscars Drohung bewahrheiten und ich euer aller Leben zerstören würde? Du weißt nicht, mit wem er sich eingelassen und welche Absprachen er hinter verschlossenen Türen getroffen hatte. Das Risiko war zu groß. Ich wusste, du würdest behütet aufwachsen und es würde dir an nichts fehlen. Eines Tages hoffte ich, würden wir wieder zueinanderfinden.«

Beim Gedanken daran, wie Lola vor dem Tor stand, zum Greifen nahe und doch so fern, blutete ihr Herz. »Vater und Mamie haben versucht, dich aufzuspüren.«

Ihre Mutter blinzelte. »Davon weiß ich nichts, sonst hätte ich mich ihnen anvertraut. In der Hoffnung, eine gemeinsame Lösung zu finden. Euch zu verlassen, hat mir das Herz zerrissen. Ich hoffe, du kannst mir eines Tages verzeihen.«

Die Stille zwischen ihnen fühlte sich aufgeladen an, von all den Emotionen, die sich jahrelang aufgestaut hatten.

»Sag, wusste Thoma, was geschehen ist?«, erkundigte Lola sich schniefend.

Rose schüttelte den Kopf. »Er wurde im Glauben gelassen, dass du ihn verlassen hast.« Sie fasste kurz zusammen, was er ihr erzählt hatte. »Irgendwann hat er es geglaubt, aber er hat nie eine Frau nach Hause gebracht, sondern sich auf seine Arbeit konzentriert.«

Lola fuhr sich durchs Gesicht. »Dein Vater war warmherzig, lustig und charmant. Es klingt, als wäre er dank mir alles geworden, was er niemals sein wollte. Wie steht ihr zueinander?«

»Ohne Mamie müssen wir unseren Platz in der Familie wieder finden, aber ich bin zuversichtlich, dass sich unsere Beziehung mit der Zeit bessern wird«, erwiderte Rose mit einem Lächeln. »Doch das ist nicht deine Schuld. Ich hatte viel Zeit darüber nachzudenken und verstehe, dass dir keine Wahl gelassen wurde. Du konntest nicht agieren, sondern nur reagieren.« *Wir lassen die Vergangenheit ruhen und konzentrieren uns auf die Zukunft, denn alles andere ist bereits geschrieben, weshalb man sie nicht mehr verändern kann,* das hatte sie heute zu ihrem Vater gesagt. Laut sprach sie die Worte aus.

»Das hast du schön ausgedrückt«, meinte Lola mit einem Lächeln, bevor sie in Schluchzen ausbrach.

»Maman«, rief Rose, um sie anschließend fest zu umarmen. Tränen strömten aus ihr heraus, die alte Wunden heilen ließen und ihr Hoffnung auf ein Morgen gaben. Eng umschlungen weinten sie gemeinsam, denn die Jahre, die sie verpasst hatten, würden sie nie zurückbekommen. Die Suche nach Lola hatte ein Ende gefunden, dies war der Silberstreif am Horizont, auf den sie sich konzentrieren würde.

»Ich hatte so große Angst, dich zu treffen. Nie hätte
ich mir ausgemalt, dass du so verständnisvoll sein würdest. Du bist wahrlich die Tochter von Thoma, du bist
gütig, wunderschön und hast einen scharfen Verstand«, sagte Lola.

»Du wirst es mir nicht glauben«, offenbarte Rose gerührt. »Doch es ist alles so gekommen, wie es sein
sollte.« Sie erzählte ihr, welche Veränderungen es in ihrem Leben gegeben hatte. »Niemals wäre dies ohne
deine Briefkarten oder dich passiert. Es wird dauern,
bis wir über alles gesprochen haben, vieles wird lange
schmerzen. Aber ich möchte, dass du von nun an ein
Teil meines Lebens bist.«

»Damit würdest du mich sehr glücklich machen«, gestand ihr Lola und drückte sie fest an sich.

»Warum die Postkarten?«, fragte Rose, da sie sich oft
darüber gewundert hatte.

»Es gab keinen Tag, an dem ich nicht an Thoma oder
dich gedacht habe. Es war meine Art, dies auszudrücken in der Hoffnung, dass sie dich zu mir führen würden, sobald die Zeit reif war.« Lola lächelte unter Tränen.

»Vielleicht kannst du dich sogar mit Thoma irgendwann aussprechen«, warf Rose hoffnungsvoll in den
Raum.

»Es ist albern, aber ich habe nie aufgehört, ihn zu lieben. Er war stets der einzige Mann für mich«, meinte
Lola mit einem Seufzen. »Ja, es wäre schön, wenn ich
ihm meine Sicht der Dinge erklären könnte, auch wenn
ich nicht darauf hoffen kann, dass er mir verzeiht.«

»Wir gehen dies Schritt für Schritt an«, meinte Rose
und drückte sie erneut.

In diesem Moment klingelte ihr Handy. Sie warf einen Blick darauf und es war Kai, der sie suchte. Vermutlich machte er sich Sorgen, wo sie geblieben war, denn es war später als gedacht. »Darf ich dir jemanden vorstellen?«

»Es würde mich sehr freuen«, sagte Lola scheu.

Gemeinsam ließen sie mit jedem Schritt die Vergangenheit ein wenig mehr hinter sich, als sie zum Cottage gingen. Rose warf Lola einen Blick zu, da sie es nicht glauben konnte, dass ihre Mutter von jetzt an ein Teil ihres Lebens sein würde. All die Jahre ohne sie, gehörten dem Gestern an. Sie war nicht vorschnell gewesen, ihre Familiengeschichte zu verarbeiten oder zu verzeihen, aber manchmal musste man Dinge ruhen lassen und als Ganzes akzeptieren, mochte es auch noch so schwer sein. Wie immer ihr zukünftiges Leben aussehen würde, sie war bereit, es anzunehmen, wie es kam, in der Hoffnung, dass es von Vergebung, Liebe, Lachen und Freude erfüllt sein würde.

EPILOG

Ein Jahr später

»Ich muss los«, rief Rose, da sie eine Buchvorstellung im Laden abhielten. Das Angebot hatte sich herum gesprochen, sodass sie fast wöchentlich ein Event veranstalteten, welches bei den Stadtbewohnern gut ankam.

»Viel Spaß«, antwortete Kai und küsste sie. Vor sechs Monaten waren sie zusammengezogen, wobei Rose darauf bestanden hatte, einige Änderungen in seinem Elternhaus durchzuführen. Gemeinsam hatten sie an diversen Plänen getüftelt, die er nun allmählich umsetzte. Es war seine Entscheidung gewesen, dies selbst zu machen.

Rose schloss die Tür hinter sich, bevor sie sich in den Wagen setzte und zur Buchhandlung fuhr.

»Salut, chérie. Ich habe alles schon vorbereitet«, begrüßte Lola sie fröhlich. Zwei Monate nach ihrem Treffen hatte ihre Mutter beschlossen, nach Lovely Hills zu ziehen und ihr einige Stunden die Woche im Laden zu helfen. In ihrer Freizeit malte sie oder gab Kurse im Nebengebäude. Wie Rose erfahren hatte, war sie Kunstlehrerin, mehr noch Überlebenskünstlerin gewesen. Vor kurzem hatte Lola ihr für den Buchladen ein abstraktes, buntes Gemälde gemalt, das sie mit *Die Farben der Wahrheit* betitelt hatte.

»Ich habe fest an dich und unsere zweite Chance gedacht, wobei ich mich von den Farben habe leiten lassen «, hatte sie erklärt. »Schwarz für die Zeit, die ich ohne dich war. Violet für die Hoffnung, dich eines Tages wiederzusehen. Rot für die Liebe, die ich zu dir empfinde. Weiß für den Neuanfang, der uns vergönnt war. Grün für das Glück, das in unser Leben zurückgekehrt ist.«

Rose hatte die Tränen nicht zurückhalten können und geehrt das Bild von Kai aufhängen lassen. Jeden Tag, wenn sie es betrachtete, war sie dankbar für das Schicksal, das Lola und sie wieder zusammengeführt hatte.

»Sieh mal, wer da ist«, flüsterte Lola ihr zu und riss sie aus ihren Gedanken.

Sie drehte sich um und erblickte Holly, die gerade einige Bücher zurechtrückte. »Du solltest dich doch ausruhen!«, rief Rose mit einem Lächeln. Ihre Freundin war wieder schwanger und wurde von fürchterlicher Übelkeit geplagt.

»Beverlys Sohn ist krank, da bin ich für sie eingesprungen«, meinte Holly mit einem Achselzucken. »Und du weißt, wie gerne ich dir helfe. Zudem ist mir heute fast nicht mehr übel, hoffentlich bleibt das so.«

»Du bist die Beste«, bedankte sich Rose, wobei sie das schlechte Gewissen ignorierte, immerhin war ihre Freundin alt genug, eigene Entscheidungen zu treffen.

»Und, wie läuft es mit Kai?«, flötete Holly, die ihr einen wissenden Blick zuwarf.

Rose entwich ein Lachen. »Archie und Kai sind schlimmer als wir Frauen. Versorgen sie sich stündlich mit Updates?«

»Du hast meine Frage nicht beantwortet«, bohrte ihre Freundin scheinheilig nach.

Die Ladenbesitzerin hielt kurz inne, dann senkte sie ihre Stimme: »Er hat mich gestern gefragt und ich habe ja gesagt.«

»Ich freue —«, begann Holly strahlend, doch Rose unterbrach sie.

»Du bist die Erste, der ich es erzähle.« Sie warf einen Blick über ihre Schulter zu Lola, die auf ihrem Handy tippte. Es hatte sich noch kein ungestörter Augenblick ergeben, um es ihr zu sagen. »Es ist alles so schnell gegangen, weshalb ich mit der Hochzeit warten und nichts überstürzen möchte.«

Ihre Freundin blinzelte. »Aber du liebst Kai!«

»Ja, das stimmt. Doch eines nach dem anderen. Nach dem Umbau sehen wir weiter«, erwiderte Rose amüsiert. »Zudem können wir immer noch heimlich zum Standesamt gehen.«

»Das … das«, stammelte die Schwangere empört. »Das kannst du mir nicht antun!«

»Sag niemals nie«, meinte Rose scheinheilig, ließ Holly allein zurück, um zu Lola zu gehen.

Ihre Mutter war in den letzten Monaten aufgeblüht, so als hätte sich ein schweres Gewicht von ihren Schultern gelöst. Die Bewohner von Lovely Hills hatten sie freundlich aufgenommen, sodass sie schon bald die ersten Bekanntschaften geknüpft hatte.

»Ist alles in Ordnung?«, hakte Rose nach, als Lola nicht vom Handy aufsah.

»Ja, ich …«, begann sie, um nochmals anzufangen. »Dein Vater und ich haben einige Male telefoniert, dabei ging es jedoch mehr um dich. Nun haben wir uns auf ein persönliches Treffen geeinigt, um über die Vergangenheit zu reden, was mich nervös macht.« Es hatte seine Zeit gedauert, bis Thoma eingewilligt hatte mit seiner Ex-Frau zu sprechen. Zwar wusste er, dass es nicht ihre Schuld gewesen war, aber der Schmerz steckte tief. Während sie froh war, ihre Mutter wiederzuhaben, waren seine Gefühle komplexer.

»Ich weiß, dass es schwierig mit ihm ist«, sagte Rose mitfühlend. »Dies ist ein großer Schritt. Ich bin sicher, dass ihr einige Dinge klären könnt.«

»Danke, dass du mir Mut machst«, meinte Lola mit einem Lächeln. »Wie habe ich eine Tochter wie dich verdient?«

Anstelle einer Antwort drückte Rose sie, während die Freude sie wie eine Welle durchströmte.

»Seid ihr bereit?«, fragte Holly fröhlich. »Die Autorin ist da.«

Eine junge Frau mit dunklen Locken stand vor der Ladentür, unsicher, ob sie eintreten durfte. Schnell sperrte Rose die Tür auf und ließ sie herein.

»Schön, dass du heute da bist. Wir können die Präsentation kaum erwarten. Leider habe ich es nicht geschafft, das Buch zu lesen. Magst du mir kurz zusammenfassen, wovon es handelt, damit ich es korrekt vorstelle?«, begrüßte Rose sie fröhlich.

»Danke, dass ich heute hier sein darf. Ihr wisst nicht, wie froh ich bin«, sagte die Schriftstellerin. »Mein Buch spielt in Sizilien, erzählt die Geschichte einer Frau, von Neuanfängen und davon, wie schwer diese sein können.«

»Bis auf den Ort, könnte es von mir handeln«, meinte Lola trocken, wobei sie einen Seitenblick von Rose erhielt.

Die Autorin lachte glockenhell, wodurch alle einstimmten. Rose bewahrte sich diesen Moment, in dem das Gestern sowie das Morgen vereint waren, tief in ihrem Herzen, bereit, sich den kommenden Herausforderungen zu stellen und eines Tages mit Kai vor den Altar zu treten.

ENDE

Nachwort und Danksagung

Liebe Leserinnen und Leser!
Auf der Suche nach ihrer Mutter hat Rose, neben der Liebe, sich selbst gefunden und entdeckt, wie sie ihr Leben gestalten möchte. Familiengeschichten sind häufig verworren, kompliziert und schmerzhaft. Im Grunde hat mich eine gute Freundin zu diesem Ende inspiriert, als sie mir erzählt hat, wie sie wieder zu einer entfremdeten Tante gefunden hat, wobei sie die Vergangenheit hinter sich gelassen haben. Ihre Worte haben meine Blickwinkel auf bestimmte Dinge verändert und ich bin froh, dass Rose sich entschieden hat einen Neuanfang zu wagen. Beim Gespräch zwischen Rose und Lola waren meine Wangen tränennass, weil ich beide Seiten so gut verstehen konnte. Wir tendieren dazu, zu vergessen, dass Frauen früher einen anderen Stellenwert als die Männer hatten. Vieles erscheint uns heute unglaublich.
2024 war für mich ein Jahr voller Neuanfänge, voller Perspektiven und Türen, die sich unverhofft geöffnet haben. Ich entschied mich, zuversichtlich anstatt ängstlich in die Zukunft zu blicken und mich den Herausforderungen zu stellen.

***

Danke an das liebe dp-Team, dass ihr meine Geschichten zum Leben erweckt!

Die lieben Buchblogger und Bloggerinnen, die mich auf meinem Weg unterstützen. Mein Dank gebührt euch. Ich bedanke mich auch bei allen, die es möglich gemacht haben, dieses Buch zu veröffentlichen. Bei meinen Eltern, die immer für mich da sind. Bei meinen lieben Arbeitskollegen, die meinen Ausführungen interessiert zuhören. Bei meinen Freunden, vor allem bei L und N, die immer für mich da sind – danke, dass für euch meine Geschichten real sind! Bei Verena, die auf die Idee mit den Koordinaten gekommen ist. Bei Biggi Berchtold, die auf Fehlersuche geht und eine gute Freundin geworden ist. Bei meinen Ladys von Autorinnen hautnah: Simone Dark, Heidi Troi, Mirjam Schweigkofler und Mia Sole. Gemeinsam haben wir so viel bewegt!

Danke an dich, liebe Leserin, lieber Leser, fürs Lesen. Dir hat mein Buch gefallen? Dann erzähl anderen davon, stell deine Rezension auf diversen Plattformen ein, setze meinen Roman auf Instagram in Szene. Du würdest mich damit sehr unterstützen und ich freue mich über jedes Feedback. Du findest mich auf allen gängigen Bewertungsportalen, auf Instagram unter sara_pepe_autor und auf facebook unter sarapepe.author.

Alles Liebe, Deine

Sara Pepe